W0048802

SV

Doron Rabinovici

Die Außerirdischen

Roman

Suhrkamp

2. Auflage 2017

Erste Auflage 2017
© Suhrkamp Verlag Berlin 2017
Alle Rechte vorbehalten, insbesondere das der Übersetzung,
des öffentlichen Vortrags sowie der Übertragung durch
Rundfunk und Fernsehen, auch einzelner Teile. Kein Teil
des Werkes darf in irgendeiner Form (durch Fotografie,
Mikrofilm oder andere Verfahren) ohne schriftliche Geneh-
migung des Verlages reproduziert oder unter Verwendung
elektronischer Systeme verarbeitet, vervielfältigt oder ver-
breitet werden.
Satz: Satz-Offizin Hümmer GmbH, Waldbüttelbrunn
Druck: CPI – Ebner & Spiegel, Ulm
Printed in Germany
ISBN 978-3-518-42761-3

Die Außerirdischen

Für Nicole

In Erinnerung an meinen Vater
David Rabinovici
1927-2016

Bin ich verurteilt, so bin ich nicht nur verurteilt
zum Ende, sondern auch verurteilt, mich bis ins
Ende hinein zu wehren.
Franz Kafka, 20. 7. 1916

1

Sie kamen über Nacht. Wir schliefen tief. Eng um-
schlungen. Der Hund des Nachbarn schlug nicht an.
Der Säugling aus dem ersten Stock, der uns so oft
schon aufgeschreckt hatte, blieb ruhig. Nichts war
zu hören; kein Lärm, keine Schreie, keine Schüsse.
Nicht das Brummen von Maschinen. Im Rückblick
war das einzig Ungewöhnliche die Stille, die über uns
lag. Beklemmend bis heute, heimgesucht worden zu
sein, ohne irgendetwas bemerkt zu haben. Als wir
aufwachten, war über uns entschieden.

Um Viertel vor sieben läutete der Wecker. Zur ge-
wohnten Zeit, als wäre nichts geschehen, und wie an
jedem Morgen war es Astrid, die als Erste munter
wurde, den Alarm abstellte, aufstand, in die Küche
ging, das Radio einschaltete, das Wasser laufen ließ.
Das Fauchen der Espressomaschine war zu hören, während ich langsam aus dem Bett stieg. Ich ging ans
Fenster und zog an der Perlenschnur, um die Lamel-
len der Jalousie zu wenden und das erste Tageslicht
einzulassen.

Im Hintergrund die Erkennungsmelodie des Mor-
genjournals und dann der Sprecher, der zuerst verkündete, wie spät es war, darauf die Sendung ansagte
und die Hörer begrüßte. Danach kam bereits die Meldung, die der Moderator mit fester Stimme vorbrach-

te, als redete er von einer Gesetzesvorlage, von einer Steuerreform oder von Unruhen in einem fernen Land, und kaum war die Neuigkeit offenbart, ging er bruchlos zu anderen Ereignissen über, aber da hatte ich bereits kurz innegehalten – ein Stutzen –, dann jedoch angenommen, wohl etwas falsch verstanden zu haben. Doch nach dem Verlesen des Nachrichtenblocks folgten die Berichte im Einzelnen, und nun war jeder Irrtum ausgeschlossen. Eine aufgekratzte Stimme voll Euphorie und Begeisterung. Was mitgeteilt wurde, war eine Sensation. Ein Augenblick von historischem Rang. Alles klang unwirklich und erinnerte fast an einen Witz. Während ich den Tisch deckte, langsamer als sonst, und zuhörte, schnitt Astrid das Brot auf, nahm die Butter und meine selbstgekochte Erdbeermarmelade aus dem Kühlschrank, aber mittendrin schüttelte sie den Kopf und lachte. Das könne nicht wahr sein, meinte sie, das müsse einer jener Streiche sein, die Journalisten ihrem Publikum zuweilen spielten. Ein Scherz. Ich legte den Zeigefinger an den Mund und bat sie, still zu sein.

Zu Panik bestehe kein Anlass, wurde im Rundfunk erklärt, niemand sei verletzt, geschweige denn getötet worden. Danach der Einstieg in eine Sondersendung. Die dramatische Streichersequenz im Stakkato. Das Motiv sollte die Ouvertüre für jede Nachricht über die Außerirdischen werden. Jene paar Takte aus dem Werk von Tschuljapjew würden uns während der nächsten Zeit begleiten.

Ich kann diese Geigenklänge seither nicht mehr hören. Das Konzert war früher eines meiner Lieblingsstücke. Jetzt schrecke ich hoch, wenn es mich irgendwo einholt. Vor der Invasion war das Opus ein Geheimtipp unter Musikbegeisterten. Jetzt will es kaum noch jemand hören. In jenen Tagen horchten jedoch alle auf, wenn es angestimmt wurde. In den Geschäften, auf Ämtern, in den Büros blieben Fernseher oder Radios eingeschaltet. Überall verstummten die Gespräche, wenn die Melodie erklang und neue Meldungen verlesen wurden.

Vom Platz vor dem Kanzleramt meldete sich ein Reporter. Die Regierung, so sagte er, werde in Kürze eine Pressekonferenz abhalten. Es gelte, Vernunft zu bewahren und von jeder Gewalt abzusehen. Das alles sei ein Scherz, erklärte Astrid. Eine Neuauflage jenes Hörspiels, mit dem einst Orson Welles sein Publikum in Panik versetzt hatte. Wer glaube noch an eine Invasion aus dem All? Damals war von Gräueln die Rede gewesen. Sie erinnere sich, so Astrid, als Jugendliche die historische Aufnahme der Sendung gehört zu haben. Das Schreien und Stöhnen der Schauspieler, das Keuchen der an Giftgas Erstickenden. Die Marsianer, habe es damals geheißen, würden alle Menschen niedermachen. Am Ende sei verkündet worden, es habe sich bloß um eine Schauergeschichte zu Halloween gehandelt, doch trotz der Durchsage hätten sich viele damals, in den Dreißigern des zwanzigsten Jahrhunderts, nicht beruhigen können. Ihr hingegen sei das Hörspiel so antiquiert vorgekommen, als gehe es darin um eine irdische Zivilisation, die inzwischen längst schon ausgestorben sei.

13

Ich fragte Astrid, ob sie nicht kurz ruhig sein könne, denn ich wolle wissen, was nun geschehe. Sie schüttelte den Kopf. Ob ich wirklich so naiv sei.

»Sei doch bitte still. Mir zuliebe.«

Korrespondenten aus verschiedenen Ländern wurden zugeschaltet. Andernorts hatten Politiker bereits Erklärungen abgegeben. »Wir können melden: Ein Kontakt mit Außerirdischen hat stattgefunden.« – »Noch müssen Informationen eingeholt werden.« – »Bisher ist niemand zu Schaden gekommen.« – »Allem Anschein nach besteht keine Gefahr.« Es waren teils feierliche Ansprachen, Willkommensadressen. »Bleiben Sie bitte an den Geräten. Weitere Nachrichten folgen.«

Überall fielen dieselben Wörter. Die Journalisten sprachen von menschlich anmutenden Wesen, von Humanoiden oder von Anthropomorphen. Von einer hochzivilisierten Gattung. Von extraterrestrischem Leben. Von außerirdischer Intelligenz.

Der Griff nach der Fernbedienung. Im Fernsehen die neuesten Nachrichten, doch nirgends ein Foto von jenen Besuchern aus dem All. Kein Kameraschwenk auf ihre Raumschiffe. Nichts. Ein Sender zeigte Schemen aus alten Filmen, Zukunftsvisionen der Vergangenheit, fremde Fratzen mit Insektenaugen, Kopffüßler mit Spinnenfingern, Langschädel mit Spitzohren, greisenhafte Zwerggestalten, die ganze imaginäre Rassenkunde eines fiktiven Kosmos.

Allein daran, meinte Astrid, sei doch zu erkennen, was von der ganzen Geschichte zu halten sei. Nämlich nichts! Wieso es denn kein Bild von diesen fremden Wesen gebe? Sie würden doch zweifellos, sobald sie angekommen seien, Spuren hinterlassen.

»Bitte! Ich will zuhören!« Zu einer anderen Tageszeit hätte ich Bekannte angerufen, um die Situation zu besprechen. Das Telefon als Weltvergewisserung. Der Blick auf die Botschaften der anderen. Die Kurzmitteilungen. Das Durchstreifen der sozialen Netzwerke. Aber das Handy lag noch im Schlafzimmer und war lautlos gestellt.

Ich solle abschalten, bat Astrid. Mir müsse es doch auffallen: Diese Nachrichten konnten nicht wahr sein. »Du arbeitest immerhin selbst für ein Magazin«, sagte sie. »Wieso glaubst du so einen Quatsch?« Sie rückte ihren Stuhl an den Tisch. »Ich will frühstücken. Setz dich endlich. Der einzige Außerirdische, dem ich heute begegnet bin, bist du. Lichtjahre von mir entfernt.« Ich stellte das Fernsehgerät stumm, so dass nur noch das Radio zu hören war, holte die Milch aus dem Kühlschrank, schnitt eine Banane und einen Apfel in kleine Stücke. Darüber streute ich Sonnenblumenkerne.

Sie sah mich an. »Ich hätte gern Ruhe. Mach aus.«

»Wenn du glaubst, dass es sowieso nicht wahr ist, muss es dich ja nicht kümmern.«

»Ich möchte einfach die paar Minuten, die wir beisammensitzen, mit dir verbringen.«

»Wir lassen auch an anderen Tagen das Radio laufen.«

Aber da, so Astrid, bleibe es im Hintergrund. Heute dränge es sich zwischen uns. Und überhaupt, die Sendung sei obszön. Billige Sensationsmache.

15

Ich nickte leicht und suchte nach einem anderen Sender, doch überall waren dieselben Nachrichten zu hören. Die Berichte waren mittlerweile ein einziger Jubel. Alle taten so, als hätte die Menschheit von Beginn an auf die Ankunft Außerirdischer gewartet. Die bloße Sensation stürzte Reporter, Experten und politische Vertreter in ein Glück, das ihre Stimmen zittern machte. Jeder Satz ein Ausruf. Sie sagten: »Es ist unglaublich!« Sie sagten: »Das ist ein historischer Moment.« Seit Beginn der Zeiten träume die Menschheit von dieser himmlischen Begegnung. Wir seien die erste Generation, die über die Erde hinauswachse.

Mögliche Gefahren aus dem All wurden kaum angesprochen. »Die Gäste scheinen uns freundlich gesinnt zu sein!« – »Wären sie feindselig, hätten sie uns wohl bereits attackiert und ausgelöscht.« – »Keinesfalls wollen wir sie auf falsche Gedanken bringen. Sie dürfen sich nicht angegriffen fühlen. Bisher gab es keine feindlichen Akte.« – »Das eigentliche Ereignis des heutigen Tages: Der Krieg der Sterne findet nicht statt!«, verkündete eine Moderatorin. Ich fragte mich, von welchem Planeten sie stammte.

Ein Regierungssprecher sagte: »Die Landung geheim zu halten, wäre unmöglich gewesen. Alle hätten uns Vertuschung vorgeworfen. Die Meldungen waren ohnehin schon im Netz. Niemand war vorbereitet. Wir wurden überrascht.« Er fuhr fort: »Der Luftraum ist gesperrt. Alle Flüge sind abgesagt.« Und schließlich appellierte er an die Vernunft der Bürger: »Ich bitte um Verständnis. Ein direktes Treffen braucht Zeit. Das muss abgestimmt werden. Wir müssen sehr vorsichtig sein. Bedenken Sie, wie lange es dauert, einen Staatsbesuch zu planen. Wie soll es da bei Gästen aus fremden Galaxien schneller gehen. Wir wissen noch nichts; nicht, wer sie sind. Nicht, woher sie kommen. Nicht, was sie hierherführt. Nicht einmal, ob sie überhaupt aus dem All sind. Nicht, wo sie jetzt sind.«

»Es gibt drei Möglichkeiten, weshalb sie hier gelandet sind«, erklärte ein Experte. »Es könnte Zufall oder gar ein Irrtum sein. Vielleicht mussten sie einen Zwischenstopp machen, etwa wegen eines Defekts oder einer Krankheit. Womöglich wollen sie uns auskundschaften. Noch sind alle Fragen offen. Müssen die Gäste in Quarantäne? Sind terrestrische Viren für sie gefährlich? Sind sie für das Klima auf der Erde geschaffen? Nichts wissen wir!«

Astrid feixte. »Wäre das echt, müssten die sich doch längst Sorgen um unsere eigene Gesundheit machen. Viren aus dem All!«

Kaum hatte sie das ausgesprochen, fragte der zugeschaltete Reporter: »Was aber, wenn wir es sind, die mit unbekannten Krankheiten angesteckt werden? Ja, vielleicht sind wir bereits infiziert. In die Krankenhäuser wurden heute dreimal mehr Menschen eingeliefert als sonst.«

Es handle sich, warf daraufhin ein anderer ein, bloß um eine Massenhysterie. Am wichtigsten sei jetzt, Ruhe zu bewahren, doch er hatte den Satz kaum beendet, als das Radio verstummte. Gleichzeitig wurde der Bildschirm schwarz, und die Küchenlampe ging aus.

»Jetzt wird das Ganze zur Schmierenkomödie«, sagte Astrid.

Ob sie denn wirklich nicht begreife, fragte ich. »Hallo?« Alle Sender hätten dasselbe berichtet. Das lasse sich gar nicht abstimmen. Im Fernsehen und im Radio zugleich. Wie stelle sie sich das denn vor? Eine allgemeine Verschwörung? Nein, dies sei der Ernstfall!

Sie schwieg und schaute mich im dämmrigen Morgenlicht an, als hätte ich ein intimes Geheimnis verraten. So unerträglich die Stille in der Küche war, so sehr erschreckte mich das Hupkonzert, das nun draußen anhob. Schreie. Dann das Quietschen von Reifen und das Krachen von Blech.

Wir öffneten ein Fenster. Eiseskälte. Auf den Straßen der Schneematsch der letzten Tage. An der Kreuzung war ein Laster in ein Auto gefahren. Der Verkehr war zum Stillstand gekommen. Irgendwo brüllte jemand um Hilfe. Ich sah eine Frau, ihr Gesicht war blutverschmiert. Sie wankte, bis sie längs hinfiel. Einzelne rannten zur Unglücksstelle hin. Einer schrie: »Einen Krankenwagen! Schnell.«

Astrid lief ins Schlafzimmer. »Ich hole mein Handy.«

Sie schaltete es ein, doch da war kein Empfang. Immerhin waren wenige Minuten zuvor noch Nachrichten eingegangen. Astrids Stiefmutter hatte geschrieben: »Geht es euch gut? Meldet euch. Daddy sorgt sich.« – Eine Arbeitskollegin war vollauf begeistert: »Was sagst du? Ist doch aufregend!« Dann nichts mehr.

Astrid starrte mich an. Ich umfasste sie. Sie strich mir über die Haare. Ich meinte: »Vielleicht ja nur ein Stromausfall …«

Alle elektrischen Geräte waren tot. Nicht nur die Lampe, auch der Herd, der Toaster, die Digitaluhren, die Therme. Der Laptop fuhr zwar hoch, aber es gab keine Verbindung zum Internet.

»Der Strom ist auf jeden Fall weg«, sagte Astrid trocken. »Und wieso funktioniert das Handy nicht?«

Ich sah auf die Uhr. »Ich komme zu spät in die Redaktion.«

»Vergiss es. Was willst du dort?«

»Meinen Artikel fertig schreiben.«

»Um ihn online zu stellen? Wie denn?«

Sie hatte recht. Smack.com war ein digitales Magazin für Gastrosophie und Kulinarik. »Ich muss trotzdem in die Arbeit.«

»Nein. Wir bleiben zusammen. Wer weiß, was noch passiert?« Kaum hatte sie diesen Satz ausgesprochen, hörten wir Schreie im Gang. Draußen stand unsere Nachbarin vor dem Lift und rief: »Bleibt ganz ruhig. Es kann nicht lange dauern.« Ihr Mann und das Kind steckten im Aufzug fest.

Die Nachbarin hatte zunächst nichts bemerkt. Sie war im Bad gewesen, hatte nichts vom Aufruhr auf der Straße gehört und nichts von den Schwierigkeiten ihres Mannes und des kleinen Sohnes, bis sie vom Studenten, einem stämmigen Athleten, der im Stock unter uns wohnte, aufgescheucht worden war. Er hatte die Hilferufe der Eingeschlossenen vernommen. »Sie müssen den Notdienst kontaktieren«, riet er, dann verabschiedete er sich. Sie ging zum Telefon im kleinen Flur, das durch die offene Wohnungstür zu sehen war. Hob den Hörer ab. Kein Freizeichen. »Ein Unglück kommt selten allein«, murmelte sie, ohne zu ahnen, wie recht sie damit hatte.

»Alles ist tot«, versuchte Astrid ihr zu erklären. »Wohl wegen der Außerirdischen.« Die Nachbarin schaute zu mir hin, verstohlen. Ganz offensichtlich zweifelte sie an Astrids Verstand. Sie hatte noch nichts von den Neuigkeiten erfahren. Ich sagte: »Hören Sie, heute Nacht sind fremde Wesen auf der Erde gelandet. Die Nachrichten waren voll davon. Gerade eben. Bis alles ausfiel.« Sie sah an uns beiden vorbei und schwieg.

Aus dem Schacht rief ihr Mann hoch: »Worüber sprecht ihr? Ich höre die ganze Zeit Außerirdische! Bitte, was soll das? Wir sind hier eingeschlossen. Es ist finster. Man sieht die eigene Hand vor Augen nicht. Der Bub hat Angst. Wann kommt die Feuerwehr?«

Wie sollten wir ihm und dem Kind die Situation erklären? Etwa, dass nicht nur der Lift, sondern die ganze Welt stillstand? Ich versuchte, ihm vorsichtig darzulegen, der Strom sei überall ausgefallen, doch werde an der Behebung des Schadens gearbeitet. Es brauche Geduld.

»Sie können leicht ruhig sein! Der Kleine weint. Er hat Angst. Er macht gleich in die Hose!« Kaum hatte der Vater diese Worte gesprochen, schluchzte der Bub laut. »Ich halte das nicht aus«, jammerte die Mutter.

Ich wusste, wo der Steuerungskasten war, doch selbst wenn ich ihn hätte öffnen können, wäre ich nicht imstande gewesen, das richtige Rädchen zu drehen, den Fahrstuhl zu heben oder zu senken und die beiden im nächsten Stock aussteigen zu lassen. Mir fehlte das passende Werkzeug. Ich konnte die Tür auch nicht entriegeln. Ich musste Hilfe holen.

»Geh nicht«, sagte Astrid. »Lass mich jetzt nicht im Stich!« Aber ich durfte nicht tatenlos zuschauen, wenn ein Kind eingesperrt war. Ich umarmte sie. Sie hatte Tränen in den Augen. Zwischen uns ein Zittern, wie damals im ersten Jahr, als ich sie nach wochenlanger Trennung am Piazzale Roma in Venedig abgeholt hatte. Die flirrende Hitze und der glasblaue Himmel, und alles um uns überbelichtet. Aber diesmal die Kälte und das Dunkel im Gang. Sie hielt mich. Ich küsste sie in den Nacken, dann lösten wir uns voneinander.

Ich hastete die Stufen hinunter und auf die Straße. An anderen Tagen war der Gehsteig um diese Zeit noch leer. Nun rannten viele in verschiedene Richtungen. Eine Frau rief einem Dicken mit Zigarette zu: »Haben Sie ein Auto?«

»Wohin soll es gehen?«

»Nur weg!«

»Und dann?«

»Einfach raus aus der Stadt.«

»Spinnst du? Die wahren Außerirdischen leben immer schon auf dem Land.«

»Vor den Außerirdischen fürchte ich mich nicht.«

»Sondern?«

»Vor den Menschen. Vor denen habe ich Angst.« Mir war, als blicke sie dabei in meine Richtung.

Eine Straßenbahn blockierte die Kreuzung. Der gesamte Schienenverkehr war außer Betrieb. Bis auf einzelne Passagiere, die vor den Türen warteten, waren die meisten zu Fuß losgezogen. Ich kam an einem Abgang zur U-Bahn vorbei. Aus der Tiefe kam Stimmengewirr. Hilfeschreie. Ich stutzte. Das Gefühl, nach unten zu müssen, doch der Schacht lag in völliger Finsternis. Dann der Gedanke an den Nachbarn und seinen Sohn im Fahrstuhl. Ein Jugendlicher eilte die Treppen hinunter, als wolle er noch schnell eine U-Bahn erreichen. Eine Alte hielt ihn auf. »Was machst du?«

»Meine Freundin ist unten!«

»Du kannst ihr jetzt nicht helfen. Selbst wenn du sie findest, kommt ihr ohne Licht nicht mehr heraus.«

»Sie braucht mich.« Er riss sich los und verschwand im Dunkel.

In der Nebengasse der Elektriker. Vielleicht wusste er, wie Kind und Vater aus dem Aufzug befreit werden konnten. Als ich um die Ecke bog, bemerkte ich, dass ich zu laufen begann. Ich passte mich dem allgemeinen Tempo an. Alle hasteten aneinander vorbei, und auch ich benahm mich, als wäre ich auf der Flucht. Nur ein Mann stand still an der Bushaltestelle und schaute dem Treiben zu, als wäre es eine exotische Folkloreveranstaltung. Als ich ihn in seiner Ruhe sah, kam ich mir plötzlich lächerlich vor. Ich blieb verlegen neben ihm stehen, dann murmelte ich: »Alle rennen, und keiner weiß wohin.«

Er nickte sachte, zäh, ohne mich anzuschauen. Erst jetzt merkte ich, wie verzogen seine Miene war. Ein eckiger Zug in der Grimasse. Den Mund, zu groß für den Rest des Gesichts, spannte er wie zum Lächeln auf, ein Feixen ohne Ziel, die Augen blieben beinahe ganz geschlossen. »Ich habe, was denen fehlt. Wie viel soll es denn sein?« Er presste die Worte hervor, ohne die Lippen zu bewegen, und da erst begriff ich.

Ein Dealer, und völlig zu; er war mir hier als der einzig Normale vorgekommen, während alle anderen umherirrten, als wären sie auf einem schlechten Trip. Und tatsächlich: War es nicht Irrsinn? Sie rannten vor Außerirdischen davon, ohne zu wissen, wie die aussahen. Ob sie gefährlich waren. Wo sie denn überhaupt waren. Oder wohin sie selbst vor den Außerirdischen flüchten sollten.

Die Banken hatten geschlossen. Die Bankomaten reagierten nicht. An der Ecke ein Menschenauflauf vor dem Supermarkt. Die Menge wollte hinein. Die elektrischen Schiebetüren waren außer Betrieb, und auf einem Schild stand geschrieben, das Geschäft sei vorübergehend geschlossen. Drinnen versuchte der Filialleiter – ein kleiner Dicker, eine Birnengestalt mit dunkelrotem Pfirsichkopf – die Masse mit Zeichensprache zu beruhigen. Er fächelte mit seinen offenen Händen nach unten, als könne er so die Emotionen niederhalten. Ein Dirigent vor einem Rudel Wölfe. Seine bemühten Gesten: *Piano, pianissimo!* Er wies auf die elektrischen Kassen, auf die Förderbänder und zuckte mit den Achseln. Nichts funktioniere! Nichts gehe! *Niente!* Da könne man nichts machen. Sie sollten warten. Geduld, versuchte er ihnen zu signalisieren, indem er die Hände wie zum Gebet aneinanderlegte und demütig zum Himmel schaute.

Unterdessen war Panik ausgebrochen. Niemand glaubte mehr an einen kurzen Stromausfall. Die Leute hatten Angst. Sie wollten sich zu Hause verbarrikadieren, wollten das Auto holen, um loszufahren, wollten an einen Ort, wohin die Außerirdischen noch nicht vorgedrungen waren, wo die digitale Kommunikation noch funktionierte. Sie suchten Zuflucht. Sie fürchteten die Invasion, die Vernichtung. Sie rannten um ihr Leben. Sie brauchten Vorräte. Sie riefen: »Aufmachen!« Einer, mit einer Statur wie ein Ringkämpfer, brüllte: »Rückt das Essen raus!« Dann der Schrei eines Mädchens: »Mama.« Und danach die Frauenstimme: »Ihr zerquetscht sie! Sie kriegt keine Luft!« Alles ging rasend schnell. Die Menschen drängten nach und schreckten zugleich zurück. Ein Geschiebe, ein Gerangel. Sie stemmten sich gegen die Schultern, den Rücken, das Gesicht der anderen, um sich von ihnen zu lösen, und verkeilten sich so nur noch mehr ineinander. Der Ringer schwieg jetzt und kraulte durch das Gewimmel, doch plötzlich hatte er eine Planke in der Hand, Teil einer Bauabsperrung, und drosch damit gegen die Scheibe, ein Prellbock, das Krachen der Tür, das Kreischen des Mädchens, dann ein Wimmern, und beim nächsten Anlauf sprengten sie den Eingang, rannten durch die Splitter, stießen den Filialleiter zur Seite, der gegen die Stellagen mit den Schokoriegeln fiel.

Ich sah, wie sie das ganze Geschäft ausraubten. Wer hätte sie aufhalten können? Hatten sie denn nicht durchaus recht? Sie mussten sich das Essen holen. Sie konnten, auch wenn sie wollten, gar nicht dafür bezahlen. Mich störte nicht das Plündern. Es war der Beutezug, die Verwüstung, der Überfall. Die Waren wurden nicht aufgeteilt. Sie schnappten sie einander vor der Nase weg.

Aber inmitten dieses Durcheinanders stand der Athlet, der mit dem Brett die Scheibe eingeschlagen

24

hatte. Er stürzte sich nicht auf die Lebensmittel. Er rannte nicht mit einem Einkaufswagen durch die Gänge, um abzuräumen. Er schaute auf die schluchzende Kleine und ihre Mutter hinab, die bei ihr auf dem Boden kauerte und sie hielt. Ein Handwerker im blauen Arbeitsgewand wollte eben an ihm vorbeigehen, den hielt er an, redete auf ihn ein und zeigte dabei auf die beiden. Dann langte er einfach in dessen Korb und nahm eine Schokolade heraus, um sie dem Kind zu reichen.

Der Filialleiter sagte: »Seit fünf Jahren bin ich für Sie da, und jetzt tun Sie, als würden Sie mich nicht mehr kennen?«

Einer schob einen Einkaufswagen voller Spirituosen an ihm vorbei.

»Sie hätten das Kind glatt überrannt«, klagte die Mutter.

Darauf der Ringer: »Willst du ein Eis, Kleine?«

Weiter hinten rangelten zwei miteinander. Es ging um das eine, um das letzte Stück Brot.

Vor dem Elektroladen war bereits eine Traube. Ein kleiner Mann sagte: »Vergessen Sie es. Er ist nicht da.«

Worauf er dann warte, fragte ich. Er brauche einen Generator. Worum es bei mir denn gehe? Ein schmächtiger Kerl mit behaarten breiten Händen, in einem signalroten Anorak. Er sah aus, als könnte er wissen, wie das Getriebe eines Aufzugs funktionierte. »Ein Kind im Fahrstuhl? Das klingt schlimm. Versuchen Sie es bei der Chemiefabrik.« Er meinte eine kleine pharmazeutische Anlage, die am Rande des Viertels lag.

Dort, so sagte er, würde ich womöglich Werkarbeiter finden, die mir Tipps geben oder helfen würden.

Ich rannte los. Ehe ich den Betrieb erreicht hatte, sah ich die Rauchwolke. Hier war niemand, den ich um Hilfe hätte bitten können. Der ganze Block war in Aufruhr. Ein Mann in Anzug und Krawatte taumelte auf mich zu, vielleicht ein Manager der Pharmafirma. »Eine Gasexplosion. Ausfall aller Systeme.« Mir kamen andere entgegen, die nach Luft rangen, husteten und keuchten. Einer in weißem Labormantel stützte sich an einem Haustor ab und übergab sich mit lautem Würgen. Er war kalkweiß und hielt sich mit letzter Kraft aufrecht. Ich wollte umkehren. Ich dachte an meinen Nachbarn und sein Kind. Ich dachte an Astrid, die auf mich wartete. Ich wusste, wie unverantwortlich es war, mich dem Katastrophenort weiter zu nähern. Aber ich konnte nicht anders. Ich sah den Laboranten, der erbrochen hatte, zu Boden sinken. Ich eilte zu ihm, doch er winkte ab. Nichts. Nur ein kleiner Schwächeanfall. Ich öffnete ihm sein Hemd. Er setzte sich auf. Plötzlich rief jemand, der Qualm verziehe sich wieder. Das Schlimmste sei vorbei. Zugleich erklärte ein anderer: »Einer von denen ist noch drinnen.«

Die Menschen näherten sich vorsichtig dem Gebäude, vor dem sie eben geflohen waren. Sie schlichen sich an und gingen dabei gebückt, nahmen hinter Autos Deckung, einige Männer, jüngere, hatten die Führung übernommen. Den Schal, den sie bisher um den Hals gewickelt hatten, schoben sie nun über Mund und Nase. Manche hatten Stöcke in der Hand, andere irgendwo aufgelesene Flaschen, einer sogar ein Beil.

Dann kam er heraus. Ein Wesen in einem zahnpas-
taweißen Raumanzug. Einen goldverspiegelten Helm
auf dem Kopf, und überall entwuchsen seiner Kleidung kleine Antennen und Sensoren. Ich war fasziniert
von dieser Gestalt. Greifhandschuhe, breite Stiefel.
Er hielt ein schneeweißes Instrument, eine riesige Sprit-
ze oder eine Panzerfaust vielleicht, mit der er sich auf
uns Menschen zubewegte. Er schnaufte schwer durch
sein Atemgerät. Einige Schritte noch, und er stand
vor einem jungen Mann im Kapuzenpullover, der hinter einem Kastenwagen Schutz gesucht hatte. Der
Fremde hob seine Waffe und richtete sie auf ihn, doch
da riss der junge Mann einen kleinen Prügel aus der
Tasche seines Hoodies. Ich schrie noch: »Nein! Lass
das! Das ist chancenlos.« Aber er hörte nicht auf
mich. Er stürzte sich auf den Außerirdischen, schlug
ihm seine Waffe weg, und nun ging ein Johlen durch
die Menge. Sie stürmten voran. Sie warfen ihn um.
Sie hackten auf ihn ein. »Bringt ihn nicht um«, rief
einer, »sonst kommen andere!«

Aber es war zu spät. Das Beil durchtrennte seine
Kleidung, er schrie, doch sie verstanden ihn nicht,
weil die Kugelhaube die meisten Laute schluckte. Nur
ein fernes Gluckern drang durch. Der Anzug färbte
sich rot.

»Halt. Nicht!« Ein Mann stürmte aus der Fabrik.
»Aufhören! ... Das ist der Feuerwehrmann. Vom Ka-
tastrophenschutz«, und nun erst hielten sie inne und
wichen zurück, alle gleichzeitig, und ich verstand
selbst nicht, wieso mir entgangen war, dass vor uns
ein Mensch gestanden hatte.

27

»Aber sein Lasergeschoss …«, stammelte der mit dem Beil.

Es war nur ein Feuerlöscher, umhüllt von weißem Schaum.

Plötzlich ging das Licht in der Eingangshalle der Fabrik wieder an. Eine Sirene ertönte. Mobiltelefone summten und klingelten, spielten fröhliche Melodien, als wäre nichts geschehen.

Aus einem Wagen war ein Radio zu hören. Die Erkennungsmelodie von Tschuljapjew, dann eine tiefe Stimme, entschieden und tröstlich zugleich: »Achtung. Das ist eine wichtige Durchsage. In den letzten Stunden sind alle elektrischen Systeme zusammengebrochen. Das Problem wird eben behoben.« Es hieß, Intensivstationen seien bereits wieder versorgt. Die Wasserverteilung sowie die Kläranlagen würden rasch funktionstüchtig gemacht. Wer noch in einem Aufzug festsitze, werde bald befreit sein. Die Rettungskräfte versuchten, so schnell wie möglich zu helfen. Die Feuerwehr sei ausgerückt. Zunächst gehe es darum, Kraftwerke wieder in Gang zu setzen. Sie sprachen vom Katastrophenalarm in mehreren Atommeilern. Ohne Kühlanlagen drohe überall ein Super-GAU. Die Kernschmelze … Dann die Anweisung, in welchen Gebieten sich niemand im Freien aufhalten solle. Festes Gemäuer aufsuchen. Gut abduschen. Keine Nahrungsmittel vom Feld verzehren. Jodtabletten einnehmen. Wenn möglich, Schutzraum aufsuchen. Radiodurchsagen anhören. Und wieder die Aufforderung: Ruhe bewahren.

Zum Schluss folgte die Meldung, die uns noch mehr

verunsicherte als alles, was wir bisher gehört hatten: Nicht die extraterrestrischen Gäste seien für den Zusammenbruch des Stromnetzes verantwortlich gewesen. Die Schuld daran liege alleinig im menschlichen Bereich. Die Führung einer Atommacht hatte beinahe die Erde vernichtet, um sie von den Eindringlingen aus dem All zu befreien. Der Knopf war schon gedrückt. Das Schlimmste konnte indes verhindert werden. Buchstäblich in letzter Sekunde. Es seien höchstwahrscheinlich die Außerirdischen gewesen, die alle Systeme lahmgelegt und uns vor den eigenen Nuklearraketen gerettet hätten. Ohne sie wären wir wohl verloren gewesen.

Die Menge stand vor dem Wagen und lauschte den Nachrichten. Wir starrten einander an. Uns einte die Scham. Erschöpfung. Verwirrung. Zu viele Neuigkeiten für einen Vormittag. Der Tote vor dem Fabrikgelände. Eine Leiche aus unserem Multiversum. Die Täter waren längst verschwunden, aber es blieb das Gefühl, den Mann gemeinsam ermordet zu haben.

Noch verstanden die meisten nicht ganz, was geschehen war. In diesen wenigen Stunden waren wir bereit gewesen, Verbrechen zu begehen. In diesen wenigen Stunden hatte die Menschheit beinahe einen Krieg gegen sich selbst begonnen. Wir waren von den Außerirdischen daran gehindert worden. Sie hatten uns vor unseren eigenen Waffen bewahrt. Sie hatten die totale Kontrolle über uns.

Mein Smartphone brummte. Eine SMS. »Wo bist du?« Und gleich darauf: »Komm nach Hause!«

2

Wir blieben die ganze Nacht wach. Wir lagen im Bett. Astrid griff mehrmals nach dem Laptop, um die neuesten Nachrichten nicht zu verpassen. Ich erzählte ihr, was ich gesehen hatte. Verwandte riefen uns an. Andere schickten E-Mails. Lebenszeichen auf Facebook. Auch Notrufe wurden dort gepostet, doch ebenso Meldungen aus dem Verkehrstumult. Die Mutter eines Freundes hatte einen Unfall überlebt. Eine Karambolage auf der Stadtautobahn. Drei Flieger waren irgendwo über dem Ozean verschwunden. Dazwischen die wechselseitigen Versicherungen, wohlauf zu sein. Immer dieselbe Frage: Wo wart ihr, als es geschah? Stell dir vor, wir waren in der Garage, als das Licht ausging, und fanden nicht hinaus. Postings: Ich habe den Weltuntergang verschlafen. Ich war am Flughafen – zum Glück noch nicht im Flieger. Ich war im Kühlraum. Auf der Straße im Stau. Vollkommen allein mitten auf dem Land. In der Waschstraße. Wir redeten von den Plünderungen, den Ausschreitungen, den Morden. Im Radio wurde von der Atommacht erzählt, die ohne Not den Angriff befohlen hatte. Im Fernsehen ein Bericht über Rettungseinsätze. Auf Twitter eine Unzahl von Links. Katastrophenalarm am Staudamm. Betriebsstörungen im Atomkraftwerk. Verdacht auf den Super-GAU. Zugleich das Misstrauen, ob all den Durchsagen und Angaben zu glauben sei. Ich sagte Astrid, es werde alles gut, und als sie leise nickte, drehte ich den Kopf weg, um ihr nicht in die Augen blicken zu müssen.

Es war noch dunkel, und ich versuchte einzuschlafen, doch ehe ich in den Schlummer versank, hörte ich einen Knall. Ich fuhr hoch. Irgendwo draußen war ein Motorrad gestartet worden. Astrid fasste meine Hand und drückte sie fest. Sie kuschelte sich an mich, aber anders als sonst fügten wir uns nicht recht zusammen. Was geschehen war, blieb zwischen uns.

Am nächsten Morgen rief Astrids Freundin an. Ihr Vater sei gestorben. Ein Herzinfarkt im Dunkel der U-Bahn. Stundenlange Panik, kein Wasser. Nein, sagte Astrids Freundin, sie brauche keine Hilfe. Wirklich nicht. Sie sagte: »Den Umständen entsprechend.«

Kurz darauf meldete sich Jup Bitter, mein Chefredakteur. Zu der Zeit war smack.com einfach ein digitales Magazin für Kochkunst. Lokalbeschreibungen. Rezepte. Gourmetkritiken. Diätvorschläge. Noch kannten uns nur Interessierte. Jup und ich hatten das Medium gemeinsam erfunden, doch er war der Eigentümer. Das Kulinarische wurde kritisch und die Kritik kulinarisch serviert. Wir gingen den Nahtstellen zwischen Gesellschaft und Politik, zwischen Küche und Kultur nach. Meine Artikel erschienen auf unserer Website, und dort wurden auch meine Sendungen gestreamt.

Jup sagte: »Wir sind heute offline. Bleib zu Hause.«

»Wieso?«

»Ich übernehme nicht die Verantwortung. Wer weiß, was draußen noch alles passiert.«

»Kann nicht einer von den Jungen zumindest recherchieren?«

»Was denn? Dieses neue Spitzenrestaurant?«

»Das ist sicher wieder zu.«

»War es so schlecht?«

»Es geht jetzt nicht um Gourmetfragen!«

»Eben. Wir haben geschlossen. Heute und morgen.«

»Das Thema ist Hunger, Jup! Das ist unsere Chance. Eine einmalige Gelegenheit. Die Leute wissen nicht, was sie ihren Kindern morgen zu essen geben sollen. Mittlerweile werden die Läden leer geräumt. Siehst du keine Nachrichten? In manchen Gegenden wird um Nahrungsmitteltransporte gekämpft. Die Menschen haben Angst. Weißt du nicht, was geschieht, wenn die tägliche Mahlzeit dreimal hintereinander ausfällt? Was glaubst du, was die Eltern dann machen.«

»Und was hat das mit uns zu tun? Nichts! Ohne Essen keine Gastrosophie und kein Gourmetkritiker. Wir schreiben über neue Küchenmethoden. Wir präsentieren ausgefallene Rezepte. Das ist unsere Spezialität.«

»Das interessiert doch jetzt niemanden mehr. Die Leser wollen wissen: Wovon sollen wir uns ernähren? Was kommt auf den Tisch? Wir müssen das aufgreifen. Wie lange ist das Wasser genießbar? Was könnte vergiftet sein? Was tun bei einer Kernschmelze? Drohen Viren aus dem All? Was darf ich überhaupt noch essen? Das sind unsere Themen. Ob dir das schmeckt oder nicht.«

»Ich weiß schon. Smack.com wird dazu berichten.«

»Dann sehen wir uns in einer Stunde?«

»Heute und morgen kommt mir niemand in die Redaktion.«

»Ich will aber.«

»Übermorgen, Sol. Bis dahin wird sich alles beruhigt haben.«

»Wovon redest du?«

»Es kann nur besser werden.«

»Wer sagt das?«

»Der Chefredakteur«, antwortete Jup und legte auf.

Astrid und ich blieben daheim. Ich hatte keine Lust auf weitere Ausflüge. Wir hatten noch genug Nudeln und Kartoffeln in der Speisekammer. Wir schauten gemeinsam fern. Wir sahen die Zerstörungen. Berichte von den Ausschreitungen.

Sie sagte: »Ich hätte dich nicht gehen lassen sollen.«

»Was meinst du?«

»Allein. Gestern. Ich hätte dich begleiten müssen.«

Am nächsten und übernächsten Tag häuften sich die Horrormeldungen. Im Netz kursierten unzählige Verschwörungstheorien. Gerüchte über Massenmorde. Das Märchen von einer Allianz zwischen der Nato und den Außerirdischen. Ein Schulfreund postete, hinter allem, sogar hinter der Landung dieser extraterrestrischen Macht, stünden tatsächlich nur die Freimaurer. Es gab Aufrufe zu Pogromen gegen Fremde: Sie seien in Wirklichkeit getarnte Aliens. Zugleich wurden Manifeste gegen diese Aufrufe veröffentlicht. Niemand wusste mehr, was Bericht und was Gerücht, was Verschwörung und was Verfolgungswahn war. In den Zeitungen lasen wir von Überfällen auf mehrere Lebensmitteltransporte in entlegenen Gebieten. Im Radio hörten wir, dass der Fahrer eines Lasters massakriert worden sei. Am dritten Morgen nach der Landung klopfte es an der Tür. Es war ein Nachbar, ein älterer Herr. Ich erkannte ihn kaum wieder, denn seine Backe war blau und geschwollen. Sein sonst schlohweißes Haar war blutverschmiert. Er habe seine Nichte besucht. Sie habe ihm Gulaschsuppe und Kompott mitgegeben, in Plastikschüsseln abgefüllt, dazu Brot. Auf dem Weg nach Hause sei er von einer Gruppe Jugendlicher aufgehalten worden. Unter Schmerzen, denn das Sprechen tat ihm weh, erzählte er, sie hätten ihn aufgefordert, ihnen etwas von seinem Essen abzugeben. Er hatte sich geweigert. Sie waren auf ihn losgegangen und hatten ihm alles entrissen. »Diese Schweine«, heulte er. Ob wir etwas zu essen für ihn übrig hätten. Ich gab ihm von unseren Vorräten, und er nahm es wortlos entgegen.

Vor solchen Übergriffen wurde später gewarnt, und es hieß, so schnell wie erhofft gelinge es nicht, die Versorgung wiederherzustellen. Für Rettungsmaßnahmen würden zu viele Einsatzkräfte benötigt, als dass man überall gleichzeitig für Ordnung sorgen könne. Anders als Jup gedacht hatte, beruhigte sich die Lage nicht. Im Gegenteil. Jener Vater aus der Nachbarswohnung, der mit seinem kleinen Sohn im Lift festgesteckt hatte, stand eines Abends vor unserer Tür, einen Baseballschläger in der Hand. Er sagte: »Wir brauchen Waffen!«

Astrid verstand erst nicht. »Wofür?«

»Zum Schießen.«

Sie wich zurück. »Wieso denn?«

Er ging an ihr vorbei in unsere Wohnung. Eine Woche zuvor wäre er nie auf die Idee gekommen, ungebeten die Türschwelle zu überschreiten. »Die Leute verlieren den Kopf!«, sagte er. Dabei raufte er sich die Haare. »Die schlagen los. Sie bewaffnen sich.«

»Wer?«

»Sie ziehen durch die Straßen. Wir müssen das Haus und unsere Familien schützen.«

Tags darauf rief Jup alle in die Redaktion. Nun war es auf den Straßen erst recht gefährlich geworden. Überall Spuren von Ausschreitungen. Eingeschlagene Schaufenster, ausgebrannte Autos, aufgebrochene Haustore, umgeworfene Mülltonnen, verbogene Straßenschilder. Geplünderte Läden. Es hatte zu schneien begonnen, doch der Schnee wurde nicht geräumt. Zur Sicherheit hatte ich ein Messer und eine Brechstange mitgenommen. Ich legte sie unter meinen Sitz und fuhr los. An einer Ausfallstraße sah ich Jugendliche. Sie jagten an mir vorbei. Ein Beutezug durch die Außenbezirke. Sie streunten durch verwüstete Geschäfte, um sich zu nehmen, was noch dalag. Die Ladenbesitzer waren nicht zurückgekehrt. Auf den Gehwegen waren Essensreste und Verpackungen verstreut. Die Müllabfuhr war nirgends zu sehen.

Wir hatten kaum noch Vorräte zu Hause. Ich parkte den Wagen in der Nähe eines Supermarktes, griff nach meiner Brechstange und stieg aus.

Das Geschäft schien leer, das Türschloss war aufgebrochen. Scherben, Kartons am Boden, und ein riesiger See aus Fruchtmark, Milch und Limonade. Umgeworfene Regale. In einem Gang fand ich noch einen Käse, der erst seit drei Tagen abgelaufen war. Ich steckte ihn eben ein, da öffnete sich vor mir eine Stahltür. Ein schmaler, langer Kerl kam aus dem Kühlraum, in der Hand einen vollen Beutel. Ein Schinken schaute daraus hervor. Als er mich sah, stutzte er und blieb stehen. Ich bemerkte die Pistole in seinem Gurt. Er hob den Finger gegen mich, als wolle er mich mit bloßer Hand erschießen. Dann nickte er – ganz langsam – und ging.

Ich sank in mich zusammen, als wäre ich getroffen. Es dauerte, bis ich mich weiter tasten konnte. In der Kühlkammer herrschte ein Durcheinander. Waren lagen verstreut herum, die eigentlich in die Ladenregale gehört hätten. Der Griff nach fünf Packungen Spaghetti, einer Wurst, einigen Gurkengläsern, Heringsdosen, Ketchupflaschen, Senftuben. Ich zog meinen Mantel aus und wickelte alles darin ein. Mir war kalt. Plötzlich ging die Stahltür wieder auf, die hinter mir ins Schloss gefallen war. Schnell versteckte ich mich hinter einem Kasten. Stimmen. Mehrere Männer. Sie gingen nach hinten. »Dort ist das Fleisch«, sagte einer. Mit meiner Beute unter dem Arm huschte ich an ihnen vorbei zum Ausgang. Ich war schon fast draußen, da stolperte ich über eine Flasche. Es klirrte. Sie riefen einander zu: »Da ist wer.« – »Haltet ihn auf!« – »Bleib stehen!«

Ich rannte los. Einer holte mich ein, griff nach mir. Ich drehte mich um und schlug ihm mit meiner Brechstange auf die Hand. Ich hörte das Knacksen und seinen Schrei. Ein anderer brüllte: »Ich krieg dich!«

Ich ließ den Mantel fallen. Gurkengläser und Ketchupflaschen zerbrachen. Einer der Männer stürzte. Ein zweiter beugte sich über den Verletzten, dann rief er mir nach: »Du Schwein. Du hast ihm den Arm gebrochen. Was ist bloß los mit euch? Ihr Arschlöcher!«

Draußen sprang ich in den Wagen, startete den Motor und legte den Gang ein. Einer war mir nachgelaufen. Er warf sich gegen die Fahrertür. Ich verriegelte sie im letzten Moment, gab Gas und raste davon. Nur weg. Eine Gegend, die ich nicht kannte.

Um aus dem Viertel wieder herauszufinden, bog ich ab, womit ich endgültig die Orientierung verloren hatte. Ich suchte nach einem Straßenschild, als ich sie mitten auf der Fahrbahn stehen sah: junge Kerle, auch einige Frauen, halbe Mädchen. Sie kamen mir entgegen, rannten auf mich zu. Ich bremste scharf, um zurückzusetzen, doch mir folgte ein Laster. Eingekreist. Einige von ihnen hatten Flaschen in der Hand. Manche nippten an Bierdosen. Scheußliche Gestalten, wie aus Erdlöchern hervorgekrochen. Reptilienmenschen, aus Schmutzeiern geschlüpft.

Ein Bursche in Lederjacke schlenderte heran, schlaksig die Gestalt. Über dem Nacken balancierte er mit beiden Händen einen Prügel. Mit dem Zeigefinger wies er mich an, ich solle die Scheibe herunterlassen.

Dann trat er an den Lastwagen und rief zum Führerhaus hinauf: »Motor abstellen.« Er kam zu mir zurück. »Wolltest du eben umkehren?«

»Nein.«

Eines der Mädchen kicherte.

Ein muskelbepackter Mann mit Vollglatze brüllte mich an: »Motor abstellen!«

»Nicht doch«, lächelte der Erste. »Der da muss den Motor nicht abstellen. Wir nehmen das Auto auch so.« Gelächter.

»Ich wollte nur einparken«, antwortete ich.

»Was du nicht sagst.« Er ließ den Prügel über die rechte Schulter herunterrollen, schwang ihn im Handgelenk und knallte ihn gegen meinen linken Scheinwerfer. Das Glas splitterte.

»Ich bin Journalist. Sie wollen ein Interview mit dir.« Ich hielt ihm meinen Redaktionsausweis hin.

»Wer will was von mir?«

Ich deutete nach oben. »Die Aliens.«

Er hielt inne. Ich hatte ihn mit dieser Behauptung aus dem Takt gebracht, doch war ich sicher, sie würden mich gleich aus dem Wagen ziehen und mir den Schädel einschlagen. Ich musste Zeit gewinnen. »Sie suchen den Kontakt zur Straße«, erklärte ich ihm. »Sie wollen wissen, was ihr braucht.«

»Was wir brauchen?« Er sprach die Worte langsam, mit schwerem Zungenschlag. »Dein Auto brauchen wir.«

»Und was ist mit Verpflegung?«

Er sah mich von oben herab an. In der Zwischenzeit waren neue Wagen in die Straße gebogen. Sie hupten. Der Lastwagenfahrer schaute aus dem Seitenfenster und brüllte: »Weg frei! Los! Wird's bald. Haut ab, ihr Scheißer.« Sie sahen zu ihm hin, rempelten einander an. »Was will das Arschloch?« – »Holen wir ihn raus.« Sie gingen auf ihn zu. Sie zogen Knüppel und Messer hervor. Er war ihr Ziel geworden.

Der, der eben noch vor mir herumstolziert war, wies einen seiner Leute mit einem Wink an, vor meinem Wagen stehen zu bleiben, dann schlenderte er nach hinten. Schon schwang er seinen Prügel, da fiel plötzlich ein Schuss. Und noch einer. Und wieder. Der Lastwagenfahrer hatte ein Gewehr hervorgezogen und zielte über die Köpfe der Bande hinweg.

Sie rannten auseinander, vor mir stand nur noch der eine Wachtposten. Wir sahen einander in die Augen. Ich fuhr an. Er hechtete zur Seite. Hinter mir setzte sich auch der Laster in Bewegung. Ein Konvoi durch unsicheres Terrain.

Ich erreichte die Redaktion. Leila, die Moderatorin einer kleinen Frühstückssendung, lief mir entgegen. »Gut, dich zu sehen, Sol.« Kaum angekommen, rief uns Jup zur Redaktionskonferenz. Von denen, die in der Regel von zu Hause aus arbeiteten, hatten sich die meisten eingefunden. Andere, die sonst im Büro waren, fehlten. Jup sagte: »Vergesst alles. Berichte über feine Restaurants? Artikel über gute Küchen? Alles unbrauchbar geworden. Die Frage lautet: Gibt es überhaupt noch etwas zu essen?«

»Wir haben keine Fotos«, sagte Leila.

»Wir brauchen Bilder von ihnen«, meinte Jup.

Jürgen Kastor entgegnete, smack.com sei kein Nachrichtenmagazin. Was sollten wir als Gourmetmedium zur Landung der Außerirdischen beitragen?

»Ausgerechnet du sagst das?«, fragte Jup. Jürgen, ein sehnig dürrer Mann mit Glatze, hatte eine Rubrik für gesundes Essen. Unverfälschte Speisen waren seine Spezialität. Er wetterte gegen Zusatzstoffe, gegen Antibiotika, gegen Hormonmittel, gegen Zucker und Zuckerersatz, gegen Völlerei und Magersucht. Überall der Täuschung auf der Spur. Er war ein Paranoiker der Ernährung und der Kochkunst, davon überzeugt, Wirtschaft und Politik würden uns allen Lügen auftischen. Im Übrigen waren die Außerirdischen seit jeher sein Steckenpferd: Jürgen hatte oft erklärt, Aliens seien schon vor langer Zeit mit uns in Kontakt getreten. »Das kann doch kein Zufall sein!«, hatte er jahrelang wiederholt. Oder: »Die Regierung hält alle Dokumente unter Verschluss.« Oder auch: »Das Militär verweigert jeden Kommentar.« Er war immer davon überzeugt, alles werde vertuscht.

Jürgen sagte: »Es gibt keine Bilder von den Außerirdischen, weil noch nicht einmal klar ist, ob wirklich irgendwer bei uns gelandet ist.«

»Du brauchst noch Beweise?«, fragte Albert Stern.
»Sind nicht genug Menschen gestorben? Glaubst du,

die nukleare Katastrophe, der wir knapp entgangen sind, war ein Fake? Die Plünderungen? Die Nahrungsmittelknappheit? Alles nur eine Erfindung?«

Stern war eine Koryphäe der Gourmetkritik. Er tingelte durch sämtliche Talkshows im Fernsehen. Er fiel auf. Die athletische Gestalt im abgetragenen Tweedsakko, sein breites Gesicht und die blonde Mähne. Kein Wirt, kein Koch, kein Geschäftsführer, der nicht in Panik geriet, sobald Stern sich still in eine Ecke des Raumes setzte, einmal quer durch die Speisekarte bestellte, eine Auster schlürfte, eine Bouillabaisse löffelte, von einem Kalbsragout kostete oder in eine Wurst biss. Er ließ sich nicht anmerken, wie ihm die Speisen schmeckten. Er blickte griesgrämig drein. Er war ein Dogmatiker des Kulinarischen. Stern hatte nie den Hunger anderswo beklagt, sondern immer nur den Fraß im Lokal um die Ecke. Tagesaufregungen kümmerten ihn nicht. Er blieb gelassen, wenn alle vor Rinderwahn und Vogelgrippe warnten. Ganz anders diesmal.

»Nichts ist, wie es war«, sagte er. »Die Genesis ist widerlegt. Wir sind nicht die Krone der Schöpfung. Nicht Gott und nicht der Messias sind erschienen, sondern Außerirdische. Das betrifft alles! Auch die Kochkunst. Die Leute beten: Unser täglich Brot gib uns heute, und seit gestern wissen sie nicht, an wen sie sich dabei wenden sollen.«

Ich meldete mich zu Wort. »Es geht um den Hunger. Wir müssen Antworten auf die Fragen geben, die jetzt viele beschäftigen. Kann man Lebensmittel aus fernen Galaxien essen? Was ist mit Gemüse oder

Obst aus dem Kosmos? Welche Vorsichtsmaßnahmen sind sinnvoll? Welche Gefahren drohen? Ist es notwendig, Vorräte anzulegen?«

Jup nickte. »Wer schreibt einen Artikel dazu?«

Ich schüttelte den Kopf. »Das muss schneller gehen. Wir brauchen ein offenes Mikro. Ein Nonstop-Studio. Wir senden rund um die Uhr. Alle können anrufen, E-Mails schicken. Wir laden Gäste ein. Intellektuelle, Spezialisten.«

»Das ist es!«, sagte eine der jüngeren Redakteurinnen. »Und Albert müsste der Moderator sein.«

»Wie sollen wir es nennen?«

Es gab mehrere Vorschläge. »Tischgespräch …« – »Aufgekocht!« – »Ans Eingemachte!« Jede Idee wurde abgelehnt.

Nach einer Pause sagte ich: »Brandheiß«, und Jup meinte: »Sehr gut. So muss das heißen.« Albert Stern wurde zum Hauptmoderator ernannt. Ich sollte die inhaltliche Leitung übernehmen.

Jürgen war nicht begeistert. »Wir müssen irgendetwas Neues über die Außerirdischen herausfinden«, widersprach er.

»Warum nicht? Wenn du das machen möchtest …«, sagte Jup.

Jürgen fuhr noch am selben Tag los, um eine geheimnisumwitterte Forschungsstation aufzusuchen. Ein Institut, das im Kalten Krieg jenseits des Eisernen Vorhangs und unweit der einstigen Grenzbefestigungen gelegen hatte und von dem es hieß, es widme sich der Erforschung der Schumann-Resonanz, elektromagnetischer Wellen, die den Erdball umhüllen. Diese Frequenzen, so eine Theorie, die im Netz kursierte, würden auch in unserem Hirn wirken. Über die Schumann-Resonanz, meinten manche Postings, könne die gesamte Menschheit gelenkt werden. Nichts anderes sei in den letzten Jahren geschehen. Ein Spitzenpolitiker der oppositionellen Rechten forderte einen parlamentarischen Untersuchungsausschuss zu dem Thema. Um die Forschungsstation im Nachbarland rankten sich unzählige Gerüchte. Von dort aus werde ins All gespäht. Von dort aus würden Funksprüche ins Universum geschickt. Von dort aus sei ein Kontakt mit fernen Zivilisationen aufgenommen worden. Von dort aus hätten die Außerirdischen uns ausgeforscht. Sie hätten die Kontrolle über unser Denken und über unsere Kommunikationssysteme übernommen. Von dort aus glaubte Jürgen Kastor über die Außerirdischen, die nun gelandet waren, berichten zu können.

Wir anderen kümmerten uns nicht um seine Recherche. Der Rest der Redaktion arbeitete an der neuen Talkshow. Bereits am nächsten Morgen gingen wir auf Sendung, in der Hoffnung, unser Publikum halten zu können. Was dann geschah, übertraf jedoch alle unsere Erwartungen.

Ich hatte ein Dutzend Gäste eingeladen. »Das sind zu viele. Wie soll das funktionieren?«, fragte mich Albert Stern in der Früh. »Das geht schief«, meinte Jup. Auch ich hatte ein schlechtes Gefühl.

Wir begannen mit der Sendung. Albert Stern hielt sich nicht an meine Vorgaben. Mein Leitfaden interessierte ihn nicht. Er sagte: »Meine Damen und Herren, was vor wenigen Tagen geschah, ist noch nie passiert. Wir haben keine Ahnung, was die Außerirdischen hierherführt. Wer weiß, ob wir imstande sind, mit diesem Einfall fertig zu werden. Was heißt das alles, für Sie, für mich, für Kinder, die in einem neuen Kosmos aufwachsen, für unseren Alltag, für unser Leben?« Er blieb beim Einzelfall. Er schweifte von einer Person zur anderen. Er fragte: »Wie geht es Ihnen damit?« Oder: »Wie war das für Sie?« Er schaute in die Kamera und sagte: »Meine Damen und Herren, rufen Sie uns an. Schicken Sie uns eine Mail. Posten Sie Ihre Meinung.«

Während die Sprecher der anderen Medien noch erklärten: »Das Wichtigste ist, nicht in Panik zu geraten, sondern Ruhe zu bewahren«, fragte Albert, ob jemand in der Runde Angst vor dem Hunger habe, jetzt, da alle Geschäfte geschlossen seien. »Wie lange könnten Sie sich noch ernähren, wenn das so weitergeht?« – »Wie schützen Sie sich vor den Hooligans auf den Straßen?«

Leila merkte es als Erste: die Zugriffe über das Internet, die Anrufe, die Postings. Wir hatten Ähnliches noch nie erlebt. Während draußen die Plünderungen zunahmen, die Einsatzkräfte mit den Rettungsarbeiten überfordert schienen und nicht imstande waren, die allgemeine Ordnung wiederherzustellen, blieben die Leute in ihren Wohnungen vor den Bildschirmen und suchten Trost. Vielerorts war die Versorgung zusammengebrochen. Auf nichts war mehr Verlass. Die Busse fuhren nicht. Die Züge fielen aus. Manche Gegenden waren wie abgeschnitten. Viele Menschen wagten nicht, zur Arbeit zu kommen. Fabriken standen still, Bürogebäude und Schulen blieben leer, die Märkte brachen ein, Börsenkurse stürzten ab, doch »Brandheiß« erlebte einen beispiellosen Aufstieg. Die Sendung war – von einem Tag auf den anderen – zum zentralen Medium einer neuen Zeit geworden. Anders als in den ersten Tagen redete die Gästerunde nun vor einem Studiopublikum, das die einzelnen Äußerungen mitverfolgte, zuweilen mit Applaus bedachte, manchmal lachte und über den einen oder anderen Diskutanten ungläubig den Kopf schüttelte.

Was Albert anrührte, war heiß, war brandheiß. Er gab den Problemen ein Gesicht, ob es anmutig oder fratzenhaft war. Er hatte ein Gespür für den richtigen Effekt. Er ahnte, wann die Menschen Aufmunterung, wann sie eine Sensation, ein gemeinsames Schaudern brauchten. »Übernehmen diese Jugendbanden, diese Hooligans die Macht? Ich frage Sie: Müssen die Plünderungen härter bestraft werden? Brauchen wir das Kriegsrecht?«

Während in allen anderen Medien noch vorsichtig und zurückhaltend geredet wurde, sprach er Klartext. »Verstehe ich Sie richtig? Wollen Sie wirklich die Armee einsetzen?« Albert Stern mutierte. Der sensible Gourmetkritiker wurde zum Pusher, der die Dosis von einer Frage zur nächsten erhöhte. Nicht wenige schickten uns empörte E-Mails. Sie protestierten gegen seine Angstmache, gegen seine grelle Art. Aber niemand drehte ab. Im Gegenteil. Alle, die Begeisterten wie die Angewiderten, hatten angebissen und konnten nicht mehr von dem Köder lassen. Zuschauer rissen sich um Publikumskarten, um live bei den Shows dabei sein zu dürfen.

Die meisten in der Redaktion waren begeistert. Sie kamen nach der Sendung zu Albert und gratulierten ihm, wenn er es geschafft hatte, einem der Gäste intimste Gefühle zu entlocken. Sie klopften ihm auf die Schulter, wenn er jemanden vor laufender Kamera zum Weinen gebracht hatte. »Das ist Fernsehen«, sagte Jup, und nur Leila wandte sich ab und murmelte mir zu: »Was machen wir da? Smack.com war doch für Feinschmecker. Jetzt servieren wir Junkfood.«

Zwei Wochen nach der Landung wurde das Essen knapp, und ich weiß nicht, was ich ohne Astrid getan hätte. Sie besorgte immer noch frisches Obst und Gemüse, während andere nicht mehr wussten, was sie ihrer Familie, den Kindern, den Kranken zu essen geben sollten. Astrid ging tagsüber ihrer Arbeit im Museum nach, doch mehrmals in der Woche fuhr sie aus der Stadt, zu Bauernhöfen und in Dorfbetriebe.

»Du bringst dich in Gefahr. Wer weiß, was da draußen los ist.« Aber sie hörte nicht auf mich, ging auf eigene Faust los.

»Ich pass schon auf mich auf.«

Während alle um uns herum verloren wirkten, hatte ich den Eindruck, Astrid finde zum ersten Mal richtig zu sich. Solange die anderen zufrieden gewesen waren, hatte sie immer ein Zweifel umgeben. Eine stille Melancholie, die sie geheimnisvoll machte und

zuweilen kompliziert. Sie war feinfühlig und empfind-
sam. Aber jetzt, in der Not, als alles einfach nur trost-
los schien, überwand sie ihre Zwiespältigkeit.

Unterdessen hatte ich kaum mehr Bargeld. Die
Banken waren weiterhin geschlossen. Die meisten
Geldautomaten waren ausgeraubt oder zur Sicherheit geleert worden. Ich irrte durch die Straßen, um
eine offene Filiale zu finden. Vor einem Schneehaufen
an einer Ecke stand ein Mann in einer Daunenjacke
mit Kapuze. Als ich an ihm vorbeiging, murmelte
er: »Brauchst du Scheine?«

»Scheine?«

»Ich kaufe alles.«

»Was denn?«

»Frag mich lieber, was nicht. Hast du ein Auto?«

Er bot mir einen Spottpreis, und ich hätte es ihm
noch am selben Tag verkauft, wenn nicht plötzlich
ein Polizeiwagen um die Ecke gebogen wäre. Die Brem-
sen quietschten, und ohne ein weiteres Wort lief er
weg. Überall hingen Plakate, die vor Plünderungen
und dem Schwarzmarkt warnten.

An diesem Abend traf ich im Haus auf unsere
Nachbarin, deren Mann nach seinem Erlebnis im
Aufzug gemeint hatte, wir müssten uns bewaffnen.
»Er hat sich einen Revolver besorgt. Ich habe Angst.
Was, wenn die Polizei ihn festnimmt. Oder noch
schlimmer …«

Der junge Student, der einen Stock unter uns
wohnte, er hieß Elliot, war eben aus dem Lift gestie-
gen. »Ich würde mich auch bewaffnen, wenn ich
könnte.«

»Sei vernünftig«, sagte ich. »Du hast die ganze Zukunft vor dir.«

»Ich habe einen Scheißdreck. Meine fünf Semester Luftfahrttechnik kann ich mir in die Haare schmieren. Alles nicht mehr relevant. Das braucht kein Mensch mehr. Ich bin ein Dinosaurier auf der Autobahn. Niemand will das noch haben, was ich kann.«

Viele wussten nicht mehr weiter. Albert Stern lud gerne die Verzagten ein. Er brauchte die Experten, doch mehr noch die Ratlosen. Die Verzweifelten waren sein Trumpf, die Spezialisten waren seine Joker, er aber war der Star. Durch ihn wurde »Brandheiß« zum Kult. Er fragte die Diabetikerin, die fürchtete, bald kein Insulin mehr zu erhalten: »Macht Ihnen das Angst?« Er nickte verständnisinnig, wenn ihr die Stimme versagte, um dann zu verkünden: »Wir schaffen das!« Er rief: »Uns ist nichts zu heiß!« Das war seine Parole.

Er bat Koryphäen in die Sendung, die nicht aufhören konnten, vor den Gefahren aus dem All zu warnen. »Woher sollten wir Mittel haben gegen Krankheiten, die wir noch gar nicht kennen«, sagte eine Medizinerin. »Ich fürchte, wir sind irgendein Stamm am Ende der Welt, der von fernen Zivilisationskrankheiten dahingerafft werden wird.«

Es gab Institute, die schon seit Jahrzehnten ergründeten, was geschehen müsse, sollten Außerirdische auf der Erde landen. Eine Anthropologin, die an einer solchen Einrichtung arbeitete, dem United Nations Office for Outer Space Affairs, sagte: »Ich wür-

de sie fragen wollen: Was hat euch hergebracht? Wie
ist euer Denken, euer Fühlen, euer Gehirn aufgebaut?
Könnt ihr euch etwas vorstellen, was es nicht gibt?
Etwas außerhalb dieser Zeit und dieses Raums?«
Ein weiterer in der Runde fragte: »Kennt ihr Kunst?
Lest ihr Romane? Hört ihr Musik? Was macht euch
glücklich?« Ein anderer, ein pensionierter General:
»Ich würde mich lieber erkundigen: Weshalb seid
ihr hier? Wusstet ihr vor eurer Landung von unserer
Existenz? Wo wart ihr überhaupt vorher?«

»Mich interessiert ihre Religion«, meinte eine ehemalige Pressesprecherin. »Glauben die an Gott? Oder
sind das alles Heiden?«

Die Anthropologin fuhr dazwischen: »Verstehen
Sie denn nicht. Wir sind nicht die Krone der Schöpfung. Wir sind nicht das Zentrum des Universums.«

»Vielleicht wäre die richtige Frage: Wisst ihr, was
gut ist und was böse?«, sagte der Vorsitzende der
Ethikkommission einer internationalen Raumfahrt-
behörde.

Die Anthropologin entgegnete: »Ich will zuerst
wissen: Seid ihr gekommen, um von uns zu lernen?
Wie lange werdet ihr bleiben?«

»Lassen Sie mich in aller Deutlichkeit darauf hinweisen: Wir wissen nichts«, meinte ein Staatssekre-
tär. »Wir brauchen Zahlen, harte Fakten. Könnte
ich denen eine Frage stellen, würde mich vor allem interessieren: Wie viele gibt es von euch? Wo kommt
ihr her?«

Ein Oppositionspolitiker rief: »Die Regierung sollte die Antworten längst erfahren haben. Wir sitzen

im Chaos. Auf den Straßen herrscht das Verbrechen. Unsere Grenzen sind ungesichert. Niemand kann uns darlegen, was die Außerirdischen wollen. Wer hat eigentlich noch die Kontrolle über unser Land? Über unsere Erde?« Die Worte dieses Scharfmachers wurden allseits mit Kopfschütteln bedacht. Ob er einen Krieg gegen diese extraterrestrische Macht anzetteln wolle, die uns bei weitem überlegen sei? Wie überhaupt die Grenzen im Kosmos gesichert werden könnten? Verstehe er denn nicht, wie gefährlich jede Hetze gegen die Fremden sei? Aber während Experten und Verantwortliche, während Journalisten und Intellektuelle die Vorstöße jenes Agitators verurteilten, gewannen die Parolen seiner Fraktion an Kraft. Und das, obwohl nicht ganz klar war, welche Forderungen sie genau vertrat. Sie verlangte ein schärferes Vorgehen – gegen die Hooligans, gegen das Chaos, in der Begegnung mit den Außerirdischen.

Ein Astrophysiker im Rollstuhl hatte jahrelang vor jedem Versuch, mit Außerirdischen Kontakt aufzunehmen, gewarnt. »Wer durchkreuzt Galaxien und reist Millionen Lichtjahre durch das All, wenn nicht, um sein Imperium auszuweiten. Wir sind für diese Wesen eine untergeordnete Spezies«, erklärte er. »Sie sind eine hochentwickelte Gattung. Sie sind Nomaden des Universums. Womöglich ziehen sie von einem Planeten zum nächsten, um alle zu erobern, zu kolonialisieren und auszubeuten. Wir erleben derzeit, was den Indianern geschah, als Christoph Kolumbus in Amerika landete. Das ging für die indigenen Völker bekanntlich nicht sehr gut aus.«

Eine junge Biologin widersprach ihm. »Vielleicht wissen die Außerirdischen, wie man friedlich und genügsam existiert, und zwar ohne fremde Welten zu unterwerfen. Wahrscheinlich sind sie uns sogar genau deshalb überlegen.« Sie machte eine kurze Pause. »Mir scheint, sie kümmern sich nicht allzu sehr um uns. Warum sollten sie auch? Wir lesen unseren Goldfischen auch keine Bücher vor.« Sie sagte: »Womöglich sind sie einfach nur Wissenschaftler.«

Der Astrophysiker in seinem Rollstuhl lächelte. »Hoffentlich nicht! Das wäre das Schlimmste …« Und als alle anderen ihn überrascht anschauten: »Wir sind ihre Versuchskaninchen. Ratten im Labor.«

Die Anthropologin sagte: »Wir wissen nichts. Worum handelt es sich überhaupt bei den Außerirdischen? Sind es einzelne Individuen? Sind es intelligente Wesen? Oder ist es ein Organismus aus vielen Teilen ohne eigenes Bewusstsein? Ein seelenloses Gefüge, das von einem Planeten zum anderen springt und sich im All ausbreitet. Wie ein Verbund von Mikroben. Wir wissen nichts.«

»Sie könnten sich aus Insekten entwickelt haben«, erklärte der Astrophysiker. »Sie könnten viel kleiner und mit bloßem Auge nicht erkennbar sein. Sie sollten erstens über eine Mundöffnung verfügen, um essen zu können. Sie müssten zudem wohl Beine haben, um sich bewegen zu können. Wir können auch von Augen ausgehen. Es steht leider nicht zu hoffen, dass sie wie Marilyn Monroe aussehen.«

Albert Stern stand auf. Er ging zwischen den Reihen der Zuschauer hindurch, als suche er im Studio nach jemandem, und fragte: »Aber wo sind sie denn – die Schreckensbilder von den Monstern aus dem Universum? Wenn es ihnen darum ginge, uns zu unterdrücken, hätten sie es nicht längst getan? Sie behaupten, sie wollen uns nicht bekämpfen. Das wäre doch wunderbar! Wie sehen Sie das, Herr Professor? Sagen Sie es: Uns ist nichts zu heiß!«

»Wir sind die primitiven Eingeborenen«, antwortete der angesprochene Historiker, ein bärtiges Zottelwesen mit Brille. »Sie sind eine höhere Zivilisation. Aber wir werden Techniken lernen, von denen wir noch gar nichts ahnen. Vielleicht werden wir uns wünschen, nie davon gehört zu haben.«

Und ein früherer Geheimagent fügte hinzu: »Ich würde sie fragen wollen: Seht ihr etwas in uns, das wir an uns gar nicht wahrnehmen? Haben wir Fähigkeiten, die euch fehlen? Ich würde fragen: Warum wir?«

Jürgen Kastor wollte auch in die Sendung eingeladen werden. Aber was er bei seiner Recherche entdeckt hatte, passte nicht ins Format: Dem Forschungszentrum zur Erkundung der Schumann-Resonanz war es, so Jürgens Urteil, nie wirklich um elektromagnetische Phänomene im All gegangen. Die Wissenschaftler hatten dort auch nicht nach Außerirdischen gesucht, sondern während des Kalten Krieges nur die Funksignale überwacht, die vom Feind diesseits des Eisernen Vorhangs gesendet wurden. Sie hatten ihn ausgehorcht. Das einstige Regime hatte den Märchen über Marsmenschen und UFOs nie widersprochen, um im

Windschatten esoterischer Verschwörungstheorien umso besser Spionage betreiben zu können.

Nachdem sich Jürgen Kastor zwei Wochen in der Forschungsstation herumgetrieben hatte, kam er in mein Büro, schloss die Tür und stellte sich vor meinen Schreibtisch. »Es gab diese Marsmenschen nie!«, sagte er.

»Aber sie sind doch da.«

»Nein, ich rede von den UFOs, von den Aliens. Von denen vor der Landung. Es hat sie gar nicht gegeben.«

»Na und?«

»Sie haben uns getäuscht.«

»Die Außerirdischen?«

»Aber nein! Die Regierungen. Die Militärs. Ich dachte, sie verheimlichen uns etwas, aber in Wirklichkeit … Sie taten immer so geheimnisvoll, dabei war da gar nichts.«

»Das waren ja auch Geheimdienste, Jürgen.«

»Die wollten schon damals, dass wir an Außerirdische glauben.«

»Die wollten halt in Ruhe vor sich hin spionieren.«

»Sie haben die Gerüchte über Marsianer nur als Deckmantel benutzt.«

»Und? Was hat das mit unseren jetzigen Außerirdischen zu tun?«

»Verstehst du denn nicht? Wenn es die Außerirdischen damals nicht gab, gibt es sie auch heute nicht! Es war und ist alles nichts als eine Verschwörung!«

Jürgen, der immerzu vom intelligenten Leben auf fremden Planeten geredet hatte, wollte nicht mehr an die Existenz der Außerirdischen glauben. Das Einzige, das bei ihm Bestand hatte, war seine Paranoia. Vorher hatte er geglaubt, dunkle Mächte würden uns die Aliens vorenthalten, nun meinte er, sie seien aus denselben Gründen erfunden worden. Er schrieb nicht mehr über Ernährung, nicht mehr über Diäten und nicht mehr über Schadstoffe. Er schrieb gar nichts mehr. Er wollte in »Brandheiß« auftreten und über seine Hypothesen reden. »Wieso waren keine Alarmsirenen zu hören?«, fragte er Albert. »Wo waren denn die vielen Frühwarnsysteme? Die Radaranlagen, die Satelliten … Das kann doch kein Zufall sein!«

Drei Wochen nach der Invasion kehrte allmählich wieder Ordnung ein. Polizeiautos streiften durch die Straßen. Helikopter kreisten über der Stadt. Banken, Kindergärten, Schulen, Geschäfte machten wieder auf. Der Müll wurde fortgeschafft. Die Banden waren verschwunden. Viele der Plünderer und Hooligans waren festgenommen worden und mussten sich nun vor Gericht verantworten. Sie hatten sich in ruhige Bürger, brave Studenten, fleißige Lehrlinge zurückverwandelt. Sie gestanden ihre Taten. Sie leugneten ihre Schuld. Sie seien bloß mitgelaufen. Sie hätten sich nur gewehrt. Sie seien auf der Suche nach Essen gewesen. Sie wüssten nicht, was in sie gefahren sei. Der Hunger, die Angst …

Vereinzelt kam es noch zu Ausschreitungen und Übergriffen. Aber nun, da die Katastrophe im Grunde überstanden und die Lage wieder unter Kontrolle war, versicherten alle einander, wie fremd ihnen jeg-

liche Gewalt sei, und so war es just mein Nachbar
mit dem Baseballschläger, der mir jetzt im Hausflur
entgegenkam, einen Button am Revers, auf dem groß
geschrieben stand: »Frieden schaffen ohne Waffen!«
Er musste mir mein Erstaunen angemerkt haben, denn
unversehens, ohne ein Wort von mir, sagte er: »Es ist
gut, wieder abgerüstet zu sein! Springmesser, Pfeffer-
spray, Schlagring, auch mein Revolver, das hat ja alles keinen Sinn!«

Auch jetzt war Albert am Puls der Zeit. Eine Sendung
mit einem verständnisvollen Polizeipsychologen und
einem versöhnlichen General, mit reumütigen Hooligans, mit erst rachsüchtigen und nun nachsichtigen
Opfern. Mittendrin Albert. »Würden Sie einander
hier die Hand reichen? Machen Sie es für mich? Für
sich? Für uns alle? Machen Sie es für Ihren toten
Sohn?« Und dann: »Meine Damen und Herren, sehen Sie nur. Sie umarmen sich! Ist das nicht wunderbar?« Albert sagte: »Wir von ›Brandheiß‹ glauben
an eine gemeinsame Zukunft. Ich hörte, es soll bald
große Massendemonstrationen für den Frieden geben.
Weltweit. Nehmen wir alle teil daran. Sagen wir einander, sagen wir den Außerirdischen, Schluss mit der
Gewalt!«
    Er hatte das nicht mit mir abgesprochen. Als er ab-
geschminkt war, fragte ich ihn: »Was war denn das?
Du kannst doch nicht zu einer globalen Demo aufrufen, bevor die ganz sicher stattfindet.«
    »Im Netz wird das bereits überlegt.«
    »Wer soll da für wen demonstrieren?«

»Sie sollen sehen, dass wir keinen Krieg wollen.«

»Wer denn? Wir wissen ja nicht einmal, wie sie ausschauen. Was sie hier wollen.«

»Die haben doch keine Ahnung. Die wissen doch gar nicht, wo sie gelandet sind. Für die ist diese Welt neu.«

Am nächsten Tag hatten sich in den meisten Ländern und Städten bereits Aktionskomitees gebildet, die miteinander kooperierten. Das Datum stand fest. Popstars schlossen sich an. Ihr Appell hieß: »Meine Stimme für den Frieden«. Gemeinsam schrieben sie an einem Song. Sein Titel: »*We are all aliens*«. Ich mochte das Lied sofort. Besonders schön war der Refrain: »*The aliens were once children, too*«, eine Zeile, die selbst Menschen zu Tränen rührte, die sonst für Kinder nicht viel übrighatten.

Albert Stern sagte: »Meine Damen und Herren, es ist unglaublich. Wir erleben eine globale Kundgebung für interstellare Solidarität!« Die Idee wurde zum weltumspannenden Event, und Albert erklärte unserem Publikum, was bevorstand: »Geplant sind Lichterketten rund um die Erde. Fackelzüge in allen Ländern. Konzerte unter freiem Himmel. In der Arena von Verona. Im Kolosseum von Rom. Vor den Pyramiden Ägyptens. Im Central Park von New York. Auf dem Roten Platz in Moskau. Es wird wunderbar. Eine Manifestation der Liebe. Wenn ich daran denke, meine Damen und Herren, wird mir heiß ums Herz. Brandheiß!« Er griff sich an die Brust. »Meine Damen und Herren, wer weiß: Vielleicht schließen sich die Außerirdischen uns ja an, und dann gehen wir Hand in Hand – ich meine, sofern sie überhaupt Hände haben – aber daran soll es nicht scheitern!«

Ich muss gestehen, nach drei Tagen war auch ich von der allgemeinen Begeisterung angesteckt. Die Idee, sämtliche Kriege für immer zu überwinden oder die Konflikte zumindest zu entschärfen, schien mir mit einem Mal nicht mehr so utopisch. Nach den Krawallen, Katastrophen und Exzessen der letzten Wochen ergriff mich die Hoffnung auf eine neue Zeit. Jup ließ es sich nicht nehmen und trat selbst in »Brandheiß« auf. »Meine Damen und Herren, während wir bald überall, auf allen Kontinenten, die eigens dafür komponierte Hymne auf die kosmische Freundschaft singen werden, schauen die Außerirdischen auf uns. Womöglich stimmen sie mit uns ein. Wer weiß? Hier auf unserer Erde ebenso wie irgendwo im Weltall, wohin noch nie ein Mensch seinen Fuß setzte, sehen uns intelligente Lebewesen zu, freuen sich mit uns, und womöglich kommen sie auch in ihren Zentren zusammen, um mit uns zu feiern. Eine Demonstration von Millionen, ja, Milliarden, quer durch die ganze Galaxie – und vielleicht darüber hinaus. Ein Gedanke nur ... eine Möglichkeit, nein, mehr noch: eine Zuversicht. Sie mögen mich einen Träumer nennen, doch ich bin nicht der Einzige. Wir sind viele, und täglich werden es mehr, die uns auf smack.com besuchen, die unsere Seite anklicken, um ihre Teilnahme an unseren Veranstaltungen zuzusagen, die unsere Aktion mit vielen großzügigen Spenden unterstützen ... Das alles lässt mich auf Frieden im Universum hoffen, und ich hoffe, dass auch die Außerirdischen das hoffen!«

In allen Metropolen begann zur selben Zeit ein »Sternmarsch« – im doppelten Wortsinn wurde er so genannt – aus verschiedenen Richtungen auf jeweils ein Ziel zu. Die Menschen strömten aus den Häusern. Die Schulen, die Ämter, die Büros und Fabriken blieben an diesem Tag geschlossen. Astrid und ich nahmen auch teil. Transparente und Plakate, die den Frieden beschworen. Eine eigene Jugendkultur war plötzlich entstanden. Pummelige Mädchen in Phantasiekostümen, in Anzügen mit Gelenkscharnieren und übergroßen Plastikdekolletés, mit aufwendigen Epauletten, Schaumstoffflügeln und bunten Perücken, mit knallrot oder krokodilgrün gefärbtem Haar und tiefblauer Haut. Weltraumkriegerinnen, Sonnenelfen. Athletisch daherkommende Burschen mit Hornbrillen und fettigem Haar als Heroen fremder Planeten. Ritter der Zukunft. Latexbodys, Kometenschweife auf Umhängen, Astronautenhelme, auf denen das Friedenszeichen prangte. Ein gigantischer Karneval gegen einen Krieg, der nie stattgefunden hatte. Fasching von Indien bis Irland, von China bis Chile. Wunderliche Maskierungen, die manchen Bildern des Hieronymus Bosch, doch auch gewissen Szenen aus Fritz Langs *Metropolis* und der Filmserie *Alien* mit Sigourney Weaver ähnelten. Die Fackeln, die viele Teilnehmer vor sich hertrugen, erinnerten mich ein wenig an die Brandanschläge der letzten Wochen, und ich konnte nicht anders, als in den Gesichtern der jungen Menschen, die nun in Einigkeit verbunden waren, nach jenen Fratzen zu suchen, die vor kurzer Zeit noch mit Molotowcocktails durch die Straßen gelaufen waren.

Auf der monströsen Bühne eine Leinwand. Sie zeigte die Schauplätze auf anderen Kontinenten, doch zuweilen auch das Bild unserer Erde vom Weltall aus, und immer wieder wurden Details herangezoomt, der Lichtschein der Aufmärsche, eine Himmelfahrt, ein Höllenritt in den jeweiligen Feuerkranz hinein, ja, auch hinunter bis vor die Bühne in unserer Stadt und hinauf auf das Podium, wo Albert Stern – wer sonst? – die Kundgebung moderierte.

Auftritte von Popstars, von Filmschönheiten, von Sportikonen. Reden über die Liebe zur ganzen Welt, über eine Umarmung aller Lebewesen. Übertragungen aus den verschiedenen Ländern, wenn eine internationale Berühmtheit das Wort ergriff. Manche sprachen sich für ein neues Einverständnis zwischen allen Spezies aus. Eine Sängerin erklärte lange, wieso sie seit der Landung vegan lebe. Die Arroganz der Menschen sei immer schon eine Form des Rassismus gewesen. In Johannesburg war eine Show mit einem Löwen und einem Schaf geplant. Die mächtige Raubkatze war darauf abgerichtet, das Wolltier zu schonen, ein messianisches Sinnbild für die himmlische Eintracht zwischen den Völkern, doch kurz vor dem Auftritt in einer kleinen provisorischen Manege brach der Löwe dem Schaf mit einem eleganten Prankenhieb das Genick. »Es war nicht böse gemeint. Ein kleines Missverständnis. Die Aufregung«, versicherte uns Albert von der Bühne herunter.

Die Veranstaltung war bei uns fast schon zu Ende, während sie andernorts erst begann. Die Zeitverschiebung machte aus dem Event einen ununterbrochenen Reigen der Freude, und als Albert Stern alle Prominenten zum Abschlusssong nach vorne bat, als alle Lichter, Fackeln, Feuerzeuge hin und her geschwenkt wurden, geschah es. Die Musik brach nach den ersten Takten wieder ab. Eine Unruhe fuhr durch die Menge. Eine Ungeduld, eine Spannung voller Hochgefühl verband mich mit den anderen. Ich hielt Astrid umfangen und sie mich, als auf einmal über sämtliche Lautsprecher die Melodie von Tschuljapjew ertönte und auf der Großbildwand Tribünen und Moderatoren aus unterschiedlichen Ländern zu sehen waren. Alle erstarrt, konzentriert. Sie griffen an ihren Ohrknopf, um besser zu verstehen, was geschehen war. Das millionenfache Glück, das uns eben vereint hatte, drohte bereits in Massenpanik umzuschlagen, und im Nachhinein weiß ich nicht, ob das eine vom anderen zu unterscheiden ist, da doch beides eine Art der Hysterie darstellt.

Albert Stern sagte: »Wir müssen jetzt alle kurz ruhig sein. Es folgt eine Durchsage«, dann hörte man die Stimme eines Nachrichtensprechers. Die Außerirdischen, hieß es, würden sich uns zeigen. Sie wollten teilnehmen an diesem großen Tag. Jubel brandete auf. Eine Frau neben mir begann zu weinen. Ihr Nachbar wischte sich daraufhin ebenfalls die Augen, obgleich er nicht weinte. Ein fremder Mann umarmte Astrid und küsste sie. Sie ihn auch. Ich wurde ebenfalls abgeküsst, von einem, der vollkommen betrunken war und nach Alkohol stank. »Ich bitte um Stille«, rief Albert. »Das ist er. Das ist der historische Moment. Bitte um Konzentration.«

Wir sahen auf der Bildwand den Hauptsitz der Vereinten Nationen. Den Eingang des Gebäudes. Davor ein Moderator, der vom großen Augenblick sprach. Auf einer Plattform, die eigens direkt vor den Eingangstüren errichtet worden war, standen Persönlichkeiten der internationalen Politik, Regierungschefs, mit schweren Ketten und Orden behangen, Präsidenten mit bunten Schärpen und im Frack, Mitglieder königlicher Familien, die ein wenig griesgrämig dreinschauten, als bemühten sie sich, zu beweisen, wie sehr sie die Contenance zu wahren wussten. Geistliche Würdenträger, die in ihren schillernden Gewändern, mit unterschiedlichen Häubchen und Käppchen, mit Tüchern und Turbanen, mit Schleppen und Hirtenstäben fast schon an die Jugendlichen im Fantasydress erinnerten, trippelten aufgeregt umher. Der Moderator ging auf eines der politischen Oberhäupter zu, um ihn zu fragen, was er sich von dem Moment erwarte, der blickte sich zu seinen Kollegen um, worauf einer seiner Konkurrenten bereits einen Schritt nach vorne machte, um an seiner Stelle zu antworten, doch da ergriff der Angesprochene das Wort. Er faltete die Hände wie zum Gebet. »Lassen Sie mich mit allem Nachdruck feststellen, dass ich im Namen der hier Versammelten meiner und unserer Freude über diese Begegnung Ausdruck verleihen möchte. Sie kamen in Frieden. Wir sind überwältigt. Wir beugen uns ...« In diesem Moment erschallten

Fanfaren, und der Moderator unterbrach den Politiker: »Herr Präsident, es ist so weit.«

»Jetzt«, rief Albert Stern. »Es geht los«, sagte sein Kollege auf der Großbildwand, und da öffneten sich die Türen des Gebäudes. Alle warteten gespannt auf die Außerirdischen, doch zunächst war nur ein kleines Grüppchen von Leuten zu sehen, die hervortraten und lächelten. Sie blieben mitten auf der Plattform stehen, und die vielen Vertreter der verschiedenen Nationen und Glaubensrichtungen reckten ihre Köpfe, um die Außerirdischen hinter dieser Gruppe auszumachen, die teils wie Sicherheitspersonal, teils wie ein Begleitdienst wirkte, weil ihre Mitglieder ausnahmslos schlank, athletisch und auf eine besondere Weise auch elegant waren. Das Empfangskomitee begann nun ausladend zu gestikulieren, wie um diese Truppe wegzuscheuchen. Eine Königin hob beide Hände, die Handflächen nach außen gekehrt, als könne sie die Fremdlinge zurück ins Gebäude schieben. Die Unbekannten nickten nur freundlich. Manche von ihnen ahmten diese Gebärden nach, wie Begrüßungsformeln, die ausgetauscht werden mussten. Die Persönlichkeiten von globaler Bedeutung und die Unbekannten standen einander gegenüber und vollzogen dieselben abweisenden Bewegungen. Die ganze Inszenierung erinnerte ein wenig an eine Aufführung des traditionellen Hulatanzes aus Hawaii. Der chinesische Präsident, der offenbar dem Spiel ein Ende bereiten wollte, tuschelte mit dem Generalsekretär der Vereinten Nationen. Dieser ergriff die Initiative, warf den Ordnungskräften einige Worte zu, doch be-

vor sie reagieren konnten, drehte sich ein anderer –
ich weiß nicht mehr, ob es ein Premierminister aus
Europa oder der amerikanische Vizepräsident war –
zu seinen Kollegen um und rief ihnen und dem Moderator zu, und zwar just so, dass es zufällig alle, auch
die Menschen vor den Bühnen in den anderen Städten der Welt, verstehen konnten: Dies müssten sie
sein, die Außerirdischen.

Kaum hatte er das ausgesprochen, griffen die Moderatoren an den verschiedenen Orten, die wir auf der
Bildwand sahen, griff auch Albert Stern sich an seinen Ohrknopf, und dann war es Albert, der auf unserer Bühne damit herausplatzte: »Sie sind es. Das sind
sie! Die Außerirdischen.«

Ein Popstar, der hinter ihm stand, meinte: »Wovon
redest du? Wo sind da Außerirdische? Ich sehe nur
Menschen.«

»Es ist kaum zu glauben, aber sie sehen aus wie
wir«, erklärte Albert.

Seine Komoderatorin, eine Schauspielerin, pflich-
tete ihm bei: »Ja. Die sehen menschlich aus.«

»Sogar menschlicher als die meisten von uns«, fügte Albert hinzu.

Nichts an ihnen ähnelte den Vorstellungen von
Aliens, die in den Köpfen herumgeisterten. Da waren
auch keine fliegenden Untertassen. Ein Moderator
nickte grimmig in die Kamera. »Wir hätten uns das
denken können. Raumschiffe? UFOs? Das haben
die doch gar nicht mehr nötig! Die bewegen sich und
denken in anderen Dimensionen.«

Auf der Großbildwand sagte der Sprecher in New

York: »Meine Damen und Herren, das sind sie wirklich. Die Außerirdischen. Sie sind nicht grün und tragen keine Antennen als Frisur. Ein Applaus für unsere Freunde aus dem All!« Beifall brandete auf, erst zaghaft. Ich schaute mich um und sah die skeptischen Gesichter der anderen in der Masse. Wir blickten einander an. Der Gedanke, die Außerirdischen von uns gar nicht unterscheiden zu können, war fremder und unheimlicher, als jedes grüne Männchen hätte sein können. Aber dann war auf der Leinwand zu sehen, wie einer der politischen Köpfe auf die Fremden zuging, um ihnen einen riesigen Schlüssel zu übergeben. Wir hielten den Atem an. Einer von ihnen nahm das Metallstück an sich, besah es mit herabgezogenen Mundwinkeln von allen Seiten und zeigte es den anderen, die ein wenig belustigt wirkten. Der russische Präsident griff nach der Hand einer Außerirdischen, zog sie an sich und umarmte sie heftig – es war in der Schnelligkeit nicht klar erkennbar, ob er ihr gar einen Bruderkuss aufdrückte. Sie sah ihn verwundert an, lächelte höflich, wandte sich dem Nächsten in der Reihe zu – es war der Papst – und presste ihn nun ihrerseits an sich. Der greise Heilige Vater streckte ihr seine Finger entgegen, als wolle er prüfen, ob er eine Katholikin vor sich habe, die seinen Fischerring küssen würde. Sie stutzte, griff nach dem Goldstück, um es zu besehen, und streifte es ihm ab. Er erstarrte, wagte jedoch nicht zu widersprechen. Sie prüfte den Schmuck, als sei er ein Geschenk, doch dann schüttelte sie den Kopf und gab den Fischerring mit einem Lächeln zurück. Wortlos bedeutete sie dem Papst, kein Interesse daran zu haben.

Eine andere Außerirdische ging ans Rednerpult. Sie klopfte auf das Mikrophon, um die Aufmerksamkeit des Publikums zu erlangen. Sie sagte: »Wir wollen keine Fremden sein – und deswegen stehen wir hier.« Die Menschen klatschten. Sie sagte: »Wir wollen keine Feinde sein – und deswegen stehen wir hier.« Der Applaus wurde stärker. Sie lächelte. »Wir wollen alle nur eines sein – und deswegen stehen wir hier –, menschlich!« Der Rest ihrer Worte ging im Jubel unter. Eine Welle der Freude, der Erleichterung und der Hoffnung ging durch die Massen.

Überall – ob in Berlin, in Peking, in New York oder Delhi – stimmten Popstars den Song an, der im Refrain daran erinnerte, dass auch die Außerirdischen einst Kinder gewesen waren, und dann ging in den Städten, in denen bereits die Nacht eingebrochen war, ein gigantisches Feuerwerk hoch, während dort, wo noch die Sonne schien, Flieger aufstiegen, die jeweils ein Banner hinter sich herschleppten, und auf jedem stand bereits der Spruch geschrieben: »Wir wollen alle menschlich sein.«

Nach den großen Demonstrationen schlug auch noch der letzte Rest der Angst, die nach der Landung alles beherrscht hatte, in Euphorie um. Unklar blieb indes, ob jene Wesen, die man als Außerirdische begrüßt hatte, wirklich Gestalten von einem anderen Stern waren. Im Netz kam das Gerücht auf, es habe sich hierbei nur um eine Tanzgruppe gehandelt, die eigentlich engagiert gewesen war, um das Ballett des intergalaktischen Friedens aufzuführen. Manche Kommentatoren griffen das Gerede auf, zumal niemand wusste, wohin die Truppe später verschwunden war. Die Außerirdischen waren nach dieser denkwürdigen Veranstaltung nicht mehr erreichbar. Aber das änderte nichts an der Zuversicht, die nun um sich griff. Selbst unser junger Nachbar Elliot, der einige Tage zuvor noch so verzweifelt gewesen war, weil er gedacht hatte, sein Studium sei angesichts der außerirdischen Technik nichts mehr wert, war vollkommen verwandelt. Ich traf ihn, als ich an einem der nächsten Abende spät von der Redaktion heimkehrte. Er wollte gerade ausgehen. »Na?«, fragte ich. »Immer noch das Gefühl, ein Dinosaurier auf der Autobahn zu sein?«

Er lächelte. »Aber nein. Sie brauchen uns. Sie sind nicht viele. In den Nachrichten heißt es, sie seien nicht einmal eine halbe Million. Eine kleine Zahl im Vergleich zu uns. Vielleicht sind sie deshalb hier. Um Menschen für ihre Zivilisation anzuwerben. Sie werden uns einsetzen. Sie werden uns Jobs geben. Ich freue mich: die bahnbrechende Technik, die neuen Maschinen, die modernste Wissenschaft … eine Revolution. Und ich mittendrin.«

Später erzählte ich Astrid von diesem Gespräch. Wir lagen im Bett. Sie sagte: »Jeder ist so zuversichtlich. Irgendwie ist alles zu gut, um wahr zu sein.«

»Wundert's dich? Die Läden sind voll, die Banken offen, die Aktienkurse steigen.«

Sie schloss die Augen, und dann wiederholte ich

die Sätze, die ich an diesem Tag von einem Politiker in »Brandheiß« gehört hatte, obwohl ich wusste, wie schal jedes dieser Worte klang – für mich und für sie. »Es wird alles gut. Wir werden für das Universum produzieren. Ein Markt so groß wie noch nie zuvor … Du wirst sehen. Es wird keine Kriege mehr geben. Wir sind jetzt Teil eines kosmischen Imperiums. Wir werden die Herrscher des Universums. Wir werden neue Planeten besiedeln. Kein Hunger mehr. Keine Armut. Keine Krankheiten. Ein Traum, oder?«

Aber Astrid antwortete nicht. Sie war eingeschlafen.

3

Sie redeten nicht mit uns. Die Ansprache, in der eine von ihnen versichert hatte, sie seien gar keine Fremden oder wollten zumindest nicht als solche angesehen werden, sollte die einzige sein, die sie hielten. Wochen vergingen, und sie sprachen nicht mit uns. Alle schriftlichen Mitteilungen waren Verkündungen, die wie Regierungserklärungen klangen. Als wären sie von irgendwelchen Bürokraten im Staatsapparat formuliert. Es hieß, die Außerirdischen stünden nur mit den jeweils zuständigen Gremien in Verbindung, um notwendige technische und organisatorische Fragen zu klären.

»Es gibt keinen Grund für Misstrauen«, sagte ein Sicherheitsexperte aus dem Innenministerium, der sieben Wochen nach der Landung in unsere Sendung eingeladen war, wobei seine Grabesstimme und der starre Blick allein mich schon beunruhigten. Ein eckiger Langschädel mit eingefallenen Wangen, ein hagerer Mann mit Trauergesicht. Alles an ihm war grau getönt, das Sakko, die Krawatte, auch sein Haar und selbst die Hautfarbe. »Unsere Strukturen sind intakt. Zu Panik …«

»Ich weiß schon, besteht kein Anlass«, ergänzte Albert Stern. »Das hören wir immerzu. Aber wo sind die Außerirdischen? Wir wollen sie einladen. Unsere Zuschauer haben ein Recht darauf.«

»Wir bauen derzeit Vertrauen auf. Wir sind in ständiger Verbindung mit ihnen. Sie wollen die Menschen nicht überfordern, und wir wollen sie keinesfalls auf falsche Gedanken bringen.«

»Auf falsche Gedanken?«

»Es wäre eine Katastrophe, wenn irgendeine Reaktion von uns sie denken lässt, sie müssten sich verteidigen. Irgendein dummer Witz, der ernst genommen wird. Irgendeine beleidigende Geste. Es ist wichtig, sie von allen unbedachten Äußerungen abzuschirmen.«

»Moment! Sie wollen uns die eigentlichen Informationen vorenthalten? Sie wollen uns im Dunkeln lassen? Hinter unserem Rücken gemeinsame Sache mit denen machen?«

»Wir haben sicher nichts gegen offene Kommunikation. Wir sind nicht für Nachrichtensperren«, erklärte der Beamte, »aber sie bleiben halt lieber unter sich.«

Albert Stern blickte direkt in die Kamera. »Meine Damen und Herren, wenn Sie die Außerirdischen sehen wollen, dann schreiben Sie uns, schreiben Sie der Regierung und den Parteien. Einem Millionenpublikum können sich unsere Besucher nicht verschließen. Helfen Sie uns.« Die Regie blendete unsere Telefonnummer und E-Mail-Adresse ein. Darunter blinkte der Satz: »Wir wollen die Aliens sehen «

Albert träumte davon, die Außerirdischen einladen zu dürfen. »Brandheiß« als kosmische Talkshow. Er schaute nach der Sendung in meinem Büro vorbei. »Sie kommen einfach nicht zu uns. Die müssen zu einem anderen Sender gegangen sein. Wetten? Die haben mit irgendeinem Gratisblatt einen Exklusivvertrag. Oder schlimmer noch: Sie kassieren alles selbst ab. Die planen eine eigene Website. Was tun, Sol? Die machen uns fertig!«

»Dreh nicht durch. Wir haben einen unglaublichen Erfolg!«

Jup hatte es geschafft, unsere Produktion zu verkaufen. »Brandheiß« wurde von großen Fernsehanstalten übertragen. Die Sendung war meine Idee gewesen, und noch nie hatte ich so viel Zuspruch erfahren. Ich hatte recht behalten. Das Konzept brachte smack. com mehr Geld ein denn je. Kollegen, Freunde und Verwandte gratulierten mir zu meinem Erfolg. Jup war begeistert.

»Aber«, entgegnete Albert, »jetzt kommt es darauf an! Wer bringt sie als Erster vor das Mikrophon … Denk bloß an die Quoten!«

»Zählen für dich nur die Quoten?«

»Natürlich nicht«, rief er und schüttelte entrüstet den Kopf, um hinzuzufügen: »Die Gage muss auch stimmen.«

Albert Stern trug nicht mehr sein altes Tweedsakko. Er hatte nun ein schillerndes Jackett an, das er meistens nach kurzer Zeit ablegte. Die breiten dunkelroten Hosenträger waren zu einem Markenzeichen geworden. Er steckte gern seine beiden Daumen darunter, wenn die Zuschauer sich über einen seiner Witze freuten. Auf Sendung kam er seinen Gästen immer sehr nahe. Er bedrängte sie. »Was meinen Sie, Herr Professor? Warum reden die nicht mit uns? Sind wir ihnen zu minder? Oder liegt es gar an unseren Gästen?« Er beugte sich zu seinem Gesprächspartner hinüber, legte ihm seine Hand auf den Arm und schaute ihn vertrauensvoll an. »Mögen die Außerirdischen etwa keine Akademiker, Herr Professor?«

Das Studiopublikum johlte, und selbst der habilitierte Biologe konnte nicht anders, als ganz unprofessoral über Alberts Scherz zu lächeln, doch dann konterte er: »Vielleicht meiden sie Moderatoren, die heikle Fragen stellen, Albert.«

Albert glitt mit den Daumen unter die Hosenträger und sah mit großen Augen – treuherzig, als wäre er beim Naschen erwischt worden – ins Publikum, das nun noch lauter lachte. »Was glauben Sie, meine Damen und Herren, wie kommt wohl der Herr Professor auf die Idee, es könnten meine heiklen Fragen sein, die sie fürchten?« Die Zuschauer grölten.

Alle nannten ihn beim Vornamen. Er war Albert, der jedem, dem Profi, dem Promi, der Koryphäe, dem Politiker, durchaus zu nahe zu treten wusste, aber niemand war ihm deshalb böse. »Ich«, sagte die junge Astrophysikerin Luna Weiss im koketten Singsang, »freue mich über Ihre Einladung und bin gerne hier, Albert.« Sie saß im feinen Hosenanzug da, eine Expertin auf ihrem Gebiet.

»Ja«, nickte Albert Stern und legte ihr seine Hand auf den Unterarm, der wiederum auf ihrem Bein lag, und zu meiner Verblüffung lächelte sie sogar, während sie von meinem Kollegen vor laufender Kamera begrapscht wurde. »Sie, liebe Luna, lassen mich nie im Stich. Ich frage Sie, meine Damen und Herren, darf ich über das Ausbleiben einiger Außerirdischer jammern, wenn ich so wunderbare Gäste bei mir habe?« Das Publikum reagierte nicht schnell genug, weshalb Applaus eingespielt wurde, und Albert sagte: »Ich danke Ihnen!« Er verlor nie die Contenance. Zum Schluss reichte er allen die Hand. Noch vor wenigen Wochen war er nichts als ein von Köchen und Gastwirten gefürchteter Gourmetkritiker gewesen, nun wurde er zum Liebling der Öffentlichkeit, zum Star. Er behielt den Überblick und hatte alle im Griff, während seine Finger über die Schulter des einen oder übers Knie der anderen strichen.

Wenn nicht er den Wunsch, mit den Außerirdischen in Kontakt zu kommen, ansprach, dann war es einer der Gäste, der damit anfing. »Es ist ärgerlich, nicht mit denen reden zu können, um die es letztlich geht«, meinte ein Philosoph, ein Stammgast aller Talkshows, ein Experte, ob es um die Theorie des Designs, um das Rauchen oder um die Missionarsstellung beim Sex ging. Er war schlank und immer adrett gekleidet. Albert sekundierte: »Ich würde ihnen gerne so viele Fragen stellen. Von welchem Stern sie kommen? Weshalb sie ihre Galaxie verließen? Ob sie uns nicht beibringen wollen, was wir noch nicht wissen?«

Albert sammelte die Fragen, die er den Außerirdischen stellen wollte, in einem kleinen schwarzkartonierten Notizbuch, das er früher bei seinen Recherchen in den Restaurants verwendet hatte. »Es gibt so vieles, das wir von ihnen lernen könnten. Wie lange sie leben. Warum sie gekommen sind.«

Er sprach die Außerirdischen auch direkt an: »Hört

mich an. Ich bitte euch … Wir waren es nicht, die euch aufsuchten. Ihr seid zu uns gekommen. Meldet euch doch endlich! Wir halten euer Schweigen nicht aus. Ihr seid da und seid gleichzeitig nicht da. Ihr beobachtet uns und lasst euch nicht blicken. Das ist unheimlich. Das ist gefährlich. Wir sind bereit, alle eure Fragen zu beantworten, aber ihr geht auf keine unserer Fragen ein. Ihr wisst alles von uns – und wir wissen nichts von euch. Das ist kein Dialog. Das ist kein Austausch. Das ist ein Verhör. Ihr weidet uns aus. Ihr schlachtet uns aus. Das macht Angst. Kommt doch auf uns zu! Wir warten – hier – bei ›Brandheiß‹. Jeden Tag zur selben Zeit. Zur besten Sendezeit.« Und er bekräftigte: »Millionen wollen euch sehen!«

Nach dieser Sendung saßen wir zu Mitternacht beisammen, tranken Rotwein, und er gestand mir, was ganz oben auf seiner Themenliste stand. »Ich will von ihnen hören, was gutes Essen ist! Verstehst du? Mich interessiert, was ihnen schmeckt.«

Es wird etwa drei Monate nach der Landung der Außerirdischen gewesen sein. Albert Stern, der vor Hunderttausenden Menschen darüber schwatzte, welche zivilisatorischen und politischen Auswirkungen die Ankunft der Außerirdischen auf unser Leben haben mochte, wollte mit ihnen über kulinarische Vorlieben plaudern und sich über Rezepte austauschen. Er wollte ihnen die Geheimnisse irdischer Delikatessen verraten und dafür in die Mysterien galaktischer – und in jeder Bedeutung des Wortes himmlischer – Gerichte eingeweiht werden. Sie sollten mit ihm über die Entstehung unterschiedlicher Küchen räsonieren und dabei die eine oder andere Köstlichkeit genießen. Eine lukullische Reise quer durchs All.

»Wäre es nicht besser, mehr über ihre Medizin zu erfahren?«, fragte ich.

Albert ging darauf nicht ein. Er hoffte, ihnen mit Leckerbissen aufwarten zu können, die sie noch nirgends in den unendlichen Weiten des Weltraums gesehen oder gar gekostet hatten. Er würde, so spintisierte er, einem Außerirdischen eine Gabel vor den Mund halten und ihm zuraunen: »Versuchen Sie doch bitte einfach von diesem wunderbaren Kalbsschnitzel! Einen Bissen nur … Tun Sie es mir zuliebe, Mr. Spock.« Wir tranken in jener Nacht die Flasche leer, und erst als wir beim letzten Glas angelangt waren, verstand ich, was es war, das Albert Stern wollte. Er sah sich als Gourmetkritiker galaktischer Dimension. Während die Manager auf eine Firmenexpansion ins All spekulierten, strebte er eine Karriere im Universum an.

Nach dem Umtrunk mit Albert kam ich erst spät nach Hause. Ich kroch zu Astrid ins Bett. »Warum sollten sie überhaupt mit uns reden wollen?«, murmelte sie müde. »Glaubt ihr, die sind von den fernen Sternen aufgebrochen, um mit euch vor laufender Kamera herumzublödeln?«

Astrid und ich hatten einander kennengelernt, ehe smack.com entstanden war. Ich schrieb damals ab und zu etwas für ein Kunstjournal. Wir waren beide noch Studenten. Ich saß in der Mensa vor meinen Büchern und meinem Laptop und lernte für eine Prüfung. Was es war, weiß ich nicht mehr. Ihr Duft? Sie ging an mir vorbei, und ich sah hoch, war nicht mehr imstande, mich auf das Buch zu konzentrieren. Aber zugleich wagte ich es kaum, sie anzublicken. Sonst war ich gar nicht schüchtern oder verklemmt, doch da lief ich rot an. Ich konnte nicht anders, als verstohlen nach ihr zu spähen. Sie war ganz normal angezogen. Jeans, Bluse, Jacke, Halstuch. Vielleicht war es ihr Gang. Die dunkelbraunen Augen. Oder doch eher dieses offene Lächeln?

Sie setzte sich an den Nachbarstisch, trank einen Cappuccino und las eine Zeitschrift. Dabei blieb sie leicht von mir abgewandt, und das war, wie ich später erfahren sollte, ihr Selbstschutz gegen männliche Aufdringlichkeiten. Ich tat, als wäre ich in mein Buch vertieft. Sie saß aufrecht. Die Beine übereinandergeschlagen. Ein Fuß wippte, Sportschuh, poppiges Pink. Und alles in mir schwang im selben Rhythmus. Ich versuchte, nicht darauf zu achten. Plötzlich fiel ihr Blick auf mich, und sie schmunzelte. Der Schweiß rann an mir herunter, und ich war mir sicher, sie hatte längst erkannt, wie ich vor ihren Augen zerfloss. Ich fragte mich, wodurch ich bloß ihre Aufmerksamkeit gewonnen hatte. Verstohlen überprüfte ich, ob irgendetwas an mir auffällig war. Stand mein Hosenschlitz offen?

Unversehens sagte sie: »Sie sind gehörlos.«

Ich räusperte mich und antwortete: »Nein. Ich höre recht gut.«

»Du verstehst mich nicht.«

»Doch. Jedes Wort.«

75

»Nein!« Sie lachte, was mich noch mehr verunsicherte. »Soll das lustig sein?«, fuhr ich sie an.

»Ich meine die Künstler … Sie sind gehörlos. Darum geht es bei dieser Ausstellung. Nichts davon ist im Artikel.«

»Wovon redest du?«

Sie nannte den Namen einer Galerie, und jetzt erst begriff ich: Sie hatte einen Text gelesen, den ich geschrieben hatte. »Es geht um Kunst von Gehörlosen. Um den fremden Blick auf unsere Welt«, erklärte sie. »Hast du das nicht gesehen?«

»Wieso? Malen die denn anders als Hörende? Bilder sind ja nicht Musik.«

Sie schüttelte den Kopf. »Wo lebst du eigentlich?« Aber sie war es, die dann vorschlug, woanders hinzugehen, in ein Café. Sie arbeite für die Galerie, und sie habe mich in dem kleinen Foto neben meinem Artikel wiedererkannt.

»Alles zwischen uns beruht auf einem Hörfehler, einem Missverständnis«, sagte Astrid nachher immer. Im Lauf der Jahre hatte sie sich einen Ruf als international renommierte Kuratorin erworben und hatte eine leitende Stelle im Museum für moderne Kunst inne.

Astrid hatte noch nicht geschlafen. Sie drehte sich auf die Seite, das Gesicht zu mir. »Wenn es stimmt, dass sie uns überlegen sind, dann interessieren wir sie vielleicht nicht. In irgendeinem Artikel stand, sie könnten Gedanken lesen. Was, wenn sie nicht reden müssen, um sich zu verständigen? Wenn sie anders miteinander vernetzt sind? Verstehst du? Talkshows sind für die nur langweilig.«

»Bist du eine von ihnen?«

»Was meinst du?«

»Weil du meine Sendungen doch auch langweilig findest.«

Sie zuckte mit den Achseln.

Langeweile war das Letzte, was »Brandheiß« vorzuwerfen war. Wir waren der Konkurrenz immer voraus und suchten unaufhörlich nach Themen. Ich forderte alle in der Redaktion auf, neue Ideen zu entwickeln. Ich sprach auch unsere Gäste nach den Sendungen an. »Gibt es irgendwelche Fragen, die wir nicht behandelt haben?«

Einige Tage nach meinem Gespräch mit Albert war wieder Luna Weiss bei »Brandheiß« zu Gast, die Professorin für Astrophysik. Ich erkundigte mich bei ihr, ob es ihrer Meinung nach einen Aspekt gebe, den wir bisher übersehen hatten. Sie hob die Augenbrauen. »Ich bin doch kein Fernsehprofi. Was weiß ich, was die Leute vor den Bildschirmen bewegt?«

Ich lächelte höflich, dann verabschiedete ich mich und ging in mein Büro, um meine Unterlagen wegzuräumen, bevor ich nach Hause fuhr. Als ich zum Ausgang kam, wartete dort Luna auf mich. »Ich hatte schon befürchtet, du bist weg. Ich wollte dir nur sagen, wie wichtig ich das finde, was du machst. Du nimmst den Menschen die Ängste vor den Außerirdischen.«

»Deinen Außerirdischen scheint das egal zu sein.«

»Womöglich schonen sie uns. Wer weiß. Vielleicht wären sie uns unheimlich.«

»Ich hörte, sie können sich angeblich unterhalten, ohne zu reden.«

Ihre Augen verengten sich. Sie spitzte die Lippen, als wolle sie pfeifen, dann zog sie eine Visitenkarte aus ihrer Handtasche. »Darüber sollten wir mal sprechen. Besuch mich doch im Institut.«

Ich nahm die Karte. »Wann?«

»Gleich morgen Nachmittag.«

Zu Hause wartete Astrid mit Sushi, das sie vom Japaner mitgebracht hatte. Wir saßen einander mit Stäbchen gegenüber und aßen von einem gemeinsamen Teller. »Was war heute das Thema?«, fragte sie.

»Warum sie nicht zu uns kommen wollen.«

»Ihr solltet euch alltäglicheren Problemen zuwenden.«

Ich nahm einen Lachs auf, der ihr hinuntergefallen war. »Und du? Woran arbeitest du derzeit?«

»Eine Ausstellung zum Utopismus. Phantasien von einer Zukunft, die nie stattfand«, sagte sie und biss in ihren Glückskeks.

Das Institut für Astrophysik lag am Stadtrand. Die zwei Seitenflügel, die wie Arme einen kleinen Vorplatz umarmten, waren aus Beton. In der Mitte stand ein Glashaus mit grauer Kuppel. Hier war die Sternwarte. Neben dem Eingang ein Dienstraum. Ich wurde weitergewiesen und stieg die Treppe hoch. Im zweiten Stock kam mir Luna entgegen. Energischer Gang. Das offene Haar wippte bei jedem Schritt mit. Wir gingen in ihr Büro. Ein langer Raum mit Bücherwand und zwei Tischen. Der Computer surrte. Ob ich einen Kaffee wolle. Sie ging hinaus, um mit zwei Tassen und einem Teller Schokokugeln wiederzukommen.

Mir gegenüber setzte sie sich hin. Zwischen uns der Tisch. »Ich höre, die Außerirdischen können unsere Gedanken lesen«, eröffnete sie das Gespräch.

»Wirklich?«

»Du hast das gesagt.«

»Stimmt es?«

»Von wem hast du das?« Sie streckte den Rücken durch, als interessiere sie meine Antwort nicht.

»Ich weiß gar nicht mehr.«

»So?«

»Wie sollten sie sonst bei uns gelandet sein, ohne dass wir es gemerkt haben? Meine Frage war nur: Warum reden sie nicht mit uns?«

»Ja. Warum? Was verbergen sie vor uns?«

Ich nahm einen Schluck von meinem Kaffee und wartete darauf, dass sie weitersprach, doch stattdessen sah sie mich mit ihren großen blauen Augen an und legte den Kopf schief, als wäre ich es, der nun reden sollte. Erst allmählich begriff ich. »Denkst du, ich weiß etwas, was du noch nicht weißt?«

Sie schwieg.

»Du hast mich gar nicht eingeladen, um mich zu beraten? Du willst mich aushorchen.«

»Ich möchte es so sagen: Wir müssen über alle Kontakte zu den Außerirdischen informiert sein.«

Draußen hörte ich Schritte, und für einen Moment kam mir der Gedanke, das Gespräch zwischen uns werde in einem anderen Zimmer mitverfolgt und aufgezeichnet. »Aber wieso seid ihr da auf mich angewiesen? Ihr seid die Experten.«

Sie schob mir den Teller mit den Schokokugeln hin. »Es gibt ungefähr hundert Milliarden Galaxien mit jeweils bis zu einer Billion Sternen.« Sie nahm sich eine Kugel. »Unsere Milchstraße ist über zehn Milliarden Jahre alt. Allein in ihr finden wir Milliarden Sterne, die unserer Sonne ähneln und von einem erdähnlichen Planeten umkreist werden. Wenn bloß auf einem Tausendstel davon Leben vorhanden ist, sind Millionen der Himmelskörper in unserer Galaxie bewohnt. Die Wahrscheinlichkeit ist sehr groß, dass es in unserer Milchstraße eine hochentwickelte Zivilisation gibt, die zu einer interstellaren Kolonisation fähig ist. So eine Kultur wäre wenige Millionen Jahre nach der Genese unseres Sternsystems entstanden und hätte dann nur noch einige weitere Millionen Jahre gebraucht, um die gesamte Galaxie zu entdecken und zu besiedeln. Die Milchstraße ist, wie gesagt, weitaus älter als die Zeit, die es dazu bräuchte. Daher müssten rund um uns schon viele außerirdische Kulturen existieren. Wir sollten eigentlich von ihnen umzingelt sein. Ein Kosmos voller Flugobjekte und Raumstationen. Ein blinkender, von UFOs durchzogener Nachthimmel. Bleibt nur eine Frage.«

»Wo sind die bloß alle?«

»Genau, Sol. Wo sind die eigentlich alle? Das war bis vor wenigen Monaten ein interessantes Paradoxon. Die entscheidende Frage, wenn es um außerirdisches Leben ging. Wir rätselten. Wenn es die Außerirdischen denn gibt, warum sind sie noch nicht hier?«

Ihr Telefon läutete. Sie zog es hervor, sah auf das Display und stellte das Gerät mit einem Tastendruck stumm. »Zeigen sie sich uns nicht, weil wir ihnen zu primitiv sind?«

»Du meinst, deshalb wollen sie nicht zu ›Brandheiß‹?«

Sie seufzte. »Es geht nicht um ›Brandheiß‹! Bis vor kurzem waren wir allein. Ein Lichtpunkt im unendlichen Dunkel eines kalten Universums.«

Ich schwieg.

»Es war beklemmend. Wir waren das einzige Experiment intelligenten Lebens weit und breit. Wir dachten, wenn wir untergehen, ist alles dahin. Es gab aber einen Gedanken, der noch unheimlicher war.«

»Nicht allein zu sein …«

»Genau. Von Außerirdischen aufgesucht zu werden. Und dann die schlimmste Überlegung.«

»Noch schlimmer?«

»Was, wenn sie da sind, ohne sich uns zu zeigen? Was haben sie dann vor?«

»Aber jetzt sind sie ja da.«

»Eben! Sie sind da. Die neue Frage, die uns beunruhigt, lautet: Wenn sie bisher nicht zu uns kamen, wieso dann ausgerechnet jetzt? Warum interessieren wir sie in diesem historischen Moment, wenn sie doch vorher keinen Wert auf uns legten?«

»Vielleicht konnten sie früher nicht herkommen.«

»Also bitte … Weil sie vorher zu beschäftigt waren? Weil es Verkehrsstau im Weltall gab? Oder meinst du, sie hatten nun gerade nichts Besseres vor?«

»Es sind immerhin Millionen Lichtjahre von ihnen bis zu uns.«

»Stimmt, doch hier kommt das nächste Problem: Sie landeten just in dem Augenblick, als wir sie erwartet haben, zum ersten Mal seit Beginn der Menschheitsgeschichte. Ein Steinzeitmensch träumt von Göttern und nicht von einem UFO. Ein Mann im Mittelalter denkt nicht an Außerirdische. Raumschiffe beschäftigen uns erst seit wenigen Jahrzehnten. Funk und Fernsehen gibt es auch noch nicht so lange.«

Ich trank den Kaffee aus. »Meinst du, sie sind jetzt gekommen, weil wir früher nicht für sie bereit waren?«

»Bis vor kurzem konnten wir noch keine Signale ins All senden. Wir hatten kein Radar, das sie hätte entdecken können.«

»Ist es vielleicht unsere Sehnsucht, die sie herbrachte?«

»Wir wissen es nicht.« Sie sah zur Tür. »Ich möchte dir einen Kollegen vorstellen.«

»Einen Kollegen?«

»Er will mit dir sprechen.«

Ich schaute mich um. War dieses Institut wirklich eine rein wissenschaftliche Einrichtung? »Was, wenn ich nicht mit ihm reden möchte?«

Ihr Blick wurde kühl. »Es wäre gut für dich.«

Ich fragte nach der Toilette. »Am Ende des Ganges.« Ein langer Korridor. An den Wänden Bilder verschiedener Sterne und ihrer Planeten. Auf dem Klo, über dem Urinal, ein Poster hinter Plexiglas. Das Plakat einer Tierschutzorganisation. Ich stand vor dem

Becken und blickte auf einen Hund, einen weißbraun gescheckten Settermischling, der mich treuherzig anschaute. Über dem Foto stand geschrieben: »Seid menschlich zu Tieren«, und darunter las ich, eben, da ich in die Unterhose griff: »Kastrieren statt töten!« Eine Kampagne gegen das Einschläfern von Straßenkötern in Bulgarien.

Ich überlegte, ob ich das Gebäude verlassen sollte, ohne mich zu verabschieden, doch ich kam mir – vielleicht reine Einbildung – beobachtet vor. Ich kehrte in Lunas Büro zurück.

Ein älterer Herr saß neben ihr. Braunes Sakko, weißes Hemd, Krawatte und Weste. Eine vergoldete Brille. Aschgraues Haar. Ein leises Lächeln.

»Darf ich dir Professor Andrew Light vorstellen«, sagte Luna. »Er ist eine Koryphäe auf dem Gebiet der Astrobiologie.«

Er reichte mir die Hand, drückte sie lange und schaute mir fest in die Augen. »Sie sind doch geblieben«, sagte er im Singsang. »Ich hätte darauf gewettet, Sie gehen.«

»Aber nein …«

»Ich jedenfalls wäre verschwunden«, meinte er und kicherte wie ein kleines Kind, um mit einem Mal sachlich zu bemerken: »Ich bin Spezialist für außerirdische Lebensformen.«

Ich lächelte.

Er sah mich mit großen Augen an. »Sie finden das lustig.«

Ich zuckte mit den Schultern. »Eine bisher eher beschauliche Wissenschaft, nehme ich an.«

»Ja, kein Raumschiff ist je auf der Erde gelandet. Wir suchen nach Spuren von Leben auf fernen Planeten. Wo im All findet sich Wasser, wo Kohlenstoff? Wo wäre es nicht zu kalt? Wo nicht zu heiß? Wo könnten wir, wenn unbedingt nötig, existieren? Wohin könnten wir unsere Zivilisation auslagern?«

»Wir als Außerirdische?«

»Wissen wir, was die Fremden von uns wollen?« Er machte eine Pause. »Schauen Sie, Sol: Der Sinn des Lebens ist seine Verbreitung. Die Wege sind unterschiedlich. Nehmen Sie einen Haufen Rossameisen im Urwald von Sri Lanka. Tausende Ameisen wimmeln durcheinander. Sie krabbeln durchs Wurzelwerk. Sie machen sich über tote Heuschrecken her. Immer mehr von ihnen wuseln heran. Sie reißen die Beute auseinander. Sie tragen alles gemeinsam in ihr Nest, das im Wipfel eines Baumes liegt. Nur eine von ihnen irrt alleine weiter. Sie ist auf Erkundung. Eine Forscherin. Sie kehrt zurück. Noch ahnt sie nicht, was sie in ihr Nest einschleppt. Aber das Schicksal ihres Volkes ist besiegelt. Pilzsporen haben sich an ihr Außenskelett geheftet. Ohne dass sie es merkt, durchstoßen sie ihre Schutzhülle, wachsen in ihr Inneres ein und breiten sich aus, um in ihr Hirn vorzudringen. Ist das erst passiert, ist es um unsere Ameise geschehen. Der Pilz, *Ophiocordyceps unilateralis*, gewinnt die Kontrolle über sie und dann über die ganze Kolonie. Verstehen Sie, Sol?«

»Nicht ganz. Ich meine, wozu erzählen Sie mir das?«

»Nach wenigen Tagen, Sol, bewegt sich diese eine

Ameise nicht mehr gleichförmig mit den anderen. Sie zappelt und taumelt umher. Sie kratzen sich, Sol? Kribbelt es am Kopf?«

Wieder kicherte er, um ernst fortzufahren: »Parasiten im Hirn. Wir kennen viele Beispiele aus der Natur. Sie übernehmen die Herrschaft über den Wirt. Sie steuern ihn. Sie finden einen Weg ins zentrale Nervensystem. Mehr als die Hälfte aller Arten auf der Erde existiert auf Kosten anderer Spezies. Sie sind Schmarotzer. Denken Sie an unsere Ameise. In ihrem Leib zieht sich jetzt ein kleiner Faden hin zum Kopf dieser Ahnungslosen. Sie wirkt benommen. Sie strauchelt und putzt sich die ganze Zeit ihre Fühler, doch das, was ihr fremd vorkommt, lässt sich nicht mehr wegwischen.« Erneut das kindliche Kichern. »Der Pilz dirigiert sie. Sie verlässt die Reihen der einfachen Arbeiterinnen. Das Gewächs in ihrem Kopf zwingt sie, zu nahe gelegenen Sträuchern zu kriechen. Sie bewegt sich fort, und doch ist es nicht mehr sie, die sich bewegt. Hinauf muss sie. An Halmen hoch, und der Alien in ihr gibt nicht nach. Der Pilz ist nicht zufrieden, bis sie am richtigen Platz ist, und nun erhält sie von dem Gast in ihrem Hirn den letzten Befehl. Sie klettert auf die Unterseite des Blattes, beißt sich dort fest und stirbt. Bald bricht der Pilz aus ihr hervor, lässt seine Sporen auf den Boden fallen, eben dort, wo Tausende anderer Rossameisen vorbeikommen.«

Professor Light nickte. »Sie sehen. Der Kreislauf ist geschlossen. Es gibt viele solcher Parasiten. Saugwürmer, die Fische zappelig werden lassen, damit sie von Seevögeln besser gesehen werden. – Oder das *To-*

xoplasma Gondii, ein Einzeller: Es befällt Katzen, nur in ihnen kann es sich vermehren. Über den Kot wird es ausgeschieden und erreicht auf verschiedene Weise Mäuse, in deren Hirn es gelangt. Das Mäuschen merkt nichts davon, verliert jedoch die angeborene Scheu vor Katzen. Es wird zur leichten Beute. Auch Menschen können im Umgang mit Katzen davon befallen werden. Körperlich gefährlich ist es nur bei Schwangeren, für die Ungeborenen. Manche Studien legen allerdings einen Zusammenhang zwischen der Ansteckung und Selbstzweifeln, Depressionen, Verkehrsunfällen oder der Neigung zum Selbstmord nahe.«

»Sie glauben, wir sind selbst Teil eines solchen Kreislaufs geworden?«

»Das ist keine Frage des Glaubens. Wir sind jetzt seit drei Monaten Objekte intergalaktischer Selektion. Warum, glauben Sie, reden die nicht mit uns?«

»Ja«, sagte ich. Endlich ging es wieder um das Thema, dessentwegen ich hergekommen war. »Warum, glauben Sie, reden die nicht mit uns, Herr Professor? Warum kommen sie nicht in unsere Sendung?«

»Die Sendung?«

»›Brandheiß‹.«

Er sah gequält zur Decke. »Ich rede vom Schicksal der gesamten Menschheit! Verstehen Sie? Von der Souveränität unserer Zivilisation. Nicht von Ihrer billigen Quotenshow. Begreifen Sie denn nicht? Wir sind ihnen ausgeliefert. Wir haben Angst vor dem Unbekannten. So sind wir. Seit jeher. Die Außerirdischen schauen uns nur zu. Sie beobachten uns. Sie bleiben stumm. Sie tun uns nichts. Gar nichts! Und das ist das Schrecklichste. Wir können nicht fertig werden damit. Wir können nicht umgehen mit dem Schweigen. Was die mit uns aufführen, ist schlimmer, als wenn sie auf uns losgingen, um uns zu jagen, zu töten, zu fressen. Die Angst ist ja kaum mehr auszuhalten. Schauen Sie doch ins Netz. Begreifen Sie nicht, was sich hinter dem Stillhalten der meisten verbirgt? Dieser Totstellreflex. Das Sichabfinden mit allem. Die Euphorie, wo vor kurzem noch Angst war. Merken Sie denn nicht, was mit uns geschieht? Wir könnten ihr Ersatzteillager werden. Wir könnten ihre Sklaven sein, ehe wir uns versehen. Wir wurden nicht gefragt.«

»Was denn?«

»Ob sie herkommen sollen, verdammt noch einmal. Hören Sie mir eigentlich zu, Sol? Wir wurden überfallen. Oder gab es darüber eine Abstimmung? Wurden die eingeladen? Nein. Das ist eine Invasion!«

Ich schüttelte den Kopf. »Sie übertreiben, Herr Professor. Sie lassen uns doch in Ruhe. Es sind auch nicht viele. Sie nehmen uns nichts weg. Ganz im Gegenteil. Es geht bergauf, oder zumindest hört man das überall.«

»Was aber, wenn das nur die Vorhut ist? Uns wird doch irgendetwas verheimlicht.«

Luna beugte sich vor und flüsterte: »Es gehen Gerüchte um.«

»Gerüchte? Wo?«

»Im Internet. Auf Facebook.«

»Ihr glaubt an die Verschwörungstheorien im Netz?«

»Es heißt, sie wollen ein Glücksspiel starten.«

»Na und? Ist das alles? Ihr befürchtet, die sind hergekommen, um ein Kasino aufzumachen? Das beschäftigt euch? Seid ihr von der Finanzpolizei? Habt ihr Angst, die machen aus der Erde ein interstellares Las Vegas?«

Luna lachte nicht. »Es soll ein Wettbewerb sein. Ein Turnier. Mit ungeheuren Gewinnen.«

»Spiele«, erklärte Professor Light. »Verschiedene Disziplinen. Sportliche Partien. Quizfragen.«

»Eine Fernsehshow?«

»Tu doch nicht so«, meinte Luna. »Seid ihr denn noch nicht darauf angesprochen worden?«

Ich schüttelte den Kopf. »Ihr glaubt doch nicht etwa, wir würden so ein Programm planen!«

Der Professor ließ sich nicht beirren. »Es geht ein Gerücht um. Der Preis soll unvorstellbar hoch sein. Unermesslicher Reichtum wird versprochen. Die Rede ist auch vom Aufstieg in die Reihen der Außerirdischen. Die Aufnahme in die Elite des Universums. Unbegrenzte Möglichkeiten …«

Ich unterbrach ihn. »Ja und? Was wäre so schlimm daran?«

Luna sagte: »Das ist noch nicht die ganze Geschichte.«

Der Professor nickte. »Der gesamte Wettbewerb soll ein globales Ereignis sein und ganz auf Freiwilligkeit beruhen. Denjenigen auf den ersten drei Plätzen winken unglaubliche Preise. Alle, die mitmachen, profitieren allein durch die Teilnahme. Sie werden internationale Stars. Sie erhalten während eines Durchgangs, der Monate dauert, ein hohes Honorar und logieren in erstklassigen Luxushotels.«

»Klingt doch gut. Wo kann man sich dafür anmelden?«

»Es heißt, der Verlierer jeder Runde überlebt nicht.«

»Ich verstehe nicht …«

»Wer verliert, wird geschlachtet.«

Ich beugte mich vor, als hätte ich nicht recht gehört.

»Wie gesagt«, fuhr der Professor fort. »Alles freiwillig. Honorar. Menschengerechte Haltung. Die letzten Monate in wunderschöner Umgebung. Eine einsame Insel. Tropischer Luxus. Weiße Strände. Blaues Meer. Die Schlachtung vollkommen schmerzfrei. Nach den allerneuesten Methoden. Viel Geld an die Hinterbliebenen …«

Ich lachte. »Das ist doch Unsinn! Eine Satire.« Forschend sah ich Luna in die Augen. »Ist das ein Witz? Wollt ihr euch über mich lustig machen? Sind wir hier bei der ›Versteckten Kamera‹?« Ich schaute mich um. »Steckt da smack.com dahinter? Jup, mich kannst du nicht reinlegen. Albert, wo bist du? Kommt schon! Zeigt euch.«

Sie sahen einander an und schwiegen.

Ich wurde wieder ernst. »Wer denkt sich so einen Quatsch aus? Das ist ja verrückt. Allein die Vorstellung …«

Luna sagte zu Professor Light gewendet: »Er hat wirklich keine Ahnung.«

Der Professor nickte. Er richtete sich auf und strich sich übers Haar. »Die Gerüchte über den Wettbewerb sind an verschiedenen Ecken der Welt aufgetaucht. Unabhängig voneinander. Nur vereinzelt, doch es greift um sich. Im Netz …«

Ich winkte ab. »Das ist doch ein Hirngespinst. Eine Verschwörungstheorie. Aus Angst vor den Fremden. Außerdem: Wer würde dabei aus freien Stücken mitmachen?«

»Um das Spiel zu beginnen, finden sich sicher genug.«

»Wir glauben, dass wirklich die Außerirdischen dahinterstecken«, fügte Luna hinzu.

»Ja«, meinte der Professor. »Davon ist auszugehen.«

Ich sah die beiden an. Wahnsinnige! Jetzt war ich davon überzeugt, es hier mit einem Institut voller Verrückter zu tun zu haben. »Wieso sollten sie? Sie hätten uns schon bei der Landung töten können. Die können uns jederzeit schlachten. Stattdessen sind sie freundlich zu uns. Sie werden uns helfen, Kriege zu beenden. Die Armut zu besiegen. Den Hunger zu beseitigen.«

»Ja«, flüsterte der Professor, »der Hunger. Wir dürfen den Hunger nicht vergessen. Sie haben recht, Sol. Die Außerirdischen scheinen uns wohlgesinnt. Es ist nur … Wie soll ich es sagen. Wir schmecken ihnen wohl zu gut.«

»Wie bitte?«

Luna setzte bitter nach: »Albert Stern würde sagen, sie finden uns einfach köstlich.«

Nach dem Gespräch gingen wir zu dritt in die Kantine. Wir stiegen die Treppe hinunter und gelangten in einen Speisesaal, der auf einen Garten blickte. Professor Light empfahl mir, das Schnitzel zu probieren. Aufgebläht panierte Fleischlappen, die so lasch schmeckten, wie sie aussahen; daneben ein zitronig schimmernder Kartoffelsalat und dazu der tranige Fettgeruch, der von der Küche herüberwehte.

Wir setzten uns an einen freien Tisch in einer Ecke. Ich salzte mein Schnitzel und meinte: »Wenn sie uns essen wollen, wozu dann der ganze Wettbewerb?«

Professor Light löffelte eine Nudelsuppe. »Vielleicht brauchen sie lediglich eine kleine Menge Menschenfleisch und wollen auf keinen Widerstand stoßen. Deshalb die Entscheidung auf freiwilliger Basis und das Gewinnspiel.«

Luna widersprach dem Professor: »Das kann nur ein Aspekt sein. Sonst könnten sie ja auch anderes Fleisch essen. Sie wollen aber ausdrücklich uns.«

»Genau«, sagte ich. »Warum ausgerechnet wir? Wieso nicht Kalbssteak, Schweinerippen oder Entenbraten? Da gibt es doch Alternativen.«

»Ist es denn wirklich so schwer zu begreifen?«, fragte Luna ungeduldig. »Das wird der springende Punkt sein – es geht um unsere Freiwilligkeit. Es heißt: Sie möchten kein Tier töten.«

»Na und? Wir könnten doch das Schlachten für sie übernehmen.«

»Anscheinend wollen sie das nicht! Sie suchen nach intelligentem Leben im All. Deshalb haben sie uns aufgespürt. Verstehst du? Wir schmecken ihnen besonders gut, weil wir die Wahl haben. Unsere Freiwilligkeit ist ihr Kick.«

»Es wird sich niemand melden«, sagte ich und nahm einen Bissen von meinem Schnitzel. »Da macht doch keiner mit.«

Professor Light lächelte. »Kennen Sie das Ballspiel der Mayas? Es war ein Kampf auf Leben und Tod. Freiwillig. Manche Forscher meinen sogar, dass nicht der Verlierer, sondern der Sieger getötet wurde. Es soll eine Ehre gewesen sein, für einen Gott zu sterben.«

»Wir sind keine Mayas.«

»Viele von uns glauben, Jesus hätte sich für uns alle kreuzigen lassen.«

»Aber er wurde danach nicht aufgegessen!«

Der Professor wischte sich den Mund ab. »Wann waren Sie das letzte Mal in einer Kirche? ›Nehmet und esset davon. Das ist mein Leib.‹«

»Die wollen nicht auf den nächsten Jesus warten«, ergänzte Luna. »Das ist das Problem. Und was, wenn sie erst Blut geleckt haben? Mit dem Essen kommt bekanntlich der Appetit.« Und dann: »Die Palatschinken sind hier übrigens sehr gut. Solltest du versuchen.«

»Nein, danke.«

Der Professor beugte sich vor. »Wir müssen wissen, wenn die Außerirdischen Kontakt zu Ihnen aufnehmen.«

»Wollen Sie mich etwa als Spion anwerben?«

»Wir brauchen Ihre Hilfe. Es geht um die menschliche Zivilisation. Es geht um unsere Würde. Geld spielt keine Rolle!«

Ich stand auf. »Ich weiß nicht, für wen Sie mich halten und was Sie von mir wollen, aber ich kann Ihr Angebot nicht annehmen.«

»Wollen Sie lieber aufgegessen werden?«

»Ich bin kein Spitzel. Wer seine Quelle preisgibt, ist kein Journalist mehr.« Ich stand auf, nickte ihnen wortlos zu und ging aus dem Saal. Den Flur entlang. Zum Ausgang.

Ich erreichte die Redaktion erst spät. Leila lief mir entgegen. »Wo warst du so lange? Hast du schon gehört?«

»Was denn?«

»Vom Wettbewerb. Alle sprechen davon.«

Albert Stern kam auf uns zu. »Wir müssen darüber reden. Wir brauchen einen Gast, der mitmachen will.«

»Bist du etwa dafür?«, fragte ich ihn.

»Bist du verrückt? Ist doch ekelhaft, das Ganze. Ich glaube auch gar nicht, dass die Außerirdischen dahinterstecken. Sie sagen ja nichts. Sie kommen nicht in meine Sendung! Ich kann mir nicht vorstellen, dass sie so etwas Schreckliches vorhaben. Wie auch immer, mir wird schlecht, wenn ich nur daran denke. Das sollte verboten werden.«

Jup trat aus seinem Büro. »Verbieten? Das wird schwer sein. Es wird ja niemand gezwungen. Und es wird ein großer Event. Ein ungeheures Geschäft!«

»Es ist die reine Barbarei!«, fuhr Albert Stern ihn an.

Ich winkte ab. »Es kann ohnehin nicht funktionieren. Die finden doch niemals Freiwillige.«

Albert fasste mich am Arm. »Ich will es diskutieren. Heute! Die Leute sollen verstehen, was das bedeuten würde. Sie müssen sehen, was das für Menschen sind, die bei so etwas mitmachen! Und wir brauchen jemanden, der entschieden dagegen ist.«

Er drehte sich um und war schon auf dem Weg zum Studio, als er sich noch einmal umwandte. »Die Frage ist ja auch, wer überhaupt bereit wäre, so einen Weltall-Cup zu moderieren? Ist schon jemand im Gespräch? Ich meine … Gibt es dafür schon einen Moderator?«

»Du wärest der Richtige«, sagte Jup.

Albert hob die Arme und lächelte. »Jetzt hör aber auf.«

»Entscheidend ist«, sagte Jup, »wer die Rechte für die Sendung bekommt.«

»Du willst doch nicht etwa uns dafür vorschlagen, Jup?«, fragte Leila. »Das kann doch nicht dein Ernst sein!«

»Habe ich nicht behauptet, oder? Ich will nur wissen, wer das macht. Die Konkurrenz schläft ja nicht. Die schnappen uns dann den ganzen Markt unterm Arsch weg.« Und nach einer Pause stellte Jup fest: »Immerhin wären wir die Besten dafür.«

»Wir?« Ich schüttelte den Kopf. »Wieso denn wir? Ein Medium, das Kulinarik und Gastrosophie ins Zentrum stellt?«

»Wir sind doch längst viel mehr als das«, antwortete Albert. »Wir machen ›Brandheiß‹!«

Jup fügte hinzu: »Schaut euch um. Wir haben expandiert. Da ist ja auch wahnsinnig viel Geld dahinter. Das haben wir hineingesteckt. Das sind Verbindlichkeiten. Wenn wir nicht vorne dranbleiben, kommen wir alle unter die Räder.«

»Immerhin«, sagte Albert, »wir sind das Programm, das auf die Außerirdischen reagiert.«

»Außerdem«, so Jup, »geht es bei diesen Spielen im Grunde um unser Thema.«

Ich schaute ihn an, fragend, worauf er erklärte: »Na, ums Essen«, und da legte Leila still den Kopf schief, während Albert zögerlich nickte.

4

Astrid hatte noch nichts davon gehört. Als ich ihr beim Frühstück vom Wettkampf erzählte, legte sie ihr Brot zur Seite und erstarrte. Ich sagte: »Keine Sorge. Bei so einem Horror macht sowieso keiner mit!«

Sie schwieg und hob die Augenbrauen.

»Das ist viel zu ekelhaft …«, schob ich nach.

Sie sah an mir vorbei und stand auf, um ins Bad zu gehen.

Ich blieb sitzen, aß den Rest ihres Brotes auf und trank meinen Espresso, ehe ich den Tisch abräumte.

Danach duschte ich, während Astrid sich bereits anzog. Erst, als wir beide dabei waren, die Wohnung zu verlassen, meinte ich: »In ›Brandheiß‹ laden wir heute Leute ein, die sich dagegen aussprechen wollen.«

»Und die Befürworter?«

»Wir recherchieren noch, wer dafür ist. Aber bis jetzt ist es ja nicht einmal sicher.«

»Noch keine Kandidaten?«

»Woher denn?«

Sie lächelte. »Wart's ab!«

Ich erreichte die Redaktion früher als sonst. Noch war kaum jemand da. Ich rief eine Pressesprecherin des Regierungschefs an. »Was ist eure Meinung zum Wettkampf?«

»Das sind Gerüchte. Dazu nehmen wir nicht Stellung.«

»Der Verlierer soll gegessen werden.«

»Widerlich.«

»Dann seid ihr also dagegen?«

»Kein Kommentar.«

»Ihr wollt dazu schweigen?«

»Schau, Sol, ich persönlich finde das sehr unappetitlich, aber es liegt an der Justiz, hier zu entscheiden. Die Regierung äußert sich nicht.«

»Wenn ich dich richtig verstehe, soll es verboten werden.«

Sie seufzte. »Ich weiß nicht, was du verstehst … Wir glauben an die Unabhängigkeit der Gerichte. Wir können nicht vorgreifen. – Und überhaupt: Was willst du von mir?«

»Wir lassen in ›Brandheiß‹ darüber diskutieren. Kommt jemand von euch zur Diskussion?«

»Nein.«

»Ihr wollt zuschauen, wie Menschen gefressen werden?«

»Ob wir zuschauen wollen? Ausgerechnet du fragst mich das? Wer wird uns denn das Wettspiel auf dem Silbertablett servieren? Wer macht uns schon heute Abend Appetit darauf? Das seid doch ihr. Smack.com: die Adresse für den Feinschmecker von Welt.«

»Nein, die Kritiker sollen zu Wort kommen.«

»Klar, es ist ein Streitgespräch. Du wirst also beide Seiten einladen. Es ist alles eine Show, ob mit Talk oder ohne. Indem wir zusehen, wie es geschieht, sehen wir zu, dass es geschieht.«

»Aber, nein …«

»Ich weiß schon«, unterbrach sie, »die Gegner werden stärker sein. Du suchst sie dir aus. Der Befürworter ist der Buhmann. – Aber weißt du was? Darauf kommt es nicht an. Allein die Spiele zur Debatte zu stellen, macht das Ganze zu einer Frage des Geschmacks, die so oder anders gesehen werden kann. Wenn das Gerücht stimmt und der Verlierer gegessen wird, serviert ihr heute die Vorspeise.«

»Umso wichtiger, dagegen zu sprechen.«

»Es ist sinnlos. Alle werden sagen, wir wollen Zensur üben. Und was, wenn es nur ein Gerücht ist? Sollen wir uns zu Idioten machen? Oder schlimmer noch: Wenn es kein Gerücht ist. Ein kosmisches Massenspektakel, ein gigantisches Geschäft. Die galaktisch ultimative Lotterie ums ganze Glück, und wir sind dagegen? Sollen wir einen Konflikt mit den Außerirdischen heraufbeschwören? – Immerhin: Sie garantieren vollkommene Freiwilligkeit. Verstehst du?«

»Dann könnt ihr doch dagegen sein.«

»Wo niemand gezwungen wird, kann sich keiner widersetzen. Nein, Sol, von uns kommt sicher niemand.«

Ich versuchte darauf einen Rechtsgelehrten für die Sendung zu gewinnen. »Ob die Spiele verboten werden sollen? Keine einfache Frage. Zunächst wäre zu klären, welche Justiz die Interessen verschiedener Rassen im Universum verhandelt. Welches Gericht ist für Außerirdische zuständig? Gilt für sie das bürgerliche Gesetz?«

»Sicher. Sie sind doch schließlich bei uns auf der Erde«, warf ich ein.

»Stellen Sie sich vor, Sie wären durch eine Zeitreise ins kaiserliche Rom zurückversetzt. Könnten Sie den Herrscher als Gott akzeptieren? Den Sklaven als bloße Sache, als Ding? Wir sehen uns als moralische Wesen. Sind wir das für die Außerirdischen auch?«

»Aber könnte man menschlichen Kandidaten verbieten, mitzumachen?«, fragte ich.

»Dürfen mündige Bürger sich in Gefahr begeben? Denken Sie nur an Sportarten, bei denen die Leute täglich ihre Gesundheit und ihr Leben riskieren. Wir zahlen dafür, um zuzuschauen, wie Menschen sich fast zu Tode prügeln, wie sie mit dreihundert Stundenkilometern aus der Kurve fliegen, wie sie sich von einer Klippe stürzen. Dutzende junge Männer sterben jährlich im freien Fall, andere springen von Hochhäusern. Wir dulden das im Namen der Selbstbestimmung. Das ist deren Freiheit. Die hoffen, damit berühmt und reich zu werden. Es ist ein Geschäftsfeld geworden. Die Bauern, auf deren Grundstück gelandet wird, sind an dem Gewinn beteiligt. Saisonkarten für das Publikum. Viele wollen dabei sein, wenn ein Mensch in den Acker knallt. Die Unfälle schrecken nicht ab, im Gegenteil. Im Internet sind solche Videos ein Hit. Der Todesfall, der Fall in den Tod, wird zur Sensation. Der Klick zum Kick. Veranstaltet werden offizielle Meisterschaften, wo man zuschauen kann, wie Leute draufgehen.«

»Aber es geht ja nicht um Selbstgefährdung, sondern darum, als Verlierer geschlachtet zu werden.«

»Ja, das ist geschmacklos!«

»Dann sollte es verboten werden?«

»Ich denke schon. Nach unserem Recht zweifellos.«

»Würden Sie das auch in aller Öffentlichkeit so sagen?«

»Sicher.«

Er war bereit, in die Sendung zu kommen. Wir luden außerdem einen Philosophen ein, der zum Boykott der Wettspiele aufgerufen hatte. Der Titel seines Manifests: »Ich bin ungenießbar!« Im Netz konnte man den Text schon unterschreiben.

Ein katholischer Theologe sollte in »Brandheiß« gegen die Blasphemie der Menschenfresserei anreden. Eine Bloggerin wollte ebenfalls Stellung beziehen. Die Quotenschlampe nannte sie Albert. Sie hatte ihren Kommentar »Mord ist kein Spiel« bereits auf ihre Website gestellt.

Um jemanden zu finden, der ein Verbot des Wettspiels ablehnte, musste ich länger suchen. Ein Tierrechtler meinte, es könne wohl kaum das Schlachten von Menschen untersagt werden, solange andere Lebewesen weiterhin auf dem Speiseplan stünden. »Warum finden wir das Frittieren eines Neugeborenen schrecklicher als ein Schweinskotelett? Kommen Sie mir jetzt nicht mit dem menschlichen Bewusstsein. Ein Baby weiß doch auch nicht, wie ihm geschieht. Dennoch essen wir es nicht.«

»Ihnen wäre es also egal, ob eines Ihrer Kinder oder eine Kuh auf die Schlachtbank kommt?«

»Ich rede nicht über meinen Sohn, sondern vom

Gesetz. Ich will nicht töten, um zu essen. Ich spreche von einer Vernichtungsmaschinerie für den alltäglichen Massenmord. Von Fabriken, in denen wir Tiere quälen. Von Kühen, die künstlich geschwängert und mit Hormonen vollgespritzt werden, um jahrelang Milch zu geben. Ich rede von männlichen Küken, die direkt nach dem Schlüpfen in einen Schredder geworfen werden, weil sie keine Eier legen.«

»Glauben Sie mir, sobald die Kühe eine Protestbewegung organisieren, solidarisiere ich mich. Bis dahin gilt für mich das Motto: ›Es kann die Befreiung der Rindviecher nur das Werk der Rindviecher sein!‹«

Der Tierrechtler legte wortlos auf.

Der Betreiber einer Website, die besonders brutale Filme anbot, sagte: »Niemand ist gezwungen, bei der Show mitzumachen. Niemand muss zusehen. Die Leute haben ein Recht darauf. Jeder kann gewinnen.«

»Und die Verlierer?«

»Sie werden für jede Runde, in der sie weiterkommen, belohnt. Sie sind in Luxushotels untergebracht. Und das Wichtigste: Die Hinterbliebenen erhalten eine Entschädigung.«

Ein junger Starpublizist, der seit Jahren äußerst populäre Bücher zu allen möglichen politischen Krisen veröffentlichte, erklärte wiederum, durch die Landung der Außerirdischen seien alle Moralvorstellungen neu zu denken. »Ich bin kein Vegetarier. Mir geht es auch nicht um den freien Markt. Aber wir müssen einsehen, wie relativ unsere Gesetze in der neuen Situation geworden sind. Wir sind nicht mehr allein.«

»Was soll das heißen?«, fragte ich.

»Die Außerirdischen haben Bedürfnisse.«

»Und wir?«

»Immerhin kann ich Sieger werden.«

»Wollen Sie etwa mitmachen?«

»Ja.«

Albert war begeistert. »Das ist unser Mann! Wir haben einen Kandidaten. Das ist der Joker für ›Brandheiß‹. Das macht uns keiner nach!«

Jup war unzufrieden. Meine Auswahl sei zu einseitig ausgefallen. Der Publizist klinge nicht glaubwürdig. »Der ist ein Fake. Der tut nur so, damit er seine Bücher verkaufen kann.«

Aber Albert widersprach. »Immerhin ist er bereit, sich dafür schlachten und aufessen zu lassen.«

»Natürlich ist das eine unfaire Runde«, meinte wiederum Leila. »Aber das ist gut so. Wir können diesen Wahnsinn doch nicht unterstützen.«

Albert eröffnete die Sendung mit den Worten: »Ein Gerücht geht um die Welt! Alle reden vom Wettkampf kosmischer Dimension. Phantastische Gewinne. Spannende Wettbewerbe. Die Kandidaten und Kandidatinnen erhalten großzügige Vorschüsse, logieren in den besten Hotels und werden in den feinsten Restaurants verköstigt. Monatelang ein Luxusleben. Sie werden Stars sein. Die ersten drei kommen zu unermesslichem Reichtum. Der Sieger erhält den Pokal des Universums. Eine intergalaktische Sensation! Es regen sich aber auch Stimmen des Protests. Man sagt, der Verlierer eines Durchgangs wird sich freiwillig opfern. Die Hinterbliebenen werden großzügig entschädigt. Eine Art Selbstmord. Die automatische Schlachtung eigenhändig auf Knopfdruck. Aber darf das sein? Dürfen Menschen sich als Delikatesse anbieten?«

Wir sahen im Regieraum zu. »Sehr guter Einstieg«, meinte Jup, doch Leila zischte: »Ruhe.«

Der Theologe erklärte, weshalb menschliches Leben heilig bleiben müsse. »Wir sind schließlich kein Vieh!« Der Philosoph teilte mit, er stehe nicht auf dem Speiseplan, und die Bloggerin setzte nach: »Wie viel ist der Mord an einem Menschen wert?«

Albert wandte sich an den jungen Publizisten. »Wieso wollen Sie sich an den Spielen beteiligen? Finden Sie es in Ordnung, davon zu profitieren, wenn ein anderer gefressen wird?«

»Es geht mir nicht um den Gewinn«, antwortete der Publizist.

Der Philosoph sah dem Publizisten tief in die Augen. »Wenn das so ist: Wie schmecken Sie persönlich eigentlich am besten, blutig, medium oder durch?«

»Worum geht es Ihnen, wenn nicht um den Gewinn?«, fragte Albert.

Der Publizist ließ sich Zeit mit seiner Antwort. »Mit den Außerirdischen soll ja eine Krankheit nach der anderen verschwinden. Das ist die Hoffnung, die wir immer hatten und auf die wir doch alle nun bauen. Kein Baby soll noch hungern müssen. Es wird, wenn es größer ist, nicht mehr wissen, was Krieg bedeutet. Konflikte um irgendwelche Gebiete werden nicht mehr wichtig sein. Uns steht ja das ganze Universum offen. Die Außerirdischen bringen uns das gute Leben. Denken Sie an die Völker, die wir bisher verrecken ließen! Wir sahen ihnen beim Abendessen dabei zu. Der Massentod war unser tägliches Spektakel. Jede Sekunde starb ein Kind. An Bronchitis, an Durchfall, an Grippe … Wir brannten ganze Länder nieder. Flächenbombardements. Napalm. Giftgas. Und jetzt? Die Jugend wird in einem nie dagewesenen Wohlstand aufwachsen. Sie«, wandte er sich an den Theologen, »sprechen von der Heiligkeit des Lebens? Ausgerechnet Sie? Sie wagen uns zu erklären, Menschen seien kein Schlachtvieh? Im Namen Gottes wurden Millionen Unschuldige verbrannt!«

»Das ist doch lächerlich. Billige Polemik. Hier geht es nicht um das Wesen der Religionen. Sie wollen das Verzehren von Menschen rechtfertigen, weil die Kirchen Verbrechen legitimierten? Das ist völliger Blödsinn.«

Der Publizist lachte. »Die Geistlichen aller Religionen segneten die Waffen. Sie riefen zum Heiligen Krieg. Sie verherrlichten die Macht und das Elend. Wieso wehren Sie sich jetzt gegen die Spiele? Heißt es nicht, die Ersten werden die Letzten und die Letzten werden die Ersten sein? Ließ sich der heilige Laurentius nicht auf dem Grill rösten?«

Albert legte dem Publizisten die Hand auf die Schulter. »Sie vergleichen die Verlierer mit Märtyrern?«

»Wenn es darum geht, heiliggesprochen zu werden«, mischte sich der Philosoph ein, »weshalb wird dann nicht der Sieger frittiert?«

Der Publizist schaute in die Kamera, als rede er an allen anderen in der Runde vorbei, direkt zum Publikum. »Die Außerirdischen hätten uns ohne weiteres töten können. Wenn sie wollen, kochen sie uns, ehe wir es merken. Aber genau das bringen sie nicht übers Herz. Sie brauchen unser Fleisch zum Überleben, doch morden können sie nicht. Sie wollen niemandem Schmerz zufügen. Sie möchten keinen Hirsch schießen und keine Kuh abstechen. Sie sind dazu nicht imstande. Begreifen Sie doch! Wir sind das, was sie suchen. Eine Lebensform höherer Intelligenz; eine freiwillige Beute. Eine Gattung, in der Einzelne bereit sind, sich für das Ganze herzugeben.«

»Sich schlachten zu lassen!«, ergänzte die Bloggerin.

»Ja«, fuhr der Publizist fort, »damit die Mehrheit in Frieden und Wohlstand leben kann. Ist es Ihnen lieber, die fahren wieder weg? Soll es wieder so werden, wie es war? Ein Leben ohne Hoffnung auf Frieden. Abermillionen, die sich in Kriegen gegenseitig töten. Wenn sie hierbleiben, werden nicht mehr Unzählige an Hunger, an Malaria, an Tuberkulose oder an Aids sterben. Ist es nicht das, was wir alle hoffen? Was ist mit den Erregern, die wir noch nicht einmal kennen? Die Außerirdischen können uns beschützen. Sollen wir sie fortschicken? Glauben Sie, dann wäre alles wieder wie früher? Vergessen Sie es! Unsere ganze Wirtschaft ist nun auf kosmischen Export gepolt. Die Produktion wurde ins Unermessliche gesteigert. Alles auf Pump. Investitionen in galaktischen Höhen. Kredite auf die interstellare Zukunft. Wir sind doch alle überschuldet. Jeder Staat, jedes Unternehmen, aber – Hand aufs Herz – auch wir hier. Smack.com lebt von den Außerirdischen. Es gibt kein Zurück. Wenn die Außerirdischen wieder fortfliegen, stürzen wir ins Bodenlose. So schaut's aus. Und das sollen wir riskieren? Wegen dieser paar Opfer im Jahr? Wegen einiger Freiwilliger, die zu siegen und zu sterben bereit sind?«

Im Regieraum klatschte Jup in die Hände. »Der Mann ist gut, Sol!«

Im Studio sagte der Publizist: »Haben wir das alles vergessen? Wir fürchteten das Ende der Zivilisation, den Klimawandel, die nukleare Katastrophe.«

Albert wandte sich an den Juristen. »Herr Professor, Sie meinen, die Spiele gehören verboten. Aber ist das überhaupt möglich? Wenn sie auf freiwilliger Basis stattfinden?«

Der Professor hatte bisher nichts gesagt. Nun setzte er sich in seinem Sessel zurecht. »Schauen Sie, der ganze Weltall-Cup dürfte, wenn es nach mir geht, nicht stattfinden. Das Menschenrecht erlaubt das nicht. Wir dürfen menschliches Leben nicht zum Spielgeld machen. Ich möchte allerdings auch nicht zurück in die Zeit, ehe die Außerirdischen da waren. Wenn sie uns verlassen, stürzen wir ins Chaos. Es wird im Danach kein Davor mehr geben. Wir sind jetzt Teil eines Universums. Wer weiß, wer da draußen noch lauert. Wir müssen alles tun, um mit ihnen im Frieden zu leben. Aber wenn wir Menschen anderen galaktischen Rassen zum Fraß vorwerfen, was dann? Wer ist dann noch seines Lebens sicher?«

»Sie sind also dagegen?«, hakte Albert nach.

»Die Frage lautet doch, was, wenn wir die Spiele der Außerirdischen verbieten? Droht dann nicht noch viel größere Gefahr? Was, wenn wir den Außerirdischen nicht freiwillig geben, was sie brauchen? Ist das nicht gefährlicher?«

»Dann wollen Sie das Spiel also erlauben?«, fragte Albert.

Der Professor wiegte sich in seinem Sessel hin und her, als schwanke er zwischen Ablehnung und Zustimmung. »Nein, nicht doch! Von Wollen kann keine Rede sein! Ich bin dagegen. Selbstverständlich. Das ist keine Frage der persönlichen Befindlichkeit. Es geht um unsere Zukunft.«

»Also was jetzt?«, rief die Bloggerin.

»Wenn ein Verlierer sich freiwillig schlachten lässt und wenn ihm – außer dem Tod – kein weiteres Leid zugefügt wird …«

Die Bloggerin schrie: »Er wird gegessen!«

»Immerhin«, so der Rechtsgelehrte, »geht es um das Leben von Milliarden. Von uns allen! Hier geht es nicht um meine eigene Meinung. Meine persönliche Anschauung ist eins, mein juristischer Standpunkt ist etwas anderes.«

Der Bloggerin platzte der Kragen. »Wer zu Hause eine Meinung vertritt, im Büro eine zweite und auf dem Klo eine dritte, spricht immer nur in einer Funktion, und zwar in der des Arschlochs!«

»Ich glaube, wir können das Spiel gar nicht mehr verbieten, weil es bereits begonnen hat«, erklärte der Publizist. »Allein die Diskussion, ob ein Verlierer sich freiwillig schlachten lassen darf, ist schon Teil des Spektakels.«

»Ja, das stimmt. Wir sind machtlos«, sagte der Rechtsgelehrte. »Wir können das Problem nicht mit unseren Paragraphen fassen. Wir sind für die Außerirdischen eine überholte Kultur … Sollen wir den Codex Hammurabi befragen? Wenn die Gesetze von Texas nicht einmal bis nach Kalifornien reichen, warum sollten sich Wesen aus einer anderen Galaxie unserem Recht unterwerfen?«

Der Publizist nickte. »Wir können die Spiele nicht verbieten. Wir würden das Verhältnis zu den Außerirdischen gefährden. Die einzige Möglichkeit, es zu verhindern, wäre, dass niemand mitmacht. Ein genereller Boykott. Darum«, wandte er sich an die Bloggerin, »ging es ja in Ihrem Kommentar. ›Mord ist kein Spiel!‹ Ein Eintrag und unzählige Klicks. Sie sind ein Star. Jede Firma wird auf Ihrer Seite gerne eine Anzeige schalten. Bravo!« Er drehte sich zum Philosophen um. »Und was Sie angeht: Abertausende werden Ihren Aufruf unterschreiben. Ich gratuliere Ihnen. Aber es wird nichts nutzen. Die Leute werden dagegen unterschreiben, und sie werden den Spielen zuschauen. Sie werden dagegen unterschreiben und die Favoriten anfeuern. Sie werden dagegen unterschreiben und um die Verlierer weinen. Sie werden dagegen unterschreiben, und sie werden mitmachen. Alle. Denken Sie nur an die Sterbehilfe in manchen Ländern. Es gibt jetzt schon Todesspritzen für Depressive. Sie müssen gar nicht mehr unheilbar krank sein. Es reicht bereits der Wille zum Suizid. Selbstmord auf Rezept – das ist die Zukunft! Wie wollen Sie da irgendwem verbieten, bei den Spielen mitzumachen? Der einzige Zwang, den wir heute noch kennen, ist, gefälligst Spaß zu haben. Wer nicht will, der hat schon. Von irgendetwas muss man ja leben, sagten die Leute früher. Aber das stimmt nicht mehr. Niemand muss, nur darf sich keiner danach beklagen.«

Für ein Verbot der Spiele plädierte in der Sendung niemand mehr. Der Theologe, die Bloggerin und der Jurist redeten nur noch über ihre persönliche Abscheu vor dem Spektakel. Sie klangen dabei wie die Gegner der Pornographie, die mit gewichtigen Argumenten gegen die Sexindustrie wettern, während die leidenschaftlichsten Konsumenten von Nacktfilmen lediglich leise dagegenhalten oder ganz verstummen. Auch der Publizist sagte nichts mehr. Er lümmelte in seinem Fauteuil und lächelte versonnen.

Nur ein weiteres Mal ergriff er das Wort. Die Bloggerin fragte Albert, ob smack.com die Spiele übertragen wolle. Noch könne nichts dazu gesagt werden, antwortete Albert, doch da erklärte der Publizist, er halte smack.com für die beste Adresse. »Diese Spiele dürfen nicht dem Boulevard überlassen werden. Das wäre eine Katastrophe. Wir brauchen seriöse Medien und glaubwürdige Kontrollmechanismen. Ich wüsste mich – als Kandidat – bei smack.com gut aufgehoben.«

Im Regieraum nickte Jup und sagte zu Leila: »Da hast du's. Wir müssen uns der Verantwortung stellen.«

»Brandheiß« war nicht die einzige Talkshow, die über die Spiele diskutieren ließ. Die Debatten wurden in anderen Sendern und Medien heftiger geführt. In einer Zeitschrift war von einer Familie zu lesen, die einen Onkel als Kandidaten für den Wettbewerb empfahl, obwohl er nichts davon wissen wollte. Es wurde auch von einem Jugendlichen berichtet, der unbedingt teilnehmen wollte, dem aber der Vater die Erlaubnis verweigerte. Noch sei sein Sohn nicht volljährig, sagte der Mann. »Er darf es mir nicht verbieten!«, protestierte der Jugendliche. »Die Spiele beginnen erst in ein paar Wochen. Bis dahin bin ich achtzehn. Der Alte zerstört mir mein Leben, schon seit meiner Geburt, und jetzt will er mich nicht einmal auf meine Art sterben lassen. Ich sage gar nicht, dass ich geschlachtet werden möchte. Ich will ja gewinnen. Aber wenn es sein muss, werde ich mich opfern. Alle, die teilnehmen, werden Sieger sein. Auch die Verlierer. Wir sind die Champions. Wir sind Gladiatoren.« Der Vater trat ebenfalls im Fernsehen auf. »Ich bitte die Außerirdischen um Verständnis. Haben die denn keine Kinder? Sie sollen mich essen. Nicht ihn. Wenn die mir meinen Buben nehmen, weiß ich nicht, was ich tue! Das sind Mörder. Die Organisatoren, die Schlächter, die Juroren, die Außerirdischen. Ich mache alle fertig! Ich schwöre es.« Ihm brach die Stimme, und er verbarg sein Gesicht in den Händen.

Zwei Wochen später wurde mitgeteilt, welche Sender und Websites in den einzelnen Ländern die Spiele übertragen würden. Es seien Ausscheidungskämpfe in unterschiedlichen Disziplinen geplant. Die Männer und Frauen, die sich gemeldet hatten, mussten sich einer Jury stellen. Ihre körperliche Verfassung sollte überprüft werden. Nur kerngesunde und sportliche Personen durften mitmachen. Danach würden psychologische Tests folgen. Bereits in dieser Phase sollte mitgefilmt werden. Geplant war ein eigenes Sendeformat darüber, wie die Mitspieler sich auf die Vorausscheidung vorbereiteten. Gezeigt werden sollten ihre Hoffnungen, ihre Ängste, ihre Ziele. Die Nahaufnahme angesichts des Urteils. Das Zittern im Close-up.

Die ersten Runden wollte man in verschiedenen Ländern gleichzeitig austragen. Zunächst Quizfragen, dann Spaßspiele wie etwa Karaoke. Erst im weiteren Verlauf sportliche Turniere. Danach Härteres: Gewaltmärsche durch Steppen und Wüsten: Überlebenswochen im Dschungel, eine Wüstenrallye und ein Triathlon.

Darüber, ob die Wettkämpfe verboten werden sollten, wurde kaum mehr verhandelt. In einer Region wurde ein Referendum abgehalten. Die Frage, über die abzustimmen war, lautete: »Sollen diejenigen, die unbedingt möchten, an den Spielen teilnehmen dürfen, damit wir alle die Vorzüge des kosmischen Wohlstands genießen können?« Eine Mehrheit stimmte mit Ja. Alle redeten von den Spielen und versicherten einander zugleich, nichts mehr davon hören zu können, sprachen jedoch ununterbrochen darüber, über die Kandidaten und die verschiedenen Disziplinen. Nur wenn die Unterhaltung die Schlachthöfe berührte, erstarb sie zumeist, wobei Wörter wie schlachten ohnehin nie in den Mund genommen wurden, denn die Endstation für die Verlierer war ein Traum in den Tropen. Hier, auf einer Insel, so hieß es, konnten die Helden ihre letzten Lebenswochen verbringen, ehe sie – selbstbestimmt und schmerzlos – das eigene Ende fanden. Der Traum mitten in der Südsee wurde in zahllosen Einspielern aus der Vogelperspektive gezeigt. Der Anflug über das Glitzern der Wogen hinweg, ein weißer Strand, der jäh aufblitzte, die Bucht im türkisen Ozean, dann hinab in das Dschungelgrün aus Palmen und Bambus, das Kreisen über einer Lagune voller Lotosblüten, dazu das Zirpen der Zikaden, das Piepsen der Streifenhörnchen, das Zwitschern der Vögel, hier ein Waran im Schilf und dort ein Chamäleon im Wurzelwerk der Mangroven, und dann ein Dorf aus luftigen Pfahlbauten und ein eisblauer Pool, der in eine Klippe über den Wellen des Meeres eingelassen war. Die Insel, so wurde von jenem fernen Ort nur gesprochen, und in den meisten Atlanten und auf allen Globen war das Atoll nicht einmal verzeichnet, denn so klein war es, dass kaum jemand je davon gehört hatte.

Smack.com war eines der Medien, die mit der Übertragung der Spiele betraut wurden. »Wir haben uns durchgesetzt«, jubelte Jup. Nur Albert war enttäuscht. Er würde weiterhin »Brandheiß« moderieren, sollte über das Spektakel reden, doch er war nicht zu einem der Spielleiter ernannt worden. Zu meinem Erstaunen war es Leila, die dafür ausgewählt wurde, und noch überraschter war ich, als sie, die das Spiel so grundsätzlich abgelehnt hatte, nicht einmal protestierte. Widerspruchslos fand sie in ihre neue Rolle. Die Entscheidung war an höherer Stelle gefällt worden; wie sehr Jup Einfluss genommen hatte, war mir nicht klar. In einer Redaktionssitzung verkündete er uns die Nachricht. »Leila kann das. Sie ist spontan. Sie ist lustig. Sie ist sympathisch.«

»Telegen«, warf einer ein.

Ich sah zu ihr hinüber. Sicher würde sie ablehnen. »Wer sagt denn, dass Leila da überhaupt mitmachen will?«, fragte ich.

Sie schaute mich nicht an. »Ich mache es.«

Einige nickten. Andere lächelten. Niemand wunderte sich.

Nach dieser Konferenz rief mich Jup in sein Büro. Er saß hinter seinem Schreibtisch und telefonierte, als ich den Raum betrat. Er sprach in den Hörer: »Wir brauchen das Logo. Das wurde ja in der letzten Konferenzschaltung beschlossen. Ein Symbol für die Spiele. So bald wie möglich.« Ich nahm stumm auf dem Besucherstuhl Platz. »Bis nächste Woche«, verabschiedete er sich.

Nachdem er aufgelegt hatte, schüttelte er den Kopf. »Du kannst dir nicht vorstellen, wie langsam die sind.« Er blickte aus dem Fenster. »In zwei Monaten beginnt die erste Runde. Und es ist noch nichts getan.«

Ich versuchte, unbeteiligt dreinzublicken.

»Wir brauchen eine kritische Berichterstattung über die Spiele«, sagte er, »nicht über die Wettkämpfe selbst, sondern den Hintergrund. Features über die Beteiligten, Reportagen von den Austragungsorten, Nachrichten zu den Debatten.«

»Wieso gerade ich?«

»Weil du dagegen bist.«

»Deshalb werde ich ablehnen.«

Er lächelte und wippte im Drehstuhl hin und her. »Das kannst du nicht. Du hast die Chance, den Menschen von allem, was geschieht, zu erzählen. Du kannst sie damit konfrontieren, was gegen die Spiele spricht.«

»Aber ich werde Teil der Spiele, gegen die ich bin.«

»Das ist doch deine Chance. Deck auf, was passiert. Schonungslos. Du bist Redakteur. Das ist dein Protest. Du kannst berichten, wie der Kampf um Leben und Tod aussieht. Was heißt es, junge Leute zu schlachten? Was ist ein Menschenopfer? Du kannst die Spiele nutzen, um sie zu unterlaufen.«

Gründe hatten wir alle. Jeder einen anderen. Ich redete mir ein, mit einer kritischen Darstellung das Schlimmste verhindern zu können. Was hätte ich auch sonst tun können? Stimmte es nicht, wenn gesagt wurde, es sei besser, den Bedürfnissen der Außerirdischen entgegenzukommen, als einen Konflikt mit ihnen heraufzubeschwören? Wie einen Gegner bekämpfen, der jeden meiner Gedanken kannte, ehe ich ihn überhaupt selbst fasste? Was bedeutete eigentlich Widerstand, wenn der Feind einen zu nichts zwingen wollte? Wie rebellieren, wenn die Unterwerfung nur freiwillig geschah? Indem ich aufzeigte, was uns drohte, so meinte ich, würde ich die Opposition gegen die Spiele stärken. Heute weiß ich, dass ich mit diesen Argumenten nur mich selbst überlistete.

Einen Monat nach der ersten Debatte über die Spiele besuchten Astrid und ich eine Jugendfreundin von ihr. Sie lebte am Stadtrand. Eine Logopädin. Sie machte uns die Tür auf und sagte: »Nur eine Bitte. Kein Wort davon vor der Kleinen.«

»Wovon denn?«, fragte ich, worauf Astrid meinte: »Jetzt sei doch still!«

»Ich habe gar nichts gesagt.«

Ihre Tochter, Selena, eine Fünfjährige, die früher gern mit mir Verstecken gespielt hatte, blieb diesmal hinter ihrer Mutter stehen, als ich mich herunterbeugte, um sie zu begrüßen. Ich tat, wie so oft, als wolle ich ihr die Nase klauen, griff Selena schnell ins Gesicht und ließ meine Daumenkuppe aus der Faust hervorlugen. »Jetzt habe ich sie!«

Aber diesmal lachte das Mädchen nicht. Es schrie. Ein Kreischen, als hätte ich ihr tatsächlich ein Stück aus dem Gesicht gerissen. »Nicht doch«, sagte ich. Und dann: »Schau. Da hast du sie wieder.«

»Ja, was ist denn«, sagte Selenas Mutter im typischen Elternsingsang. »Du kennst doch Sol schon so lange.«

Aber das Kind, das sonst immer gekichert hatte, sobald ich vom Näschen in meiner Hand kosten wollte, das vor Vergnügen gequietscht hatte bei meinem Ausruf: »Oh, wie das schmeckt! Das ist ja köstlich! Ich habe dieses Kind zum Fressen lieb!«, brüllte und heulte, als hätte ich sie gebissen. »Nein! Ich will nicht. Ich will nicht spielen. Nein. Nicht!«

Die beiden Frauen schüttelten den Kopf und lachten. »Seit wann fürchtest du dich denn vor Sol? Du warst doch nie so ängstlich«, sagte Astrid.

Aber als die Mutter begütigend hinzufügte: »Er ist ja kein Außerirdischer«, erstarrte Astrid. Sie sah mir in die Augen, und erst da, angesichts ihres vor Schreck geweiteten Blicks, verstand ich, warum der Kleinen unser Spiel so fremd und unheimlich geworden war.

5

An einem Freitag im Februar fuhren Astrid und ich
übers Wochenende aufs Land. »Lass den Laptop da«,
sagte sie. »Schalt das Handy ab. Du musst runter-
kommen.«

Am späten Nachmittag erreichten wir das Hotel.
Der Blick auf den zugefrorenen See. Einige Schlitt-
schuhläufer zogen Kreise. Daneben das Eisstock-
schießen. Am Ufer glitten Langläufer über den Schnee.
Auspacken. Skier und Schuhe ausleihen. Am Abend
saßen wir in der Stube und lasen. Abendessen im Restaurant. Im Vorbeigehen schnappte ich an einem Tisch
den Satz auf: »Es ist nicht mehr nur ein Spiel. Sie gehen jetzt an die Börse.«

Nachher an der Bar bestellten wir zwei Achtel Weiß.
Astrid holte von oben einen Pullover. Ich sah sie die
Stufen emporsteigen. Ihr Lächeln, als sie zurückkam.
Sie setzte sich, und ich griff nach ihrer Hand. An den
nächsten beiden Tagen das Skifahren. Am frühen
Sonntagabend kehrten wir heim in die Stadt.

Zwei Tage war ich der Redaktion ferngeblieben. Wie
heilsam. Es gab eine Welt jenseits der Spiele, die ich
völlig vergessen hatte. Ich recherchierte zu den Kandidaten, zu ihren Verwandten. Ich schickte meine Reporter aus. Wir waren mit den verantwortlichen Organisatoren der Spiele in verschiedenen Ländern in

Verbindung. Wir besuchten die Stadien, die für die Veranstaltungen hergerichtet wurden. Eine Mitarbeiterin reiste durch Dörfer, die für die Wettkämpfer aufgebaut worden waren. Wir untersuchten, ob Geld in dunkle Kanäle floss. Wir zeigten auf, wie die Börse auf die Spiele reagierte und die Aktien in die Höhe schnellten.

Am Abend nach unserer Rückkehr aus dem Urlaubswochenende gingen Astrid und ich in ein kleines Lokal in unserem Bezirk. Eine Mischung aus Buchhandlung und Restaurant. Wir waren gerade dabei zu bestellen, als die Sonnenfelds hereinkamen, Peter und Anne Sonnenfeld mitsamt den Kindern, einem zwölfjährigen Buben, der auf sein Handy starrte, und einem zehnjährigen Mädchen, das Kopfhörer aufhatte. Peter war Soziologe. Er lehrte an der Universität. Anne, seine zweite Frau, war Architektin. »Was gibt's Neues?«, fragte Peter zur Begrüßung.

»Wir waren in den Bergen«, antwortete Astrid. Er fragte, wo wir gewesen seien. Wie der Schnee war. Sie wollten in der nächsten Woche mit den Kindern losfahren.

»Woran schreibst du?«, wollte ich wissen.

»Jugendkultur«, antwortete er. »Wie immer. Diesmal eine Arbeit über Skater. Wenn ich dazu komme. Es ist zu viel, die Einführungsvorlesung, die Seminare und Prüfungen. Es wächst mir über den Kopf.«

»Und du?«, wandte ich mich an Anne. »Ein neues Projekt?«

»Nein, zwei.« Sie zeigte auf die beiden Kinder. »Wie steht's bei euch?«

»Ich mache meine Ausstellungen«, antwortete Astrid. »Sol ist nach wie vor bei smack.com. Berichte über die Spiele.«

Peter nickte. »Wir sollten uns wieder mal sehen. Kommt doch demnächst zu uns, und ich koche meinen Fleischeintopf. Wie in alten Zeiten.«

»Genau«, sagte ich. »Fleischeintopf ... wie in alten Zeiten.« Nur Astrid bemerkte meinen Unterton. Die anderen winkten mir schon freundlich zu, Anne spuckte ein Küsschen in unsere Richtung, Peter nahm seinem Sohn das Handy weg und griff sich dann ans Ohr, um der Tochter zu bedeuten, endlich die Kopfhörer abzunehmen; die Kleine verdrehte die Augen, und alle vier gingen zu ihrem Tisch, während ich ihnen zugrinste.

»Wo lebst du eigentlich?«, sagte Astrid. Tatsächlich war mir erst jetzt klargeworden, was sich in den letzten Wochen geändert hatte, seit wir das erste Mal von den Wettkämpfen gehört hatten, bei denen Menschen geschlachtet und verspeist werden sollten: nichts. Gar nichts. Vollkommene Normalität. Ich konnte sagen: Der Urlaub hatte sich ausgezahlt.

»Für dich sind die Spiele das einzige Thema«, fuhr Astrid fort, »aber das Leben der anderen geht weiter. Sie sitzen täglich vor dem Fernseher. Sie verfolgen die Vorbereitungen. Sie investieren in die Aktienpakete. Nur beschäftigt es sie nicht allzu sehr. Sie denken an ihre Kinder, an deren Schule, an ihre Ehe, an ihre Wohnung, an ein neues Auto ...«

Am nächsten Tag kam mir im Treppenhaus unser Nachbar entgegen, diesmal ohne seinen kleinen Sohn und ohne Waffen. Er trug eine Kiste, stellte sie ab und sagte: »Sie werden es ja schon gemerkt haben. Ich hoffe, die Arbeiter machen nicht zu viel Lärm oder Schmutz.«

»Welche Arbeiter?«

»Von der Transportfirma. Ich sage Ihnen, zweimal umziehen ist einmal abgebrannt. Kurzum: Wir sind weg.« Er nannte mir den Stadtteil, in dem sie wohnen würden.

»Leid tun müssen Sie mir also nicht.«

»Für den Kleinen ist es gut. Auch für den Hund. Wir sind dort im Grünen.«

»Und der Kindergarten?«

»In der Nähe. Mein Arbeitsplatz ist auch nicht weit.«

»Ein neuer Job?«

»Wo denken Sie hin? Sie berichten ja auch nicht mehr vom Essen. Immer noch die Bank. Nur ein neuer Bereich.«

»Was denn?«

»Ich handle mit Exobilien.«

»Exobilien?«

»Das ist die Zukunft. Exobilien. Haben Sie noch nicht davon gehört? Grundstücke im All. Alle wollen das jetzt.«

»Sie haben dort Land?«

Er lachte und klopfte mir auf die Schulter, als hätte ich einen Witz gemacht. »Nein, ich bin ja kein Außerirdischer. Ich besitze nichts im Kosmos. Ich verkaufe Optionen.«

»Sie spekulieren mit dem Himmel? Luftgeschäfte? Land, das es nicht gibt?«

»Das gibt es absolut. Diese Planeten sind immerhin erfasst und vermessen. Millionen Hektar Land. Riesige Flächen. Gigantische Hochgebirge. Bodenschätze wie Sand am Meer. Edelmetalle, die wir noch gar nicht kennen.«

»Aber lässt es sich dort leben?«

»Ich bitte Sie … Wer weiß denn schon, wo es sich leben lässt? Und was heißt überhaupt leben? Die Frage ist doch: wovon leben? Nicht: wo?«

»Wo lebst du eigentlich?«, hatte Astrid mich gefragt, nachdem wir im Lokal die Sonnenfelds getroffen hatten. Ich hatte nicht geantwortet.

Diese Frage hatte mir Astrid an jenem Abend nicht zum ersten Mal gestellt. Wenn ich tat, als wäre ein Kochrezept mein Parteiprogramm und die Bewertung eines Restaurants die eigentliche Glaubensfrage, holte sie mich wieder zur Erde herunter. Astrid war meine Bodenstation. Es genügte ein Blick oder ein bestimmtes Räuspern, das nicht, wie sonst, wenn sie ein Kratzen im Hals spürte, zweifach ertönte wie ein Doppelhüsteln. Oder die Haltung des Rückens, diese Verspannung im Kreuz – und schon erkannte ich ihren Missmut. »Was glaubst du eigentlich, wo du lebst?«

Astrid saß an ihrer Arbeit und kuratierte ihre Ausstellungen. Obwohl die Termine immer dicht aufeinanderfolgten und die Museumsprojekte mühsam waren, blieb sie viel gleichmütiger als ich. Ich jagte den Nachrichten hinterher, während sie sich ihren Themen langsam näherte. Sie nahm sich Zeit.

Wenn ich eine Geschichte abliefern sollte, war ich auf Beute aus. Ich konnte meine Arbeit nicht kühl angehen. Andere Redakteure betrieben ihren Beruf wie ein Handwerk. Ich nicht. Mein Journalismus lebte von der Zeitnot. Ich wartete, bis mich der Hunger trieb. Unter Druck funktionierte ich besser. Ein Raubtier kann nicht mit vollem Magen seinem Fang auflauern, es wäre sinnlos. Und genauso mussten meine Beiträge sogleich konsumiert werden, sonst waren sie veraltet und überholt.

Astrid konnte ihre Aufgabe nur entspannt angehen. Sie musste still sein. Sie tastete sich nur langsam vor. Ich hatte als Journalist dem Publikum zu präsentieren, was ich zur Strecke gebracht hatte. Jedes Interview eine Trophäe. Astrid suchte und fand hingegen den anderen Blickwinkel.

»Was glaubst du, wo du lebst?«, fragte sie mich. »Die Spiele sind nicht das Leben. Die Menschen unterscheiden zwischen Spaß und Ernst. Du schreibst über Blinis Demidoff, Hummersuppe, Wachteln im Sarkophag … Aber die Leute wollen wissen, ob genug auf den Tisch kommt, das zuerst und dann lange nichts – und erst danach interessiert sie, was es ist, wie es wo zubereitet wird und dass es mit weißen Trüffeln am besten schmeckt.«

»Mag sein. Aber was, wenn es nicht darum geht, was du zu dir nimmst, sondern um die Frage, ob du selbst gegessen wirst?«

»Die meisten sehen das nicht. Gegessen wird immer nur der andere.«

Im Grunde gab ich ihr recht. Ich glaubte nicht,

selbst in Gefahr zu sein. Schlimmer noch: Ich lebte von den Spielen, tat aber so, als wolle ich nichts damit zu tun haben, und ich arbeitete für die Spiele, indem ich darüber berichtete, machte mir jedoch vor, in Wirklichkeit gegen sie zu arbeiten.

Bei den jungen Leuten waren die Männer und Frauen, die an den Wettkämpfen teilnahmen, bald zu neuen Idolen aufgestiegen. Und wirklich stellten die Champs, so wurden sie genannt, eine Klasse für sich dar. Es waren zumeist Menschen zwischen zwanzig und dreißig, die durchaus sportlich, aufgeweckt und schlau, ja, hellsichtig, doch nicht zu feinsinnig sein durften. Sie wurden zu Stars. In jeder Gemeinde, in jeder Stadt, in allen Staaten und auf allen Kontinenten wurde nach Teilnehmern gesucht. Erst wenn sie ein Casting bestanden hatten, traten sie zum psychometrischen Test an, wo festgestellt wurde, wer bereit war, bis zum Äußersten zu gehen. Sie sollten alles wagen. Nur körperlich, geistig und charakterlich Geeignete wurden aufgenommen. Zugleich hüteten sich die Programmgestalter davor, die Champs zu einförmig auszuwählen. Es ging um die Unterschiedlichkeit der Charaktere und die richtige Mischung.

Der Spielleitung war es vor allem wichtig, das Interesse des Publikums wachzuhalten. Jup war mit der Sichtweise sehr zufrieden. »Wir brauchen nicht nur Gladiatoren, sondern echte Menschen mit ihren Schwächen. Sonst kommt es nicht zur Identifikation.« Manche bestachen durch ihr athletisches Aussehen. Andere fielen auf den ersten Blick gar nicht auf, faszinierten dann durch ihre Entschlossenheit.

Manche rührten das Publikum mit ihrer Lebensgeschichte.

Die erste Staffel war Auftakt und Probelauf zugleich. In jeder Region traten zwanzig Personen gegeneinander an. Aus dieser Runde stiegen vier in die nächste auf, wo sie auf die Sieger aus anderen Gruppen stießen. Zu der Zeit sah ich beinahe täglich neue und andere Wettbewerbe. Die Champs mussten in verschiedenen Disziplinen ihr Können unter Beweis stellen. Es waren keine Kämpfe im eigentlichen Sinn, zu Verletzungen sollte es nicht kommen. Beim Fechten trugen sie Schutzjacke und Maske, die Degen waren stumpf. Ich sah ihnen dabei zu, wie sie mit Harpunen aus einem fahrenden Zug auf Bilder schossen, im Gokart einen Berg hinunterrasten, über Skischanzen sprangen, mit Stinktieren einen Fluss querten. Sie wurden im Dschungel ausgesetzt, um einen Schatz zu finden. Sie sollten eine wildfremde Person am Telefon davon überzeugen, ein Flugzeug zu besteigen, um zu ihnen zu reisen. Sie mussten auf Straußen reiten, einen Hürdenlauf im Sumpf überstehen, auf allen vieren durch die Steppe rennen, eine Schnitzeljagd in der Wüste absolvieren, mit einem Fallschirm punktgenau landen, unter Wasser Hockey spielen, aber auch zur Gaudi der Zuschauer versuchen, einer Jury Witze zu erzählen, Lieder zu komponieren, im Stegreif eine Szene vorzuspielen.

Astrid verweigerte sich dem Fernsehspektakel und zog sich oft mit einem Buch zurück. Ich gierte nach den Spielen und ekelte mich zugleich davor, schaute zu und schüttelte dabei den Kopf. Astrid sagte: »Ich verstehe nicht, wie du dir das antun kannst. Dir selbst. Das ist doch Mord. Das ist eine öffentliche Hinrichtung.«

»Ich muss wissen, was die Leute so begeistert. Das ist mein Beruf.«

»Nein, das ist eine Ausrede. Du weißt es längst. Es ist wie im alten Rom. Wie im Kolosseum. Diese Blutgier. Die warten nur darauf … Dass dir nicht graust davor.«

»Natürlich graust mir … ob ich den Fernseher einschalte oder nicht …« Ich wurde süchtig nach den Spielen. Ich versäumte keine Folge, hielt mir die Abende frei und fühlte mich immer schuldig.

Anfangs wurde niemand geschlachtet. Die Verlierer der ersten beiden Runden durften bloß nicht mehr weiterspielen. Sie verabschiedeten sich und weinten heftig, dabei hätten sie einander vor Glück, mit dem Leben davonzukommen, um den Hals fallen müssen. Erst ab der dritten Runde wurde es für die zwei Letztplatzierten ernst. Ich erinnere mich an das erste Mal, als ich diesen Augenblick mitverfolgte. Wieder saß ich vor dem Bildschirm und sah, wie Leila die zwanzig Champs versammelte, um zu verkünden, wer gewonnen hatte und wer nicht. Sie lächelte in die Kamera. »Meine Lieben, das ist der Moment. Wir werden nachher die Sieger küren, doch zuerst wollen wir die aufrufen, die nun auf die Insel fahren.«

Vor dem Schiedsspruch hatten die Spieler ausgiebig gespeist. Eine Henkersmahlzeit. Jenen beiden, die verloren hatten, war – das war mir in der Redaktion unter dem Siegel der Verschwiegenheit verraten worden – Valium ins Essen gemischt worden, um sie gleichgültiger zu stimmen. Sie sollten das Ergebnis der Jury gelassen oder vielmehr apathisch aufnehmen. Die Champs saßen in einer kleinen Arena im Halbkreis. Ihnen gegenüber standen die fünf Juroren, zwei Frauen und drei ältere Männer, die freundlich in die Runde blickten. Leila bat den Jurysprecher um das Urteil. »Meine Damen und Herren, jetzt spricht zu uns der berühmte Sportmediziner und Vorsitzende unserer Jury Professor Klaus Schein. Ihm fällt die schwierige Aufgabe zu, die Entscheidung zu verkünden. Herr Professor Schein, ich denke, ich darf sagen, Sie haben es sich nicht leichtgemacht.«

»Gewiss nicht, liebe Leila. Zumal die Leistungen aller in dieser Gruppe, das möchte ich betonen, herausragend waren. Ich glaube, wir haben gesehen: Jeder, der hier mitgemacht hat, ist letztlich ein Champ; ein Held, ein Märtyrer, der bereit ist, alles zu geben. Nicht nur für den Sieg, nicht nur für die Spiele, sondern für die Menschheit.« Hier klatschten die Champs. Sie, die in den letzten Tagen gegeneinander angetreten waren, feierten nun miteinander, als wären sie ein einiges Team. Niemand wagte eine böse Miene zum Spiel.

Als der Juror die Namen nannte, nahmen die beiden, die ausgeschieden werden sollten, es mit einem stumpfen Lächeln auf, das ihnen wie ein Krampf zu Gesichte stand. »Das ist jetzt hart!«, sagte Leila. »Aber ich bitte alle um einen Applaus. Seht nur, wie positiv sie es aufnehmen.« Sie legte einem der beiden die Hand auf die Schulter »Das ist sicher nicht leicht für dich! Bereust du denn jetzt, hier mitgemacht zu haben?«

»Auf keinen Fall«, sagte der Angesprochene, ein Kerl in den frühen Zwanzigern, ein wenig untersetzt, mit starken behaarten Armen, und dann, nachdem er für einen Moment ins Leere gestarrt hatte: »Nein. Ich kannte doch das Risiko. Und es war wunderschön, dabei zu sein. Ich würde es wieder tun …« Weiter kam er nicht, denn Leila drückte ihm einen Kuss auf die Wange. Andere Champs umarmten ihn. Eine Muskelfrau, die ein wenig einer Schildkröte auf zwei Beinen glich, ein Ninja Turtle mit Busen, umfasste ihn von hinten. Sie zerdrückte ein paar Tränen, und nun ging das laute Schluchzen derer los, die nicht geschlachtet werden sollten. Die Verlierer trösteten die Sieger und versicherten ihnen, das Wichtigste sei, dabei gewesen zu sein. Freunde fürs Leben! Wenn es auch nicht mehr lange dauern sollte …

»Wir haben alle gewonnen«, presste zum Schluss einer unter Tränen hervor, der in die nächste Runde aufsteigen durfte. »Wer das durchgestanden hat, kann kein Loser sein.« Leila wandte sich von den Champs ab und sprach ins Publikum: »Ist es nicht großartig, wie fair, wie anständig und wie freundschaftlich sie hier miteinander umgehen. Ich glaube, wir können uns den letzten Worten nur anschließen: Alle, die mitgemacht haben, sind Gewinner. Nicht nur sie selbst, auch ihre Familien werden vom Spiel profitieren.« Diese Worte galten den künftigen Hinterbliebenen der Geschlachteten. Es wurde nicht ausgesprochen, doch vor dem Bildschirm wusste jeder, wovon die Rede war.

127

Leila drehte sich zur anderen Kamera. »Nach der Werbung, meine Damen und Herren, folgen die Interviews mit den übrigen Champs. In ein paar Minuten. Bleiben Sie dran!«

Während der Pause verschwanden die Ausgeschiedenen von der Bildfläche. Sie wurden sofort weggebracht. Die Selektion ging über die Bühne – oder nein, sie ging eben nicht über die Bühne, sondern sie wurde hinter den Kulissen vollzogen. Das Publikum bekam nichts davon mit; im Dunkeln blieb die eigentliche Verabschiedung, die letztlich nichts als eine Deportation gewesen sein muss. Später erzählte mir Leila davon. »Es war schrecklich. Ich konnte nicht zuschauen.« Allerdings war sie nicht über die Spiele entsetzt, sondern über die Märtyrer. »So edel und tapfer wie vor der Kamera sind die dann gar nicht gewesen. Du kannst es dir nicht vorstellen.« Ob die Deportierten sich doch geweigert und gewehrt hätten, fragte ich. »Nein, das nicht unbedingt. Sie wollten mehr Geld!«

»Mehr Geld?«

»Für die Hinterbliebenen. Und einen Extrabonus für ihren letzten Auftritt. Es ging plötzlich auch um ihre Zimmerkategorie auf der Insel. Was weiß ich? Ich kann mich nicht um alles kümmern, Sol!«

Die Spiele gingen zügig weiter. Während eine Gruppe pausierte, um sich für die nächste Runde vorzubereiten, wurden dem Publikum die Wettkämpfe aus anderen Regionen gezeigt. Der Hunger auf das Spektakel durfte nicht kleiner werden.

Die Zahl derer, die getötet werden sollten, nahm

128

nach den ersten Runden zu. Die Rechnung war ganz einfach. Wer schon öfter dabei gewesen war, hatte die Regeln der Spiele anerkannt. Er hatte die Schlachtung bereits in Kauf genommen. Das Prinzip war ihm einverleibt worden. Wer es bei den anderen schweigend zugelassen hatte, musste es nun auch für sich selbst akzeptieren. Zum Schluss standen einander zwölf Champs gegenüber. Das letzte Dutzend. Wer es bis hierher geschafft hatte, würde auf jeden Fall mit Preisen überhäuft werden. Einer oder eine von ihnen würde der Weltmeister dieser Staffel sein. Auch der Zweite und der Dritte sollten zu Siegern gekürt werden. Aber die anderen neun mussten ihr Leben geben. Sie sollten nie Verlierer, sondern nur Märtyrer genannt werden. Dieses Wort, das in der ersten Debatte über die Spiele bloß kurz erwähnt worden war, hatte ich danach selbst öfter ironisch in den Mund genommen, worauf Albert Stern es schließlich in »Brandheiß« zum gängigen Begriff machte.

Das erste Finale wollten alle sehen. An dem Abend waren die Straßen wie leergefegt. Ich wollte es mir auch eben vor dem Bildschirm gemütlich machen, als es an unserer Tür läutete. Wer störte uns ausgerechnet jetzt? Draußen stand Elliot, der Student, der unter uns wohnte. Er fragte, ob er bei uns mitschauen könne, er wolle die Show nicht allein sehen. Ich murmelte, sicher wäre das denkbar, doch es sei noch nicht ganz klar, ob uns die Sendung überhaupt interessiere. Ich müsse meine Frau fragen. In diesem Augenblick kam Astrid, warf mir einen Blick zu, der wohl nichts anderes bedeuten sollte als: »Wo, glaubst du, lebst du eigentlich?«, und sagte: »Selbstverständlich wollen wir das Finale nicht versäumen. Ich setze gerade Tee auf.«

Elliot ließ sich aufs Sofa fallen. »Du bist bei smack.com, oder?«, sagte er zu mir. »Toll, was ihr da macht.«

Am Vortag hatten wir einen kritischen Beitrag gesendet, eine Dokumentation über die Firmen, die mit den Spielen gut verdienten. »Danke«, sagte ich.

»Wer hat diese großartig verrückten Ideen? Die verschiedenen Wettkämpfe … So lustig!« Jetzt erst verstand ich. Er war von den Spielen selbst begeistert.

Wir saßen zu dritt vor dem Fernseher und verfolgten den Wettbewerb; die Champs mussten sich an Lianen durch einen Dschungel hangeln, über einen Käfig mit Raubtieren hinweg, dann weiter über eine Felsenlandschaft, in eine Höhle voller Insekten. Elliot feuerte die einzelnen Champs an. »Er muss das Seil um das Handgelenk wickeln … So ist es gut. Das schafft er.« Seine Zurufe stachelten auch mich an. Astrid lächelte.

»Noch einen Tee?«, fragte sie.

»Gerne«, sagte Elliot.

Ich stand auf, um in die Küche zu gehen. Als ich zurückkam, sagte Elliot eben zu Astrid: »Ich weiß, dass ich es könnte.«

»Aber das ist doch gefährlich! Wenn du es nicht schaffst … Und selbst wenn … Willst du damit leben? Auf Kosten anderer reich zu werden!«

»Im Gegenteil. Ich will nicht kneifen, während andere alles riskieren. Die Spiele sind notwendig. Nicht mitzumachen ist feig. Wir schmecken ihnen, weil wir uns entscheiden können. Verstehst du? Das ist es, was ihnen an uns gefällt. Wir machen mit. Freiwillig. Das unterscheidet mich von einem Schwein. Ich will meinen Beitrag leisten.«

»Indem du mitmachst, unterstützt du die Spiele.«

»Das tun wir ohnehin. Wir schauen doch zu. Wir sind die Quote. Die Champs treten für uns alle an. Für ein kosmisches Zeitalter ohne Krieg, ohne Hass, ohne Hunger und ohne Krankheiten. Ihr unterstützt es mehr als jeder, der mitmacht. Du, Sol, arbeitest für smack.com.«

Ich wollte widersprechen, doch dann stellte ich nur wortlos die Kanne auf den Tisch und setzte mich wieder. Astrid stand auf, um Butterkekse zu holen.

»Sol«, sagte Elliot, »du kennst doch die Leute dort. Kannst du mir helfen, zum Casting zugelassen zu werden?«

Deshalb war er also zu uns gekommen. Er war einer von den jungen Leuten, die nicht abseits stehen wollten. Eigentlich war er mir sympathisch. Der Kerl war nicht dumm, und seine Argumente klangen gar nicht schlecht. Niemand konnte mehr so tun, als gingen ihn die Spiele nichts an. Sie nutzten der Wirtschaft und beschäftigten alle Gesellschaftsschichten. Reiseunternehmen organisierten Fahrten zu den verschiedenen Wettkampfstätten. Fluglinien stellten für die Champs eigene Flieger zur Verfügung, flogen sie zu den Austragungsorten, brachten die Märtyrer auf die Insel. Banken kontrollierten die Konten und überwiesen die Gewinne. Ob Sozialversicherungen, Medien, Werbefirmen, ob die Börse oder das Steueramt, alle leisteten ihren Beitrag, damit die Spiele stattfinden konnten. Das Logo und die Namen der Champs fanden sich auf Kappen, T-Shirts, auf Bechern und auf Kugelschreibern. Die Spiele waren überall sichtbar. Kein Mensch konnte sich ihnen entziehen.

Bereits am nächsten Tag meldete sich Elliot zum Casting an. Astrid redete mir zu, als wäre Elliot der Sohn, den wir nie gehabt hatten. »Du musst das verhindern! Es ist mir egal, wie. Lass dir irgendetwas einfallen.« Aber wie sollte ich das machen? Ich hatte keinen Einfluss auf die Auswahl der Champs. Zudem war ich mir nicht sicher, ob Elliot nicht sogar recht hatte. War vielleicht der einzig richtige Platz für einen gerechten Menschen in einer Gesellschaft, die bereit war, Menschen zu schlachten, der Schlachthof?

Als Elliot längst gegangen war, lag ich wach im Bett und dachte über diese Frage nach. Am Morgen war mir meine Antwort klar. Sosehr ich von den Spielen fasziniert war, konnte ich die Moral, die dahinter stand, dennoch nicht akzeptieren. Aber die Selbstopferung schien mir keine Lösung, sondern bloß eine Kapitulation. Ich wollte eine eigene Sendung über Formen des Protests und der Rebellion machen. Es sollten jene zu Wort kommen, die nicht mitspielen wollten. Wie gegen ein System kämpfen, das nichts als Freiwilligkeit verlangte? Wer wollte die Spiele aufhalten?

Ich stellte ein Team zusammen. Kamerafrau, Tontechniker und Assistentin. Danach die Recherchen im Netz und im Archiv. Die Assistentin half dabei. Bald hatte ich die ersten Termine fixiert. Für

die nächste Woche war schon ein Interview anbe-
raumt.

Elliot besuchte uns nun fast jeden Abend. Astrid
war es, die ihn immer wieder zum Essen einlud. »Am
Anfang war ich dagegen«, erklärte er. »Aber dann
habe ich ›Brandheiß‹ gesehen. Die Verlogenheit der
Kritiker hat mich überzeugt. Wir profitieren alle von
den Außerirdischen und auch von ihren Spielen. Niemand von den Gegnern ist wirklich bereit, auf die
Vorteile zu verzichten.«

Er saß mir gegenüber und aß mein Spargelrisotto.
»Schmeckt hervorragend! Du solltest Koch werden.
Das ist bis jetzt dein bestes Argument, warum ich kein
Champ sein sollte. Wer so gut zu essen bekommt,
möchte nicht sein Leben riskieren.« Zwischen zwei
Bissen sagte er: »Deine Dokus richten nichts gegen
die Spiele aus. Die Leute schauen sich beides an. Solche Beiträge heizen das Interesse nur weiter an. Werbung wird dadurch nicht weniger geschaltet. Im Gegenteil.«

Ich ging darauf nicht ein. Seine Sticheleien ärger-
ten mich. Ich hoffte auf meine kritischen Features.
Mit meiner Recherche wollte ich eine Protestbewegung finden, die dem Spuk ein Ende bereiten würde.

Die größte Hoffnung setzte ich in einen Gewerk-
schaftsfunktionär, den Vorsitzenden einer Teilorga-
nisation, der von Anfang an gegen die Wettkämpfe
und das Schlachten gewesen war. Wir suchten ihn
auf. Das Gebäude lag im Zentrum der Stadt. Ein mo-
dernes Haus, Stahlbau, Glasfassade, eine große Ein-

gangshalle, ein Empfang. Eine Sekretärin, eine junge Frau mit blondem Pferdeschwanz, begrüßte uns und brachte uns in sein Büro. Der Raum war groß und weiß mit riesigem schwarzen Tisch und Drehsesseln, an den Wänden avantgardistische Kunst. Der Vorsitzende werde gleich dazustoßen, meinte die Sekretärin. Wir könnten derweil überlegen, wie die Kamera zu platzieren sei. Ob wir Kaffee wollten? Mit Milch? Sie brachte uns auch Kekse.

Eine schmale Polstertür öffnete sich. Der Vorsitzende und sein Assistent traten ein. Ein stämmiger Endvierziger mit Igelfrisur der eine, der andere ein schmaler Blässling mit dicker Brille, der uns nur zunickte und dann verlegen zu Boden blickte, als habe er dort irgendetwas verloren. Der Vorsitzende grüßte laut. Breitmaullächeln. Fester Händedruck. »Sie wurden schon versorgt? Gut. Für mich wie immer Cappuccino! Ich wurde aufgehalten. Eine Rede. Endlos lang!« Sein Blick zum Assistenten.

»So? Wer hat geredet?«, fragte ich nach.

»Na, ich natürlich. – Wo soll ich sitzen? Nehmen Sie mich von links auf. Meine Schokoladenseite.«

»Sie wollen heute süß sein?«

»Wenn Sie wollen, kann ich auch sauer werden. Es geht um die Spiele, nicht wahr?«

Ich nickte. Die Kamerafrau meinte, von ihr aus könnten wir anfangen. Der Tontechniker gab mir einen Wink. Ich begann: »Herr Vorsitzender, manche halten Sie für einen Spielverderber. Schauen Sie sich die Wettkämpfe denn überhaupt an?«

»Lassen Sie es mich in aller Deutlichkeit sagen.«

Der Vorsitzende beugte sich vor. »Wir sind nicht gegen Unterhaltung. Wir haben nichts gegen eine Gaudi. Ich war nie eine Spaßbremse.« Er lehnte sich wieder zurück und legte die Fingerspitzen aneinander. »Uns geht es nur um die Menschenwürde.«

»Verstehe ich Sie richtig: Die Menschenwürde wird durch das Schlachten verletzt?«

Er atmete durch und lächelte breit. »Lassen Sie es mich so sagen: Ich will keinem vorschreiben, was sein Glück ist. Die Champs gehen das Risiko ohne Zwang ein. Jeder soll nach seiner Façon glücklich werden.«

»Aber es schmeckt Ihnen nicht?« Ich legte den Kopf schief.

»Es geht hier nicht um meine persönlichen Vorlieben. Mir gefällt vieles nicht.«

»Sind Sie nicht gegen die Spiele?«

»Sie reden über Spiele. Ich spreche vom Ernst des Alltags. Immerhin geht es um das Ziel der Vollbeschäftigung und um Wirtschaftswachstum. Ich will nichts gegen unsere außerirdischen Freunde sagen. Wir wollen nur nicht wie Vieh behandelt werden.«

»Sie meinen die Insel. Wie wollen Sie das ändern?«

»Wir fordern bessere Gehälter für die Arbeitnehmerinnen und Arbeitnehmer dort.«

»Wie bitte? Für die Schlächter?« Ich war hergekommen, um eine Stimme zu finden, die gegen die Spiele protestierte, doch ihm ging es nur um den Lohn der Metzgermeister im Todeszentrum.

Der Vorsitzende nickte. »Es kann nicht sein, dass die einen mit den Spielen Unmengen verdienen, wäh-

rend die anderen die Drecksarbeit machen und leer
ausgehen. Und noch etwas: Weshalb soll einer von
uns, der aus einem Staat mit höheren Lebenshaltungs-
kosten kommt, auf der Insel genauso viel verdienen
wie irgendeiner aus einem Billiglohnland. Das muss
dem jeweiligen Niveau angepasst werden.«

Nach dem Interview wurden wir von dem blassen
Assistenten hinausbegleitet. Die Sekretärin saß im
Vorzimmer an ihrem Schreibtisch. Hinter ihr lief ein
Fernseher.

Wir hatten für diesen Tag noch weitere Interviews
vereinbart, doch zunächst fuhren wir in ein Lokal. Es
hieß »Zum lachenden Buddha«, weil es früher ein
chinesisches Restaurant gewesen war. Nichts erinnerte mehr an die chinaroten Lampions, die Lacktische
und den Miniteich mit Goldfischen. Die schummrige
Stimmung aus dem Fernen Osten war einer kahlen
Helligkeit gewichen. Kalkweiße Wände. Eine lange
Theke mit Zapfhähnen und Espressomaschine, dahinter die Küche, nur durch hohe Glasscheiben abge-
trennt. Wir bestellten. Der Avocadosalat mit Jung-
zwiebeln und Koriander schmeckte besser, als ich
erwartet hatte. Zunächst sprach niemand über den
Gewerkschaftsvorsitzenden. Die Kamerafrau saß
vor ihrer Karottensuppe. Die dunkelbraunen Dreadlocks unter einem bunten Tuch verstaut. Jeans, Lederjacke und Cowboystiefel. Grün blitzende Katzenau-
gen. Links über dem Kragen kroch ein Echsentattoo
an ihrem Hals bis knapp zum Ohr empor. Wenn sie
ihren Apparat zur Aufnahme schulterte, erinnerte
sie mich an eine Kriegerin mit einer Panzerfaust. Sie

war es, die zu reden begann. »Es ist Mord. Die Spiele sind ein Blutbad. Ich war letzte Woche auf einer Demo.«

»Glaubst du, damit ändert ihr etwas?«, presste der Tontechniker im Kauen hervor.

»Wir fordern ein Verbot.«

»Weißt du«, sagte er, »mein kleiner Sohn hat diese Stoffwechselkrankheit. Meine einzige Hoffnung sind die Außerirdischen. Verstehst du?«

Sie ließ ihren Löffel sinken und nickte. »Der Gewerkschaftler übrigens … So ganz daneben liegt der nicht. Ich muss auch im Ausland genug verdienen, um hier davon leben zu können.«

Der Tontechniker fuhr mit der Gabel ins Schweinefleisch und brummte: »Du isst ja eh fast nichts.«

In dieser Woche interviewten wir noch viele andere, doch alles, was ich von Politikern, von Intellektuellen oder Menschenrechtsaktivisten hörte, taugte wenig, um irgendjemanden – geschweige denn einen wie Elliot – davon zu überzeugen, kein Champ zu werden. Dabei hatten einige durchaus kritische Einwände gegen die Spiele. Einer beklagte die immensen Ausgaben, da immer größere Stadien errichtet würden, statt vorhandene zu nutzen. Eine Stadträtin monierte, die vielen Fernflüge zwischen den verschiedenen Austragungsorten würden zur Luftverschmutzung beitragen. Unter den Geistlichen gab es welche, die meinten, nur Gott dürfe über Tod und Leben entscheiden, doch andere priesen die Märtyrer, die bereit waren, sich für die Allgemeinheit aufzuopfern, und eine neue Sekte betete die Champs sogar als Heilige an.

Ein Staatsminister sprach davon, wie viele verschiedene Firmen an dem Spiel verdienten, und forderte den Kampf gegen die Korruption. Er saß in einem Chefsessel aus Leder, die langen Beine übergeschlagen. Ein schlanker, hochgewachsener Mann. In seiner Hand schwenkte er ein Glas Weißwein. Während er redete, dabei kaum den Mund auftat, mehr raunte, als er sprach, sah er an mir vorbei, fixierte unsere Kamerafrau, und sein Blick wanderte an ihr auf und ab, von den Stiefeln hoch bis zu den Dreadlocks und wieder hinunter.

Ich fragte: »Sind die Spiele nicht an sich korrupt? Müssen wir nicht prinzipiell dagegen sein?«

Der Staatsminister lächelte. »Schalten Sie die Kamera ab? *Off the record!*« Ich gab der Kamerafrau einen Wink. Sie stellte den Apparat auf den Boden. Er sah sie an, als antworte er nur ihr. »Was wollen Sie machen? Es verbieten? Wie denn? Schauen Sie, ich rede gar nicht von denen, die an dem ganzen Spektakel verdienen. Sehen wir uns an, was sich seit der Landung verändert hat. Es geht bergauf. Wir produzieren für den Kosmos. Die Wirtschaft zieht an wie noch nie. Es wird keine Kriege mehr geben. Keinen Hunger. Was sind ein paar tausend Schlachtopfer gegen die Zigtausenden, die einst in einem der großen Kriege gestorben sind? Und selbst wenn die Zahl derer, die gegessen werden, ansteigt: Solange sich die Mehrheit in Sicherheit weiß, genießt sie die Unterhaltung. Die Freiwilligkeit ist es, die alle beruhigt. Die machen das ohne Zwang, sagt sich ein jeder. Aber wissen Sie was? Warten Sie noch fünf Jahre. Wenn es dann heißt, wir finden keine Kandidaten mehr, die mitmachen möchten – glauben Sie etwa, wir können dann einfach aufhören? Von einem Tag zum anderen? Nein, wir werden weitermachen. Widerstand ist widersinnig. Was, wenn wir revoltieren? Krieg gegen die Außerirdischen würde unsere Auslöschung bedeuten. Noch schlimmer wäre es, sich den Spielen zu verweigern. Dann holen sie sich vielleicht alle. Ohne Spielereien. Auch die Kinder. Oder nehmen Sie an, den Außerirdischen schmecken tatsächlich nur Freiwillige. Was, wenn sie irgendwann wieder wegfliegen? Wer will das denn?« Er trank das Glas leer und hielt es mir hin. Ich griff zur Flasche und füllte nach. »Wir spielen auf Zeit«, fuhr er fort. »Wir können nur hoffen, eines Tages zu den Außerirdischen zu gehören. Die Unterwerfung ist unsere einzige Chance. Assimilation als Kapitulation. Wir als außerirdisch Menschliche. Verstehen Sie? Wenn es sein muss, würden wir die Märtyrer selbst aussuchen.« Er schwenkte sein Glas und nahm einen Schluck. »So war es auch unter den Nazis. Die Opfer waren dazu verdammt, zu kooperieren. Sie gaben wenige preis, um die meisten zu retten, bis niemand mehr übrig war. Glauben Sie, wir hätten anders gehandelt?«

»Es gab Partisanen, Männer und Frauen, die sich nicht wie Schafe zur Schlachtbank führen ließen.«

»Wer für die Waisenheime, für die Krankenhäuser verantwortlich ist, kann nicht kämpfen. Der muss mit den Mördern verhandeln, um die Schwächsten

139

feilschen, die Todfeinde anflehen, um Brot für Tausende zu kriegen, der muss um Aufschub betteln, weil er die Kinder oder die Kranken schützen will. Der muss Listen schreiben …« Er lauschte seinen Worten nach, dann lachte er laut. »Aber keine Sorge, Sol. Es sind ja keine Nazis. Bloß Außerirdische. Zum Glück! Die tun uns nichts. Denen schmecken nur Freiwillige.«

»Was, Herr Staatsminister, wenn wir nicht die Opfer sind?«

»Sondern?«

»Was, wenn wir die Nazis sind?«

Er stutzte, dann sah er mich schräg an und kniff die Augen zusammen. »Ja. Möglich. Aber vielleicht sind wir in Wirklichkeit die Außerirdischen.« Er lachte wieder, schaute auf die Kamerafrau. »Will denn niemand von Ihnen einen Schluck Wein?«

Am nächsten Tag wollten wir die Aktivistin einer NGO interviewen, eines jener kleinen Vereine, die sich in letzter Zeit formiert hatten. Wir kamen in ein kleines Büro im Souterrain eines alten Hauses. Eine Zentrale mit mehreren Räumen. Eine junge Frau empfing uns. Sie zündete sich mit dem Stummel ihrer Zigarette die nächste an.

»Sind Sie gegen die Spiele?«, lautete meine Eingangsfrage.

»Es sind keine Spiele.«

»Sie wissen, was ich meine.«

»Ich«, sagte sie und klopfte die Asche ab, »weiß nur, was ich meine. Es ist Mord. Menschen werden geschlachtet. Wir erleben den Aufbau einer Todesmaschinerie.«

»Manche sagen, die Champs seien selbst dafür verantwortlich. Die wollen es nicht anders.‹

»Die werden abgestochen. Waren Sie schon mal dort?«

»Wo?«

»Sie sollten sich einmal die Prozedur anschauen. Am gewöhnlichen Schlachtband. Die Tiere, eins nach dem anderen, werden in die Tötungsbox gezwängt und mit einer Elektrozange betäubt. Dann der Stich in den Hals. Die leben teilweise noch, wenn sie ins Brühbad getaucht und durch die Enthaarungsmaschine gewalzt werden.«

»Das gilt ja nur fürs Vieh. Auf der Insel ist das sicher schmerzfrei.«

»Schauen Sie es sich an! Die Sau wird gespreizt, kopfüber gehängt. Dann der Längsschnitt vorne, und einer mit Schlächterschürze holt die Innereien und das Gedärm heraus. Filmen Sie das! Nehmen Sie es auf! Das Kreischen der Säge. Das Halbieren der Kadaver. Überall das Blut und die Scheiße. Das will sicher niemand sehen, oder?«

Ich schwieg.

»Ganz bestimmt nicht. Wie auch? Das können wir den Verwandten gar nicht antun. Die trauern um die Toten, ohne je ein Grab besuchen zu können.«

»Und Sie?«, fragte ich. »Sprechen Sie sich öffentlich dagegen aus?«

»Nein. Das nicht. Wir kümmern uns um die Hinterbliebenen. Ohne Protest. Wir würden den Familien sonst nur noch weiteren Schmerz bereiten. Wir setzen uns mit Rechtsfragen auseinander. Wir bieten Therapien an. Wir helfen ihnen, damit fertigzuwerden.«

»Aber damit verhindern Sie auch nicht, was geschieht.«

»Was wir hier machen, wäre eigentlich Aufgabe der Gesellschaft, die das alles zulässt. Und vor allem der Firmen, die davon profitieren.«

»Wen meinen Sie konkret?«

Sie zog an der Zigarette und schaute kurz aus dem Fenster, dann blies sie den Rauch in unsere Richtung. »Sie von smack.com zum Beispiel.«

Ich sah den Tontechniker die Augen schließen.

Es gab in allen Ländern auch Oppositionsparteien, die durchaus heftigen Protest gegen die Spiele erhoben. Wir suchten den Vorsitzenden der heimischen Fraktion auf, um ihn zu interviewen. Er empfing uns auf der Terrasse seines Hauses, von der aus der Blick weit übers Land reichte. Jüngere Getreue umringten ihn, eine Abgeordnete, die wie ein Model auftrat, sportliche, bubenhaft wirkende Männer in modischen Sakkos. Er selbst saß im offenen rosafarbenen Hemd und indigoblauer Jeans da. Braungebrannt. Eine halbe Stunde vorher hatten wir gesehen, wie er von einem seiner zahlreichen Auftritte zurückgekehrt und dem Auto in Anzug und Krawatte entstiegen war. Er war ein Redner, der durch heftige Ansagen die Aufmerksamkeit auf sich zu ziehen wusste. Ein Provokateur, der vor keiner Hetze und Beleidigung zurückschreckte, sie zugleich mit einem halbseidenen Lächeln garnierte, so dass immer ein wenig unklar blieb, ob er das, was er aussprach, überhaupt glaubte. Er sage, hieß es immer, was alle dächten, wobei viele gleichzeitig betonten, er meine, was er sage, gar nicht so. Den Leuten gefalle das eben, sagten die Leute, schüttelten anerkennend den Kopf und klatschten ihm missbilligend Beifall.

Mit breitem Lächeln saß er vor uns und sprach uns an, als wären wir alte Bekannte. »Ich frage euch, was dabei freier Wille sein soll? Glaubst du, wer da mitmacht, möchte unbedingt geschlachtet werden? Freut er sich darüber, als Hackfleisch abgebraten zu sein? Na super – aber wozu dann die Spiele? Das können die auch ohne die ganzen Anstrengungen haben. Wer so scharf drauf ist, der kann jederzeit bei uns vorbeikommen. Wir haben da ein paar Metzgermeister, die können das ruck, zuck durchführen. Aber es wird sich keiner melden. Und die Marionetten, die uns zu regieren vorgeben und nichts als Erfüllungsgehilfen der Außerirdischen sind, sitzen fett am Tisch, schlagen sich die Bäuche voll und lügen, dass sich die Balken biegen.«

»Sind Sie gegen die Spiele? Wollen Sie dagegen mobilisieren?«

»Wir sind dagegen, dass unsere Leute als Gladiatoren eingespannt werden. Das ist nicht unsere Kultur. Wir können ja mitmachen, wenn es um die Gestaltung geht. Wir können die Fleischerei übernehmen. Da verfügen wir über alle technischen Möglichkeiten. Aber als Schlachtvieh sollen andere einspringen, die sonst auf unsere Kosten leben, die unsere Länder überfluten, unsere Schulen und Spitäler ausnutzen, unsere Entwicklungsgelder kriegen.«

»Sie wollen andere Völker dafür opfern? Sie plädieren für den Genozid?«

»Aber nein! Sie betreiben genau den Journalismus, der uns immer nur Lügen andichtet. Sie verdrehen mir das Wort im Mund. Ich spreche aus, was wahr ist: In manchen Ländern bringen sich die Leute schon seit Jahrhunderten ohnehin gegenseitig um. Wozu sollen wir uns da mit diesen Spielen abgeben?«

Drei Wochen nachdem ich mit der Arbeit an der Dokumentation begonnen hatte, sprach mich Jup in der Redaktion an. »Sol, wo bist du eigentlich die ganze Zeit?«

»Ich drehe die Doku über die Protestbewegungen.«

»Sol, du bist seit Tagen auf keiner Sitzung mehr gewesen, kommst nicht ins Büro, bist nicht bei der Planung dabei. Was ist denn los? Du bist für alle Berichte über die Spiele verantwortlich, nicht nur für eine Doku. Und was ist mit ›Brandheiß‹?«

Das funktioniere auch ohne mich. Jup sah mich ruhig an. Er schwieg und nickte dann langsam. »Morgen ist Sitzung. Da will ich dich unbedingt dabeihaben.«

»Na klar.«

»Wirklich?«, fragte er.

»Sicher«, sagte ich.

Er lächelte. »Übrigens, dieser neue Champ, der mit

euch befreundet ist, dieser Elliot … Klasse Kerl! Spricht von dir und Astrid, als wärt ihr seine Eltern.«

»Er wird aufgenommen?«

»Na klar.«

»Wirklich?«, fragte ich.

»Sicher«, sagte er.

Ich kam am nächsten Morgen früh ins Büro, um alles zu erledigen, was in den letzten Wochen liegengeblieben war. Diesmal wollte ich an der Redaktionssitzung teilnehmen. Ich schaute die Post durch, die sich während der Dreharbeiten angesammelt hatte, Anregungen und Beschwerden, einige interne Nachrichten, doch während ich ein Schriftstück nach dem anderen überflog, fiel mein Blick auf ein Kuvert, das ein wenig schmuddelig wirkte und keinen Absender aufwies. Ich öffnete es.

»Das Spiel ist vorbei – wir machen Ernst!

Der Mensch ist kein Vieh. Niemand hat das Recht, Menschen zu schlachten, zu kochen und zu essen. Wer die eigene Haut zu Markte trägt, ist kein Freiwilliger, sondern macht uns alle zum Freiwild. Ihr Spiel ist blutiger Ernst für uns alle. Der Wettkampf ist ihre Lüge. Die Wahrheit ist unsere Schlachtung. Die Champs geben sich nicht für uns hin. Sie geben uns preis. Sie opfern sich nicht für die Menschen, sondern sie opfern uns den Unmenschen. Sie sind Kollaborateure. Dieser Brief ergeht an diejenigen, die die Wettbewerbe ausstrahlen und eine Dokumentation

145

über den Protest drehen. Nicht bloß die Spiele und die Freiwilligen, sondern auch die Gegner sollen Teil des Spektakels werden. Die Opposition soll bloßgestellt werden, doch wer nach Widerstand sucht, wird mehr davon finden, als ihm lieb ist.

Dieser Brief ist ein Ultimatum. Wir fordern das Ende der Spiele. Sie müssen vor dem Finale der zweiten Staffel abgebrochen werden. Sonst wird mehr Blut fließen, als je geplant war. Schluss mit den Spielen! Tod den Champs! Wir sind der menschliche Widerstand!«

Ich zeigte das Schreiben Jup. Er überflog es, dann zuckte er mit den Achseln. »Der menschliche Widerstand … Wer sind denn die Idioten?«

»Das Finale der zweiten Staffel findet in wenigen Stunden statt«, drängte ich. »Das ist jetzt. Das ist eine Drohung! Der Brief liegt seit Tagen im Büro. Die wollen heute losschlagen.«

Er winkte ab. »Nimmst du das etwa ernst?«

»Wir müssen es melden, Jup.«

Er nickte. »Wie du meinst … Nach der Sitzung.«

Wir gingen gemeinsam hin. Ein Thema nach dem anderen wurde abgehakt. Als Albert eben erklärte, er wolle die neuen Kandidaten in »Brandheiß« vorstellen und plane, ausgerechnet Elliot in das Studio einzuladen, riss ein Volontär die Tür auf und schrie: »Jup? Ist Jup da?«

»Nicht jetzt, du Idiot. Wir sind mitten in der Redaktionskonferenz«, rief einer.

»Jup?«

»Raus! Sonst explodier ich«, drohte Jup.

Aber zum Erstaunen aller kam der junge Volontär herein, sah Jup unbeirrt an und sagte ganz ruhig: »Ein Anschlag, Jup. Ein Attentat ... Auf unsere Champs ... unzählige Tote.«

6

»Weißt du irgendetwas von Elliot?« Astrid öffnete mir, ehe ich aufgeschlossen hatte.

»Er war nicht dabei.«

»Bist du dir sicher?«

Ich ging an ihr vorbei in die Küche. »Weißt du irgendetwas?«, beharrte sie.

»Was gibt es da zu wissen?« Ich griff nach dem Mineralwasser.

Sie fragte: »Seit wann trinken wir hier aus der Flasche?«

»Hörst du denn keine Nachrichten? Dreiundzwanzig Tote.«

»Und Leila?«

»Sie ist kopflos und wohlauf. Aber das war sie ja immer schon.«

Der Kleinbus hatte am Rande der Arena geparkt. Zwei Männer und eine Frau. Als Mitarbeiter einer Transportfirma kamen sie ohne weiteres an den Sicherheitsleuten vorbei. Sie packten alles seelenruhig aus. Jeder Handgriff saß. Ganz langsam das Öffnen der Ladetür. Das Herausrollen kleiner Trolleys mit Erfrischungen. Das Aufstellen einer niedrigen Theke. Dahinter – im Verborgenen – setzten sie die Maschinenpistolen zusammen, fügten die Magazine ein, kurze Stangen. Ein stämmiger Kerl, eher breit als hoch, der bereits vor den beiden anderen fertig gewesen war, holte einen Karton mit Pizza Margherita aus dem Wagen. Mit genüsslichem Lächeln zog er eines der vorgeschnittenen Stücke herunter, vorsichtig, um sich nicht mit Käse zu bekleckern, dann biss er mit Appetit hinein. Danach wischte er sich mit einer Papierserviette sorgfältig den Mund und die Hände sauber. Seine Kollegen gesellten sich zu ihm. Sie warteten, bis die Champs einmarschierten. Niemand achtete auf sie. Plötzlich – wie aus dem Nichts – das gemeinsame Durchladen. Dann das Schießen, das Knallen, die Schreie. Das Gebrüll. Die Körper der Toten, die im Dauerfeuer hin und her geworfen wurden.

Ein Glück noch, dass die Sicherheitsleute an Ort und Stelle gewesen waren. Ein Glück noch, dass die Waffe des einen Attentäters streikte. Ladehemmung. Ein Glück, dass einer der Champs den anderen Attentäter von hinten ansprang. Der hob sofort die Hände und schrie: »Stopp!« Er wurde von dem Champ zu Boden gerissen, wo das verirrte Projektil eines Sicherheitsmannes ihn traf. Die Frau, die Letzte in diesem mörderischen Terzett, hielt inne, sah zu ihrem Komplizen – Freund, Liebhaber, Bruder? – hinüber, sie bewegte die Lippen, als wolle sie nach ihm rufen, doch in diesem Moment war ihr Genick schon ein Krater, und statt seines Namens spuckte sie nur noch Blut.

Ich hatte Hunger. Ich weiß nicht, warum, doch an diesem Abend wollte ich deftig essen. Ich holte die

149

Kalbsstücke heraus, klopfte sie zart, salzte sie ein, wendete sie im Mehl, zog sie durch die verquirlten Eier, legte sie in die Semmelbrösel und dann in die Pfanne. Wiener Schnitzel. Goldbraun. Dazu grüner Salat. »Essen ist fertig«, rief ich.

Astrid stand in der Küchentür. »Für mich nichts.«

Ich setzte mich an den Tisch und begann zu schlingen. »Schmeckt aber gut.«

»Ich kann kein Fleisch sehen.«

»Seit wann das denn? Du warst doch immer süchtig danach.«

»Was ist mit deiner Doku?«

»Nimm dir vom Salat. Bist du jetzt Vegetarierin?«

Sie kratzte sich an der Schulter. Dann räusperte sie sich. »Wie kriegst du das nur herunter?«

»Sollen wir etwa verhungern?«

Sie zuckte mit den Achseln. Ich schob den Teller weg. »Jetzt ist mir auch der Appetit vergangen.«

Ich stand auf, öffnete eine Flasche Wein und stellte zwei Gläser auf den Tisch. »Setz dich zu mir. Die Doku kannst du vergessen.«

Zögernd kam sie zum Tisch, goss sich vom Roten ein, dann ging sie wortlos mit dem Glas aus der Küche. Ich stellte den Teller in den Geschirrspüler. Im Wohnzimmer saß sie vor dem Fernseher. Eine Tafel Schokolade lag aufgerissen da. Die Hälfte war bereits gegessen. Der Nachrichtensprecher, groß im Bild, sprach mit einem Redakteur, der, in einem kleinen Fenster dazugeschaltet, vom Tatort berichtete. Im Hintergrund andere Aufnahmen: der Moment, in dem die Champs auseinanderlaufen, ein Attentäter richtet die Waffe auf sie, eines der Opfer sackt zusammen, die Arme vor dem Bauch, von einem unsichtbaren Schlag zu Boden geworfen. Schnitt. Die Polizei stürmt mit Gewehren im Anschlag einen Gang entlang. Schnitt. Zwei Sanitäter eilen mit einer Fahrtrage davon, auf der ein Verletzter liegt. Schnitt. Die Einsatzwagen treffen ein, danach die Großaufnahme eines Mannes, der in die Kamera schreit, stumm, lautloses Gebrüll eines Hinterbliebenen. Immer dieselben Bruchstücke, Wiederholungen in der Dauerschleife.

Astrid sagte: »Du musst Elliot da rausholen.«

Ich schwieg. Wieder begann sie von Elliot. Ich wusste, was sie beschäftigte. Was mich erstaunte, war, wie wenig sie mich offenbar durchschaute. Sie schien in diesem Moment nichts von meinen Gedanken über Elliot zu ahnen. Was nutzte es, so dachte es in mir, ihn zu schützen, wenn dreiundzwanzig Menschen tot waren und etliche andere geschlachtet werden sollten? An seiner Stelle würde irgendein anderer Champ gekocht werden. Nie hätte ich das offen vor ihr ausgesprochen. Ich verriet ihr nicht, wie sehr er mir inzwischen auf die Nerven ging. Ich schwieg. Es war merkwürdig: Ich hatte keine Angst vor den Außerirdischen. Ich fürchtete mich nicht davor, meine Stellung bei smack.com zu gefährden. Das war mir alles egal. Feigheit vor dem Feind war nicht mein Problem, doch Feigheit vor meiner Frau sehr wohl. Ich fürchtete, ihre Liebe zu verlieren. Ihretwegen hätte ich reden müssen, und ihretwegen schwieg ich. Ich hätte mich nun selbst belügen und mir sagen können, ich wolle Astrid schonen, ihr die Wahrheit nicht zumuten,

151

denn die Lüge, in der ich und Elliot und Albert und Jup und Leila und die vielen Champs und Zuschauer verfangen waren, hatte sich in eine Wahrheit verwandelt. Ja, es war nun die einzige Wahrheit, dass alle, die an den Spielen mitwirkten, einfach am gesellschaftlichen Leben teilnahmen, während jene, die sich den Spielen verweigerten, sich gegen dieses Leben wendeten. Es zahlte sich nicht aus, gegen die Spiele zu sein. Wer das tat, wurde zum Menschenfeind, der sich absonderte, und es gab keinen besseren Beweis für diese Wahrheit als den Terroranschlag. Die Gegner der Spiele schienen nun in letzter Konsequenz nichts als Unmenschen zu sein. Hatte Elliot nicht insofern Recht behalten? Sich zum Wettbewerb anzumelden, hieß, sich für die anderen aufzuopfern. Die Teilnahme war ein Liebesdienst. Die Champs waren die Helden. Vor dem Attentat war diese Wahrheit nur eine von mehreren gewesen, doch nachher wurde sie zur einzigen. Niemand konnte sich vor ihr retten. Niemand konnte vor ihr gerettet werden. Schon gar nicht Elliot. Ebenso wenig Astrid.

Astrid hatte ihren Frieden mit den Spielen gemacht, indem sie nur an Elliot dachte. Um die anderen Champs kümmerte sie sich nicht. Elliot hatte beschlossen, teilzunehmen, weil er darin den einzigen redlichen Weg sah. Meine Entscheidung war es gewesen, über Formen des Protests zu berichten, wozu nicht viel Zivilcourage nötig war. Wir, Elliot und ich, zogen beide – wenn auch auf jeweils unterschiedliche Art – vor, ein Teil des Problems zu werden, weil wir ohnehin keine Lösung kannten. Es gab keinen Ausweg. Ich benahm mich wie einer, der im Krieg zum Sanitäter wird, weil er nicht morden will, der Logik des Schlachtfelds damit aber nicht entgeht. Elliot wurde zum Frontkämpfer, weil er das heldenhafter fand. Und hatte er damit nicht sogar recht?

Um Elliot ging es mir nicht. Er hatte über unsere Gegenargumente gelacht, nun sollte er sehen, was ihm diese Arroganz einbrachte. Mein Mitleid gehörte eher anderen, deren Motive, bei den Spielen mitzumachen, ich verstehen konnte: junge Männer, die für ihre Familien in den Ring stiegen, Verzweifelte, die nur so einen Weg aus ihrer Krise zu finden glaubten. Elliot aber hatte keine Kinder. Er war nicht im Wettbewerb, um seine Angehörigen unterstützen zu können. Er litt auch nicht an existentiellen Problemen. Als Student erhielt er ein Stipendium. Die Großeltern hatten ihm ein Erbe hinterlassen, das noch lange reichen würde. Er wohnte allein und musste für niemanden sorgen. Seinen Vater hatte er kaum gekannt, denn der dämmerte seit Elliots Kindheit in einem Heim für Alkoholiker vor sich hin. Seine Mutter war vor ein paar Jahren an Krebs gestorben.

Elliot war mir fremd geblieben. Ich hatte versucht, ihn von den Spielen abzubringen. Vielleicht hatte ich deshalb begonnen, meine Doku zu drehen. Aber sobald ich filmte, war es nicht mehr Elliot, sondern diese Arbeit, die mir wichtig geworden war. Und nun wollte ich auch von ihr nichts mehr wissen. Mir war die Lust vergangen, vom Protest zu berichten. Seit dem Attentat kam mir alles, was ich bisher getan hatte, nur noch lächerlich vor.

Als Astrid und ich an jenem Abend endlich im Bett lagen und das Licht bereits abgeschaltet war, sagte sie: »Dich interessiert nur deine Doku über den Protest.«

»Aber nein«, entgegnete ich. »Wer will jetzt noch einen Beitrag über den Widerstand sehen. Es ist doch alles sinnlos geworden.«

»Das war es schon längst«, sagte sie und drehte sich auf die Seite.

Ich sprach in das Dunkel: »Jeder Protest steht unter Verdacht. Seit dem Anschlag … Widerstand ist Terrorismus geworden.«

Draußen knatterte ein Motorrad vorbei. Meine Augen gewöhnten sich an die Finsternis. Ich sah die Fenster, dann die Umrisse des Kleiderschranks, den Schattenriss der Stehlampe und den Widerschein der Straßenbeleuchtung an der Zimmerdecke.

Sie sagte: »Elliot muss da raus!«

»Das geht nicht mehr, und Elliot will es außerdem gar nicht. Warum sollte er auch? Solange er noch etwas gewinnen kann …«

»Und dann?«

»Ja, dann … Dann ist es zu spät.«

»Stimmt«, sagte sie. »Es ist spät.« Ich fühlte, wie ihr Körper schwer wurde, dann das Zucken in ihren Beinen – und schließlich war ich eingelullt vom Gleichmaß ihres Atems.

Mitten in der Nacht wurde ich wach. Ich war nassgeschwitzt. Hatte Astrid wirklich geweint, oder war das nur ein Alptraum gewesen, der mich geweckt hatte? Ich stand auf. Es war halb vier in der Früh. Ich

ging auf die Toilette. Im Innenhof hörte ich ein Frauen-
lachen. Irgendwo schrie ein Baby. Als ich ins Schlafzimmer zurückkehrte, lag Astrid eingerollt da. Ich
griff zum Buch auf dem Nachttisch, ging hinaus ins
Wohnzimmer, schaltete die Leselampe an, legte mich
auf das Sofa und schlief ein.

Mich weckte das Fauchen der Kaffeemaschine. »Seit
wann bist du da draußen?«, fragte mich Astrid, als
ich in die Küche kam. Ich sah auf die Digitaluhr unter der Herdplatte. Es war sieben.

Wir sprachen nicht mehr über Elliot, doch das war
auch nicht notwendig, denn es war mir, als sitze er
wieder bei uns am Tisch, wo wir ihn so oft bewirtet
und bekniet hatten, die Spiele sein zu lassen. ›Na,
Sol, überlegst du wieder, wie du mich überreden
kannst? Koch lieber etwas Gutes, damit kannst du
mich zwar auch nicht umstimmen, aber von dir als
Koch hast du mich damit schon mal überzeugt. Wer
weiß, vielleicht werde ich bald selbst besonders gut
zubereitet sein. Ein Gustostück auf den Tellern der
Herrschaften von ganz oben. Jetzt mach nicht so
ein Gesicht, Sol! Ist doch nur ein Witz. Soll ich dich
und deine kulinarischen Künste weiterempfehlen? Was
meinst du? Eine neue Karriere für dich. Jetzt, wo
dir die Doku auf die Nerven geht. Du hast sie ja ohnehin nur meinetwegen begonnen.‹

»Geh scheißen«, rief ich.

Astrid schrak von ihrem Kaffee auf. »Was ist
denn?«

»Verzeih. Ich meinte nicht dich.«

»Wie bitte?«

»Ich dachte an die Attentäter …«

Astrid vermied meinen Blick, sie stand auf und räumte unsere Teller vom Tisch. Gemeinsam verließen wir die Wohnung. Sie lief vor mir in ihren leichten Sportschuhen hinunter, nahm dabei jeweils zwei Stufen auf einmal. Der Frühling war ausgebrochen. Im Licht der Sonne leuchteten die kleinen grauen Strähnen auf, die ihrem nussbraunen Haar einen seidigen Glanz verliehen. Ich sah ihr zu, wie sie in ihr graues Auto stieg, ehe ich meinen Renault aufschloss.

An jenem Tag standen zum ersten Mal drei Sicherheitsleute, schwere Kerle in schwarzen, ausgebeulten Sakkos, mit weißen Hemden und Krawatten, vor dem Gebäude, in dessen oberen Stockwerken smack.com residierte. Sie hielten mich an. Einer von ihnen, in seinem Ohr ein Hörknopf, von dem sich eine Kabellocke in den Kragen kringelte, fragte: »Arbeiten Sie hier?«

Ich schaute zu ihm hoch. Ein Muskelriese. »Und Sie?«, gab ich zurück.

Er schnaufte und trat ganz nah an mich heran, dann sah er mich von oben bis unten an. »Den Ausweis.« Ehe er mich auch noch abtasten konnte, kam Albert von drinnen herausgeeilt und sagte: »Der ist in Ordnung. Das ist doch Sol! Kennt ihr ihn nicht?«

Der Sicherheitsmann musterte Albert von der Seite. »Ihn kenne ich nicht. Sie schon. Sie sind doch der Albert von ›Brandheiß‹?«

Albert nickte erfreut. »So ist es.«

»Ist der von smack.com?«

156

»Smack.com ist von ihm. Er ist einer der Gründer. Nicht nur das. Ich bin Albert von ›Brandheiß‹, aber auch ›Brandheiß‹ ist von ihm. Er hat die Sendung erfunden. Von ihm stammt der Name«, antwortete Albert. Noch nie hatte er so nett von mir geredet. Ich war tatsächlich gerührt von seiner Freundlichkeit.

Der Sicherheitsmann ließ von mir ab, händigte mir meinen Ausweis aus und winkte mich durch. Albert und ich gingen in das Gebäude und betraten den Lift. »Danke«, sagte ich und lächelte ihn an, doch Albert verzog nur den linken Mundwinkel nach unten und nickte kurz. Er schaute mich nicht an, sondern durch mich hindurch. Ich war mir nicht sicher, was das bedeutete, aber ich hatte einen Verdacht. Er verachtete mich, schoss es mir durch den Kopf. Er sah sich verraten. Ich hatte versagt und smack.com, »Brandheiß« und vor allem ihn im Stich gelassen. Ich war seine Stütze gewesen. Ich hatte sein Hinterland gebildet, doch ich war abtrünnig geworden, als die Spiele begonnen hatten. Albert, so dachte es in mir, renommierte mit mir vor den Sicherheitsleuten, aber er tat das, als stünde er an meinem Grab. Ich war für ihn gestorben. Schlimmer noch, ich war ein Zombie, ein vorzeitliches Wesen, das längst ausgerottet war, um nun wieder aus dem Nichts aufzutauchen. Plötzlich fühlte ich mich fremd in der Redaktion. Auf dem Weg zu meinem Büro ging ich an Kollegen vorbei, die mich normalerweise freundlich grüßten und jetzt nicht einmal bemerkten.

Erst fragte ich mich, ob ich mir das alles nur einbildete. Sol, der Feinschmecker, der Kochkünstler, der einfach zu empfindlich war für die Geschäftigkeit dieser Welt, die männliche Prinzessin auf der Erbse, übertrieb wie so oft und machte aus kleinen Gesten und schiefen Blicken ein Drama. Doch als ich einer jungen Redakteurin, die ich einst angelernt hatte, einen guten Morgen wünschte, zuckte sie zusammen, und da verstand ich erst: Sie fürchteten mich. Ich war ihnen zuwider, das wandelnde Mahnmal ihres schlechten Gewissens. Ohne es überhaupt darauf anzulegen, zeigte ich ihnen, wie inakzeptabel es war, weiterzumachen, als wäre nichts geschehen. Aber vielleicht, sagte ich mir, als ich endlich in meinem Büro saß, irrte ich mich doch. Womöglich waren alle nur von dem Attentat zu verstört.

Lass es gut sein, dachte ich. Mach dich nicht verrückt. Sie sind alle mit dem Anschlag beschäftigt. Sie sind von der Wut auf die Attentäter erfüllt. Als ich an den einzelnen Büros vorbeigegangen war, hatte ich in jedem Raum die Bildschirme mit den Nachrichtensendungen gesehen. Überall das Läuten der Telefone. Aufgeregte Gespräche. »Hast du die Namen der Attentäter?« – »Wir brauchen Geschichten über alle Opfer.« – »Einer der Täter soll flüchtig sein!« – »Wir haben eine Hinterbliebene. Sie ist bereit, bei ›Brandheiß‹ in der Sendung aufzutreten.«

Ich schaltete den Computer ein. Keiner der Kollegen hatte mir geschrieben. Sonst war mein Postfach um diese Zeit bereits überschwemmt. Das Telefon läutete nicht. Niemand suchte meinen Rat. Wen wunderte es? Ich hatte wochenlang nur an meiner Doku gesessen. Im Grunde, dachte ich mir, war es erstaunlich, dass Jup mir noch nicht gekündigt hatte. Jeden anderen hätte er bereits vor die Tür gesetzt. Ich fürchtete mich nicht davor. Ich sehnte mich im Grunde nach der Entlassung.

Danach die Redaktionskonferenz. Jup nickte mir zu. Sein Blick haftete lange auf mir. Das Team von »Brandheiß« hatte Vorschläge für die nächste Woche ausgearbeitet. Die Gäste für die Sendung am Nachmittag sollten bald eintreffen. »Habt ihr mit den beiden Hinterbliebenen schon vorab gesprochen?«, fragte Jup. »Ich will nicht, dass die vor der Kamera entgleisen.«

»Die sind sorgfältig ausgesucht und vorbereitet worden«, antwortete einer meiner Assistenten. »Sie wissen genau, was Albert fragen wird. Es ist alles abgesprochen.«

Ich sagte auch nichts, als von einem Beitrag die Rede war, der direkt in meinen Verantwortungsbereich fiel. Da war ein kurzer Moment, in dem ich mich hätte zu Wort melden können. Eine Sekunde Schweigen im Fortlauf der Gespräche. Jup tat, als wäre er in seine Papiere vertieft. Aber dann war es ein Kollege, der in die Stille sprach und erklärte, alles sei bereits erledigt. Als die Sitzung zu Ende war und ich den anderen nach draußen folgen wollte, hielt Jup mich auf. »Wir müssen reden.«

»Worüber?«

»Komm nachher in mein Büro.«

Als ich hereinkam, stand Jup vor dem Fenster und schaute hinaus. Ich sagte: »Hey, Jup.«

Er drehte sich nicht zu mir um.

»Du hast mich sprechen wollen.«

Er blieb abgewandt, nickte jedoch als Antwort. Ich stand unschlüssig da. Jetzt, dachte ich, kündigt er mir doch. Wie grotesk: mir, dem er alles hier verdankt. Kurz überlegte ich, wortlos den Raum zu verlassen.

Jup sagte, immer noch zum Fenster gewandt: »Ich brauche dich, Sol.« Jetzt blickte er mich über die Schulter an. »Ich weiß schon. Dich widert das alles hier an.« Er lächelte. »Du findest alle in der Redaktion zum Kotzen. Mich auch.« Er hob die Hand. »Nein, bemüh dich nicht. Brauchst nicht zu widersprechen …«

Ich hatte gar nichts entgegnet, nur mit den Schultern gezuckt.

»Es ist gut so. Ich weiß, was ich an dir habe. Glaubst du, mir macht es Spaß? Sol, dreiundzwanzig Tote. Dreiundzwanzig!«

»Und die Verletzten«, fügte ich hinzu.

»Ja, und die Verletzten«, wiederholte er.

»Und die Geschlachteten.«

»Wie?«

»Die Märtyrer.«

Er sah mich an.

»Was geschieht eigentlich mit ihren Leichen?«

Er runzelte die Stirn. »Die von den Märtyrern?«

»Von den dreiundzwanzig Toten.«

Er atmete durch und winkte ab. »Sol, was sollen wir denn tun?«

»Glaubst du, sie werden auch ausgeweidet?«

»Arschloch!«, schrie er. »Was willst du von mir?«

»Nichts«, flüsterte ich. »Habe ich dich um etwas gebeten? Eben! Habe ich dich kritisiert? Habe ich in der Redaktionskonferenz einen Vorschlag gemacht, wie wir aussteigen könnten? Habe ich einen Antrag gestellt?«

Er setzte sich an seinen Schreibtisch. »Wir können nicht aufhören!«

»Sag ich doch, Jup. Ganz meine Worte. Schon gar nicht jetzt, wenn wir dadurch als Sympathisanten des Terrors dastehen würden.«

»So ist es, Sol! Bei uns wird niemand umgebracht. Das sind Freiwillige. Der ›Menschliche Widerstand‹ ist es, der die Champs liquidieren will. Nicht wir.« Er seufzte. »Ach was. Hören wir auf zu streiten. Die Leute wollen die Spiele. Der Widerstand ist eine kleine Minderheit. Unsere Aufgabe ist es, die Spiele so würdig und anständig wie möglich durchzuführen. Weißt du, was die übrigen Sender und Websites vorschlagen? Die wollen ganz andere Spiele. Gladiatorenkämpfe vor laufender Kamera! Wenn es nach denen geht, sollen die Champs sich gegenseitig zerfleischen. Der Sieger soll den Verlierer in der Arena ausweiden … Frag nicht! Willst du das?«

»Sicher nicht!«

»Na eben. Ich bin es, der das in den Sitzungen verhindert. Aber die Stimmen, die so etwas fordern, nehmen von einer Woche zur nächsten zu.«

»Wundert mich nicht. Das war vorauszusehen«, warf ich dazwischen, doch Jup ging nicht darauf ein, obwohl er den Unterton durchaus wahrnahm.

161

Er streckte sich, dann schaute er einige Papiere auf seinem Tisch durch, um plötzlich aufzublicken, als hätte ich ihn dabei gestört. »Ich wollte mit dir reden. Heute werden in ›Brandheiß‹ drei Champs auftreten, die ab morgen mitmachen.«

Ich ahnte bereits, von wem die Rede war.

»Einer davon ist dein Freund.«

»Er ist nicht mein Freund.«

»Nun, dein Ziehsohn.«

»Er ist schon gar nicht mein Ziehsohn.«

»Meinetwegen ist er deine Urgroßtante. Ich brauche dich jedenfalls. Auch deine Kritik, deine Sensibilität. Sol, du kannst über den Tellerrand schauen. Es geht darum, diese Champs zu betreuen. Über sie soll ein Beitrag gemacht werden.«

Ich nickte. »Keine Sorge. Ich werde mich darum kümmern.«

Elliot stand abseits von den anderen und lehnte in der Ecke, in sich versunken. Als er mich sah, lächelte er verlegen und zog die Augenbrauen hoch. »Schön, dich zu sehen, Sol.« Ich nickte ihm zu, doch da hatte er mich schon an sich gedrückt. Eine Umarmung und ein Anklammern. Er war stiller, als ich ihn bei uns zu Hause erlebt hatte. Jede seiner Bewegungen langsamer, bedächtiger. Er wich meinem Blick aus. Knetete seine Hände.

Ich fragte: »Wie geht es dir denn?«

»Alles in Ordnung«, antwortete er, und ich lächelte ihm zu, um den Missklang zwischen uns zu übertönen.

Die anderen beiden Champs, ein Mann und eine Frau, standen beisammen, umringt von Assistentinnen, Betreuern, Trainern und Sicherheitsbeamten. Ziemlich viele, wie ich bemerkte. Es wurde laut geprotzt. Morgen schon das erste Turnier. Gestern noch die Vorausscheidung. Der Hürdenlauf. Der Fallschirmsprung. Der Gesundheitscheck. Und da war noch der eine, der es beinahe geschafft hätte, doch dann der Sturz vom Pferd, Beinbruch, kurz vor der Qualifikation. »Der Arme. Aber so ist es halt. Den Letzten beißen die Hunde.«

Auf Sendung dann die Trauer über die Ermordeten. Die Hinterbliebenen wurden interviewt. Der eine Champ zerdrückte ein paar Tränen. Seine Konkurrentin forderte den Foltertod für die Attentäter. »Eine Kugel ist doch zu schade für die.« Elliot schwieg, bis Albert sich an ihn wandte. »Elliot, der Terror richtet sich letztlich gegen euch, gegen dich. Wie geht es dir damit?«

Elliot hielt den Kopf leicht gesenkt und blickte ihn schräg von unten an. Er blieb sekundenlang still, dann brach es aus ihm hervor: »Was soll diese Frage? Wir riskieren unser Leben. Wir setzen uns für alle ein. Damit es keinen Krieg und keinen Hunger mehr gibt. Und diese Verbrecher wollen uns ermorden. Wem haben wir etwas getan? Niemandem! Wir schaden doch keinem. Wir geben nur unser Bestes! Wir glauben an die neue Zeit. Deshalb hassen sie uns. Sie haben Angst davor und wollen uns Angst einjagen. Aber wir lassen uns nicht abschrecken. Wir stehen für die Zukunft. Wir geben nicht auf. Die Spiele gehen weiter!«

Albert ergriff Elliots Hand. »Meine Damen und Herren, Applaus für unsere Helden.«

Nach der Sendung wurden die Champs in den größten Raum der Redaktion gebracht. Ich hatte in der Zwischenzeit ein Buffet für sie herrichten lassen und dafür gesorgt, dass eine Psychologin mit am Tisch saß, die sich beim Casting schon um sie gekümmert hatte. Vor der Tür standen Sicherheitsleute. Die Psychologin redete mit den beiden anderen Champs. Wieder hielt sich Elliot fern. Ich ging zu ihm hin. »Das war gar nicht so schlecht.«

Er flüsterte mir zu: »Wir müssen reden.«

»Willst du nicht lieber mit der Psychologin sprechen?«

»Nein. Mit dir!« Das Flehen in seinem Blick.

»Ich kann dir nicht helfen.«

»Bitte, Sol!«

Ich ließ ihn stehen. Die Psychologin und die anderen Champs aßen, was ihnen vom Buffet serviert worden war. Ich fragte, ob es ihnen schmecke. »Köstlich!«

Jup und Leila traten ein. Jup umarmte die am Tisch Sitzenden, dann lief er auf Elliot zu. »Wunderbar. Ich danke dir. Sogar Albert fehlten die Worte. Und das will was heißen.«

Elliot lächelte. »Es kam von Herzen.«

Leila drückte ihn lange an sich. Jup setzte sich zu den zwei Champs und der Psychologin. »Komm doch zu uns, Elliot.«

Da sprang ich ein. »Elliot möchte gerne den Arbeitsplatz seines Ziehvaters sehen. Wir sind gleich wieder da, o.k.?«

»Sicher«, presste Jup mit vollem Mund hervor. »Er kann sich anschauen, was er will! Und wenn es das Büro seiner Urgroßtante ist ...«

Vor der Tür stießen wir auf die Sicherheitsleute, die uns sogleich entgegentraten, doch der eine, der mich am Morgen aufgehalten hatte, erkannte mich. »Geht in Ordnung«, erklärte er den anderen. »Das ist Sol. Der Kopf des Ganzen hier.«

Wir gingen durch die Redaktionsräume, bis wir in einem leeren Büro waren, in dem uns niemand stören würde. Nur ein Tisch mit zwei Sesseln und volle Kartons mit Akten in einer Ecke. »Setz dich.«

Elliot sah sich um. Ich sagte: »Keine Angst. Hier hört uns keiner.«

»Hol mich hier raus, Sol«, flüsterte er.

»Wie bitte?«

»Die bringen uns um.«

»Na klar. Das war doch von Anfang an ausgemacht. Du wusstest, worauf du dich einlässt.«

Ein bitteres Lachen entfuhr ihm. »Ich hatte keine Ahnung. Du kannst dir nicht vorstellen, was da geschieht.«

»Du hast im Studio ganz anders geredet.«

»Wurde uns alles eingebläut. Mit Gummischlagstock. Verstehst du denn nicht? Dreiundzwanzig Tote. Die schrecken vor nichts zurück.«

»Die Sicherheitsleute werden euch beschützen.«

»Die beschützen uns nicht. Die bewachen uns.«

»Du übertreibst.«

»Bist du wirklich so blind, Sol? Die Terroristen waren Mitarbeiter einer eigens damit beauftragten

Firma. Wie kommt ein Kleinbus voller Waffen in die Arena? Trotz der vielen Durchsuchungen. Wo war da die Kontrolle?«

»Was hätte die Spielleitung davon, euch zu töten?«

»Merkst du es nicht? Die Sicherheitsleute. Wie sie uns entgegentraten, als wir aus dem Raum gingen? Wer nicht spurt, wird erledigt. Die haben ausgeklügelte Foltermethoden. Die machen mit uns, was sie wollen. Wer aussteigen will, hat einen Unfall.«

Ich seufzte. »Elliot, du irrst. Es ist umgekehrt. Wer einen Unfall hat, muss aussteigen.«

»Bist du taub?«, schrie er. »Ich weiß es doch. Sie drohen uns. Sie machen uns mundtot.«

Für mich klang das alles genauso verrückt wie damals, als er mir erklärt hatte, warum er Champ werden wollte. »Ich verstehe nicht, warum du dann auf Sendung so sehr und so gut lügen musstest«, sagte ich. »Selbst wenn sie euch dazu zwingen, hättest du dich ja nicht so hervortun müssen.«

Er schüttelte den Kopf und schaute mich an, als könne er es nicht fassen, dann sagte er: »Nur weil ich diesen Monolog so gut spielen konnte, wurde ich für den Auftritt ausgesucht. Das war meine einzige Chance. Und du bist meine Hoffnung. Du musst mir helfen.«

»Wie denn?«

»Ich muss hier raus. Mit dir kann ich es schaffen. Kein anderer würde es tun, aber ich weiß, du lässt mich nicht im Stich.«

»Bist du verrückt? Wie soll das denn gehen? Das ganze Gebäude ist voller Sicherheitsleute. Die beobachten uns auf Schritt und Tritt. Du bist ein Champ. Auf dich passen sie auf. Und mir misstrauen sie jetzt schon, denn ich bin derjenige, der eine Doku über den Widerstand machen wollte. Selbst wenn deine Flucht gelingt, wie stehe ich dann da!«

Elliot schaute zu Boden und flüsterte: »Es geht um mein Leben, Sol. Sie schlachten mich nicht nur ab. Sie machen mich schon vorher fertig. Sie vernichten mich, meine Seele, meinen Willen … Sie verwandeln mich in ein Stück Fleisch.« Und dann weinte er. Kein Schluchzen. Nur Tränen, die an seinen Wangen herunterrannen. »Bitte«, presste er hervor. »Nur aus diesem Gebäude. Ich muss nur weg hier. Ich weiß, was ich danach mache. Ich gehe …«

Ich unterbrach ihn: »Wenn ich dir helfen soll, dann kein Wort mehr. Ich will nichts wissen. Ich würde dich sofort verraten.«

»Nein«, sagte er, und mitten im Weinen lächelte er. »Du hältst zu mir. Du hast von Anfang an versucht, mich zu retten. Nein, du wirst mich nicht im Stich lassen. Du wirst mich nicht ausliefern.«

»Ich würde dich verraten. Hörst du?« Ich atmete durch. »Gut. Jetzt helfe ich dir. Dieses eine Mal.«

Er fasste nach meiner Hand, biss sich auf die Unterlippe und strahlte mich an. Ich fügte hinzu: »Aber danach haust du ab. Verstehst du? Ich will nie wieder von dir hören.«

»Ist schon gut«, lächelte er.

»Nein. Nichts ist gut. Du Champ, du! Du beschissener Märtyrer!«

Mein ganzer Ekel klang in diesen Worten durch,

und ich sah, wie sein Gesicht vor meinen Augen zerfiel, wie sein Lächeln gefror, wie er sich dann die Tränen abwischte und düster nickte.

Ich befahl ihm, mir zu folgen. Erst öffnete ich die Tür nur einen Spalt, um hinauszulugen. Wir mussten den richtigen Moment erhaschen, wenn wir unbemerkt zum Notausgang gelangen wollten. Auf dem Gang stand ein Sicherheitsmann mit tätowierter Glatze, breitbeinig, mit dem Rücken zu uns. Ich ging hinaus und winkte Elliot, mir nachzukommen. »Die Toilette ist da vorne. Ich zeig dir, wo«, sagte ich so laut, dass es auch der Glatzkopf hören konnte. Er drehte sich um. Ich sagte zu ihm: »Ich weiß nicht, ob die Tür da hinten abgeschlossen werden muss.« Er schaute mich an, doch dann sah er Elliot. Er trat auf ihn zu, ganz dicht, und knurrte: »Dich kenne ich doch? Du bist ein Champ. Elliot, oder?«

Wir antworteten nicht. Mir war, als würde Elliot alle Muskeln anspannen, um über ihn herzufallen. Im Augenwinkel seine Suche nach meinem Einverständnis. Das Warten auf den Startschuss. Ich kam ihm zuvor. »Ja, stimmt. Das ist Elliot, der Champ.«

Der Glatzkopf beachtete mich nicht, sondern nickte bloß und richtete seinen Zeigefinger auf Elliot. »Respekt, Mann. Du bist ein Held. Als ich dir heute zuhörte, wusste ich, weshalb ich hier bin.«

»Danke«, sagte Elliot, doch der andere winkte ab. »Nein! Ich danke dir. Es braucht mehr von deiner Sorte.«

Ich lächelte den Glatzkopf an. »Es ist wegen der Tür da hinten.«

Er wandte sich mir zu. Sehr von oben herab, als habe er Mühe, mich von solcher Höhe überhaupt als Lebewesen wahrzunehmen, fragte er: »Und wer bist du?«

»Das ist Sol«, antwortete Elliot. »Er ist einer der Gründer von dem Ganzen hier.«

Der Sicherheitsmann hob kurz die Brauen, um sehr gedehnt zu wiederholen: »Ein Gründer also?«

Ich zuckte mit den Achseln. »Blödsinn. Das mit dem Gründer ist nicht wichtig. Ich bin die Urgroßtante von diesem Burschen.« Ich klopfte Elliot auf die Schulter.

Das Gesicht des Glatzkopfs hellte sich auf. »Warum sagst du nicht gleich, dass er dein Vater ist?«, fragte er Elliot. Und zu mir gewandt: »Gratulation. Welche Tür denn? Ich schaue mir das an.«

Während er den Gang hinunterstapfte, zog ich Elliot schnell weiter in Richtung Notausgang, kontrollierte, ob jemand dort Wache hielt, bevor wir vorsichtig, ein Stockwerk nach dem anderen, hinunterzuschleichen begannen.

Wir waren bereits auf halbem Weg zum Ausgang im Parterre. In jeder Etage versuchte ich die Tür, die vom Fluchtweg wegführte, zu öffnen, aber sie waren alle von innen verschlossen. Ich fürchtete, in eine Sackgasse geraten zu sein. Panik überfiel mich. Was, wenn wir uns selbst ausgesperrt hatten? Wir müssten uns bemerkbar machen. Welche Ausrede hätten wir dann für unseren Ausflug? Aber ich wollte vor Elliot keine Schwäche zeigen. Nie, dachte ich mir insgeheim, hätte ich mich auf dieses Abenteuer einlassen sollen. Wieso hatte ich mich bloß in diese Lage gebracht? Was war an diesem halben Buben, das mich immer so schwach werden ließ? Und hatte ich nicht – unversehens – seine Sichtweise übernommen? Warum hatte ich ihm nicht einfach gesagt, er solle schlicht erklären, an den Spielen nicht mehr teilnehmen zu wollen?

Ich drehte mich zu ihm um. »Vielleicht irrst du dich, und es beruht doch alles auf Freiwilligkeit.«

Er schüttelte den Kopf. »Vergiss es! Nur am Anfang war es mein eigener Wunsch. Da war es noch schwer, überhaupt mitmachen zu dürfen, aber dann … Wenn die ersten Gelder kassiert sind, ist es aus. Das sind letztlich Kredite. Längst ausgegeben.«

»Wofür denn, um Himmels willen?«

»Na, Exobilien«, raunte Elliot.

Mit einem Mal spürte ich alle Stufen, die ich bereits hinabgestiegen war. Das Blei in den Beinen. Der Blick wurde löchrig. Der Atem reichte nicht. Ein Druck in der Schulter. »Exobilien? Du meinst diese Luftgeschäfte? Die Optionen auf Grundstücke im kosmischen Nichts? Das ist dein Preisgeld?«

»Alle Champs werden so bezahlt. Das ist die beste Anlage. Ganze Welten im All. Riesige Ländereien. Ich besitze mehr Grund, als je ein Mensch betreten hat. Mehr als auf der ganzen Erde.«

»Wo denn?«

»Na, in anderen Galaxien. Ein halber Planet trägt meinen Namen. Wenn ich jetzt mittendrin aussteige, bin ich ihnen das alles schuldig. Das kann ich nie zurückzahlen. Dann bin ich tot. Ich habe mich verkauft. Mit Haut und Haaren.«

Mittlerweile fahndeten sie sicher nach uns. Ich rannte von einem Stockwerk zum anderen, um einen Ausweg zu finden. Endlich führte eine Tür in eine verlassene Etage. Ein leeres Loft mit Stapeln an Akten und Regalen voller Papier. Der Archivraum einer Firma. Das war unsere Chance. Ich fragte: »Hast du Streichhölzer? Irgendetwas … schnell!« Elliot griff in seine Jackentasche und zog ein Feuerzeug hervor. Es war gar nicht so einfach, einen Brand zu legen. Die Flammen mussten übergreifen und genug Rauch entwickeln, um in diesem Stahlglasgebäude einen Alarm auszulösen. Mein Plan war das Chaos. Genauer gesagt, ich hatte keinen Plan, aber ehe die Rauchschwaden die Feuermelder erreicht hatten, rannten wir zum Fluchtweg zurück und stiegen die Stufen hinab ins Erdgeschoss. Als wir dort ankamen, schrillten bereits die Glocken. Ohrenbetäubend. Die Sicherheitsleute stürmten uns entgegen. Sie schrieen: »Alle raus aus dem Gebäude.« Ein Tumult entstand, als die ersten Angestellten an uns vorbeirannten.

»Jetzt! Das ist deine Chance«, sagte ich hastig, doch Elliot blieb ganz ruhig.

Er lächelte mich an, nahm sein Sakko ab. Er hatte sich vorbereitet. Innen war es aus anderem Stoff. Er streifte es wieder über, die Innenseite nach außen gewendet, und zog aus der Tasche eine Perücke hervor und eine Mütze. Ohne seinen Mund zu bewegen, flüsterte er: »Ich danke dir.« Er sah mich dabei nicht einmal an. Eine Verwandlung. Er musste es seit Wochen geübt haben. Als Einziger ging er seelenruhig zum Ausgang, während alle um ihn herum rannten oder stolperten. Allgemeine Aufregung. Gebrüll. Mittendrin einer, der ein wenig schwerfällig humpelte. Niemand wäre auf die Idee gekommen, in ihm den jungen Burschen, diesen leichtfüßigen Helden, den unreifen Kerl zu erkennen, dessen Urgroßtante ich vor kurzem noch gewesen war.

Ich sah ihm einen Moment lang nach, dann raste ich die Stufen hoch, vorbei an allen, die hinunter hasteten. Ich rief: »Elliot! Hat irgendwer Elliot gesehen?« Ich sah mich verzweifelt um. »Elliot«, schrie ich, und: »Er muss noch oben sein. Auf der Toilette. Ich finde ihn nicht. Elliot!«

Mein Plan funktionierte besser als gedacht. In den Nachrichten hieß es, Elliot, der Champ, der so eindrucksvoll und mitreißend in »Brandheiß« gesprochen hatte, sei in den Flammen umgekommen. Eine eigene Sendung wurde ihm gewidmet. Albert weinte vor laufender Kamera. Jup saß im Regieraum und strahlte übers ganze Gesicht. »Albert ist einfach der Beste! Unschlagbar.« Elliots kleine Rede wurde immer wieder gezeigt und auch von anderen Medien übernommen. »Sie haben Angst davor und wollen uns Angst einjagen. Aber wir lassen uns nicht abschrecken. Wir stehen für die Zukunft. Wir geben nicht auf. Die Spiele gehen weiter!« Danach folgte eine Schweigeminute. Die allgemeine Trauer um Elliot war echt.

Seine verkohlte Leiche konnte nirgends gefunden worden sein. Ich fragte mich, ob etwa irgendein anderer im Feuer umgekommen war. Dieser Gedanke erschreckte mich, denn in diesem Fall hatte ich ein Menschenleben auf dem Gewissen.

Aber wer sollte das gewesen sein? Niemand sonst galt als vermisst. Keiner fehlte. Erst da begriff ich. Elliots Tod war eine reine Erfindung. Ich hatte sie zwar in die Welt gesetzt, doch die Welt nahm sie auf wie einen Happen Fleisch. Warum auch nicht? Er war schon längst kein Mensch mit eigener Würde mehr gewesen. Sein Tod konnte nur nützlich für die Spiele sein. Ihn zu betrauern wurde zum allgemeinen Muss. Eben war er noch zum neuen Star der Spiele geworden, und nun war er das Opfer eines Brandanschlags, denn dass es sich dabei nur um ein weiteres Attentat des »Menschlichen Widerstands« gehandelt haben konnte, schien allen klar. Das Feuer, stellten pyrotechnische Sachverständige fest, war gelegt worden.

Keiner verdächtigte mich. »Ich habe ihn noch gesehen, ehe er auf die Toilette ging«, sagte der glatzköpfige Sicherheitsmann mit Tränen in den Augen. »Ich habe ihn sofort erkannt. Und Sol war etwas Merkwürdiges aufgefallen. Eine offene Tür.«

»Und?«, fragte ein Reporter. »War da ein Terrorist?«

Der tätowierte Glatzkopf meinte: »Ich habe niemanden gesehen. Aber jetzt denke ich, ich hätte genauer nachschauen sollen.«

Von allen Seiten wurde ich getröstet. Sie sagten, ich sei für Elliot ein Freund und ein Vater zugleich gewesen. Nur Jup ging mir aus dem Weg. Mir hatte er aufgetragen, mich um die Champs zu kümmern; ich hatte versagt. Zuweilen war mir auch, als hege er ohnehin einen Verdacht gegen mich. Immerhin: Irgendjemand hatte ein Feuer gelegt. Von einem Verräter war die Rede. Von einem Saboteur. Aber vor allem von den Terroristen. Vom »Menschlichen Widerstand«. Die einzig richtige Antwort hatte Elliot ihnen gegeben, hieß es. »Wir geben nicht auf. Die Spiele gehen weiter!«

Nach dem Brand rief ich Astrid im Museum an. »Bitte setz dich hin und hör mir ganz ruhig zu. Gut?«

An jenem Abend kam ich erst spät nach Hause. Sie umarmte mich lange und küsste mich. Sie tröstete mich. Sie machte mir einen Tee. Als im Fernsehen von Elliot die Rede war, von seinem Trotz, von seinem Aufruf, sich der Angst nicht hinzugeben, sah ich sie lächeln. Ein leises, beinahe ironisches Lächeln, das mir fast unheimlich war. Dann nickte sie. Ein Foto von Elliot wurde eingeblendet. Seine verschiedenen Auftritte in den letzten Wochen. Seine Erklärungen: »Die Spiele sind notwendig. Ich will meinen Beitrag leisten.« – »Wir Champs treten für alle Menschen an. Für ein kosmisches Zeitalter ohne Krieg, ohne Hass, ohne Hunger und ohne Krankheiten.« – »Wir geben nicht auf. Die Spiele gehen weiter!«

Astrid nickte wieder. Im Nachhinein rebellierte sie nicht mehr gegen seine Entscheidung. Sie hatte sich verändert. Sie akzeptierte nun seine Worte, weil er tot war. Ich glaubte zu verstehen, warum sie so reagierte. Jetzt, da er gestorben war, war er, so dachte ich, für sie unanzweifelbar. Er war seinen Weg gegangen. Bis zum Ende.

Astrid und ich wurden mit Beileidsbezeugungen

überhäuft. Es war beinahe, als wäre Elliot unser nächster Verwandter gewesen. Da war keine nahe Familie, die beim Begräbnis eine Ansprache hätte halten können. Sein Vater, der Alkoholiker, hätte die ganze Trauergemeinde in Misskredit gebracht. Es sollte jede Peinlichkeit vermieden werden. Wir wurden gebeten, in der ersten Reihe zu sitzen. Uns wurde kondoliert. Wir wurden zu seinen Zieheltern, zu seiner Ersatzfamilie erklärt. Mehr noch als Astrid stand ich im Zentrum des Beileids. Sie machte sich um mich Sorgen. Ich hatte eine Grabrede zu halten. »Elliot wollte leben«, sagte ich. »Es ist wahr: Ein Champ muss mit dem Tod rechnen, doch er nimmt dieses Risiko auf sich, damit die anderen Champs siegen können. Mehr noch: damit wir alle gewinnen. Elliot wurde ermordet. Er ist gegen seinen Willen gestorben. Nur, weil er bereit war, sich zu opfern. Nur, weil er für die neue Zeit einstehen wollte.« Ich sah zu Astrid. »Es ist wahr: Uns, Astrid und mir, wäre es lieber gewesen, wenn Elliot sich nicht zu den Spielen gemeldet hätte. Wir wollten ihn nicht verlieren.« Bei diesen Worten wurden Astrids Augen feucht. »Wir hatten Angst um ihn. Ich versuchte ihn zu überreden. Aber es half nichts. Elliot war davon überzeugt, sein Platz sei in der Arena bei den Champs. Er sagte mir: ›Wir alle sind Teil der Spiele. Wir alle profitieren davon. Ich will nicht kneifen, während andere alles riskieren. Die Spiele sind notwendig. Nicht mitzumachen ist feig. Ich will nicht bloß Zuschauer sein. Die Champs treten für uns alle an.‹ Elliot, ich konnte dich nicht umstimmen. Ich wusste, ich hatte deine Entscheidung nicht nur zu respektieren. Ich musste dich verstehen und unterstützen. Aber habe ich genug getan? Hätte ich nicht noch mehr für dich da sein sollen? Wie konnte es zu diesem Attentat bloß kommen? Wie konnten sie uns Elliot nehmen?« Ich hörte das Schluchzen rund um mich. Leila weinte. Albert wimmerte. Jup umarmte ihn. Die Politiker in der ersten Reihe nickten grimmig. Auch ich fühlte die Tränen in mir aufsteigen, doch nicht der Rührung wegen, sondern aus Scham und weil jedes Wort, das ich vorgebracht hatte, nichts als eine Lüge war. Ich atmete durch und fuhr fort: »Aber wäre Elliot heute da, würde er uns wohl sagen: ›Lassen wir uns nicht auseinanderdividieren. Seien wir füreinander da. Respektieren wir unsere Freiheit und unsere menschliche Würde. Stellen wir uns dem Terror entgegen, wo immer er uns begegnet.‹ Er würde sich für das Mitgefühl aussprechen und für den Respekt vor unser aller Leben.«

Dieses Ende schlug ein. Mit den letzten Sätzen hatte ich etwas Unerhörtes ausgesprochen. Ich merkte, wie Jup erstarrte. Einige der Politiker neigten den Kopf zur Seite und blickten mich überrascht an. Leila legte ihre Handflächen zusammen. Ich trat vor den Sarg, in dem wohl gar keine Leiche lag, und verbeugte mich tief und stumm, dann kehrte ich zu Astrid zurück. Ich sah ihren Blick, ein kurzes, beinahe unmerkliches Zwinkern von Einklang und Triumph. Sie nahm meine Hand und drückte sie.

Albert hielt die zweite Grabrede. »Niemand ist vor dem Terror sicher. Nirgends. Nicht einmal, wenn er von Sicherheitsleuten beschützt wird. Nicht einmal

Elliot. Aber Elliot hätte uns dennoch gesagt: ›Wir dürfen dem Terror nicht nachgeben. Wir dürfen uns der Angst nicht ausliefern.‹ Und im Sinne Elliots füge ich hinzu, wir sagen ja zu unserer Zivilisation, ja zu unserem freien Willen, ja zu unserem Universum und nein zum Morden. Wir versprechen es dir, Elliot: Die Spiele gehen weiter!«

Astrid und ich ließen alles über uns ergehen. Versteinert. Ich war darauf konzentriert, mir nicht anmerken zu lassen, was ich von dem ganzen Schmierentheater hielt, während ich zugleich staunte, wie gefasst Astrid blieb. Sie weinte nicht. Sie klagte nicht. Hohe Würdenträger umarmten uns. Leila schmiegte sich eng an mich, um mich zu trösten, und spuckte mir ihre Küsse an den Hals. Jup kniff mich so fest in die Wange, dass ich überzeugt war, er werde mir meine letzten Worte nie nachsehen, er hasse mich aus ganzem Herzen und wisse alles über Elliots Flucht.

Aber Jups Haltung war mir egal. Ich sorgte mich nur um Astrid. Sie weinte nicht um Elliot. Der Schock hatte sie – das war meine Befürchtung – wohl so tief erschüttert, dass sie nicht mehr imstande war, den Verlust zu spüren. Bei dem Begräbnis beschloss ich deshalb, mich ihr in der nächsten Zeit mehr denn je zu widmen.

Dabei war ihre Ruhe für mich unerträglich. Immerhin war er für tot erklärt worden. Verbrannt, bei lebendigem Leib. Ich wartete auf ihre Frage, wieso ich ihn nicht gerettet hatte. Wieso ich ihn im Feuer zurückgelassen hatte. Wieso ich ihn nicht vor den Spielen bewahrt hatte, als ich von ihr darum gebeten worden war. Aber Astrid blieb ganz ruhig und liebevoll. Sie wollte mit mir zusammen sein. So spielte ich mit und tat, als wären wir vereint in zweisamer Trauer.

Ich konnte ihr nichts sagen. Elliot lebte, und ich durfte kein Wort darüber verlieren, denn dann hätte sie sofort versucht, ihn zu finden, hätte sich wieder Gedanken um ihn gemacht, hätte ihn verstecken und versorgen wollen. Das aber durfte nicht sein, ich hätte riskiert, dass alles entdeckt wurde.

Nein, ich musste es ihr verheimlichen. Sie hätte mich sonst zur Rede gestellt und gefragt, weshalb ich ihn fortgeschickt hatte. Ja, ich hatte Elliot verstoßen. Das war die Wahrheit. Ich wollte ihn loswerden. Er sollte endlich verschwinden.

Deshalb schwieg ich gegenüber Astrid nach seinem Tod.

Nach dem Brand wurde alles anders zwischen uns. Wann genau die Stimmung wechselte, kann ich gar nicht sagen. Ich kam nun immer recht früh von der Arbeit nach Hause. Ich wollte schnell heim, um für Astrid zu kochen. Sie hatte oft noch länger im Museum zu tun, doch wenn sie endlich da war, sahen wir nicht mehr fern. Die Spiele interessierten uns kaum noch. Ich kochte für sie ihre Lieblingsspeisen. Sie las mir währenddessen aus einem Buch vor. Eine Woche nach dem Begräbnis fragte sie, ob ich nicht Lust hätte, ins Kino zu gehen. Danach spazierten wir noch lange durch die Stadt, bogen in eine Bar ab, bestellten einen Wodka und flanierten später heim, Arm in Arm. Mir war, als wären wir wieder so innig wie zu jener Zeit, da die Außerirdischen noch nicht gelandet waren. Wir gingen gemeinsam in Ausstellungen oder ins Theater.

Ich schrieb wieder an meinen kulinarischen Texten, als gäbe es keine Außerirdischen. Niemand wunderte sich darüber. Schließlich war ich in Trauer. Insgeheim hatte ich mit den Spielen abgeschlossen. Hatte ich meinen Widerstand nicht abgeleistet? War mein Akt der Auflehnung nicht widerständiger und menschlicher gewesen als alles, was vorgab, gegen die Spiele zu rebellieren? Ich hatte nicht dafür gekämpft, die Metzger besser zu entlohnen. Ich versorgte nicht die Hinterbliebenen. Ich tötete keine Champs, um zu verhindern, dass sie gekocht und gegessen wurden. Ich hatte einfach nur einen Menschen vor dem Tod bewahrt. Was konnte ich noch machen, ohne Elliot zu gefährden? Ich musste stillhalten, um nicht aufzufallen.

Mein Schweigen war jetzt Teil meines Kampfes, doch mit ihm kehrte zum ersten Mal seit Monaten auch Ruhe in mir ein. Für kurze Zeit war ich eins mit mir. Wie lange dieses Gefühl vorgehalten hätte, weiß ich nicht. Ich will das alles nicht verklären. Ich kann nur sagen: Ich war überzeugt, einen Beitrag geleistet zu haben. Astrid erzählte ich nichts davon, doch an jenem Abend nach dem Brand umarmte sie mich anders als in den Wochen zuvor. Ich fühlte mich endlich wieder berührt. Wir schmiegten uns aneinander. War ich es, der sie jetzt auf eine Art halten konnte wie seit langem nicht mehr? Das hatte sich nicht erst mit der Invasion geändert. Nein, schon viel früher. Ich hatte Astrid und mich irgendwo im

Alltäglichen verlegt, und jetzt fanden wir neu zuein-
ander und fanden uns wieder.

Wir waren in dieser Zeit glücklich. Um uns herum
schienen zwar alle verrückt zu werden, aber das fügte uns nur noch mehr zusammen. Es verging kaum
eine Woche ohne Anschlag. Der Terror wurde von
Mal zu Mal blutrünstiger. Ich erinnere mich an die
Mörder, die wahllos Menschen, Zivilisten, Unschuldige, öffentlich schlachteten, als wären sie Vieh. Eine
Gruppe, wenn ich nicht irre, in Südamerika – oder
war es in Rumänien, oder gar da wie dort –, ging
mit Schlachtschussapparat umher. Ihre Angehörigen
überfielen Passanten in U-Bahn-Stationen, die auf
einem Videoscreen die Ergebnisse der Spiele verfolgten, und während das Opfer hilflos am Boden lag,
durchschnitten sie ihm die Kehle.

Viel schlimmer jedoch als die Anschläge, die tatsächlich stattfanden, waren jene, die nicht verübt wurden. Sie seien, hieß es, gerade noch vereitelt worden.
Von ihnen wurde in den Nachrichten täglich berichtet. Was aber die Panik erst wirklich beförderte, waren die Gerüchte, die im Netz, auf dubiosen Websites
und in den sozialen Medien, kursierten. Kaum war
von einem Attentat die Rede, folgten unzählige Hin-
weise, wurden Bilder von Verdächtigen gepostet, er-
gingen sich die Leute in Schreckensphantasien. Wenn
dann noch ein Auspuff wegen einer Fehlzündung
laut knallte, rannten Hunderte um ihr Leben, erreichte Zigtausende über ihre Handys, Tablets und Laptops die Kurznachricht von einem Massaker. Jedes
Beziehungsdrama stand sogleich im Verdacht, eine

politische Aktion gewesen zu sein. Kein Amoklauf, kein Nachbarschaftsstreit, ohne dass der »Menschliche Widerstand« ihn für sich reklamierte.

Die Angst in der Bevölkerung schürte den Hass auf die Widerstandskämpfer. In den Parlamenten verschiedener Länder wurden neue Gesetze erlassen, die den begrenzten Einsatz von Folter gestatteten, um, wie erklärt wurde, das Leben Unschuldiger zu schützen, auch die Todesstrafe wurde gefordert, und es wurden eigene Einheiten geschaffen, die den Kampf mit dem Terrorismus aufnehmen sollten. Die Polizei und die alten Bestimmungen des Rechtsstaates, so der neue Konsens, konnten diese Gefahren gar nicht mehr bewältigen. Hier gehe es nicht bloß um Verbrechen, sondern um einen mörderischen Feind.

Ich versuchte mich von der allgemeinen Hysterie nicht anstecken zu lassen, und gemeinsam mit Astrid gelang mir das so gut, dass ich mich jetzt frage, ob ich nicht letztlich gerade deshalb Teil dieses täglichen Wahnsinns geworden war. Wie normal ist es, in solch einer Situation normal zu bleiben? Wie viele Tote kann unser Privatleben verkraften? Ja, uns ging es besser denn je. Bis zu jenem Tag, an dem Astrid nicht nach Hause kam.

Morgens hatte sie mir ins Ohr geflüstert: »Ich versuche heute schon am frühen Nachmittag Schluss zu machen. Sollen wir uns in der Stadt treffen?«

»Ja. Ruf mich an, wenn du fertig bist.«

Aber sie meldete sich nicht. Erst dachte ich, sie müsse doch länger an einer Ausstellungsplanung sitzen. Am Abend rief ich sie auf dem Handy an. Sie hatte es abgeschaltet. Ich schickte ihr eine Kurznachricht. Sie antwortete nicht. Ich wartete auf sie bis um drei Uhr nachts. Dann telefonierte ich mit der Polizei. Die üblichen Beschwichtigungen. Das komme in den besten Ehen vor.

In der Früh fuhr ich in das Museum. Niemand wusste, wo Astrid war. In der Redaktion hatte sie sich auch nicht gemeldet. Nichts. Astrid blieb verschwunden.

7

Ich suchte nach ihr. Ich schaltete nicht bloß die Polizei ein. Ich rief ihre Eltern an. Ich fragte unsere Freunde nach ihr. Ich ging an ihren Arbeitsplatz. Wer hatte sie zuletzt gesehen? Das war das Erste, das ich herausfinden musste. Aber allein diese Frage war nicht leicht zu beantworten. Niemand, der verschwindet, sagt davor: »Übrigens wirst du bald der Letzte sein, der mich noch gesehen haben wird.« Astrid hatte ihr Büro verlassen, ohne sich von den anderen im Museum zu verabschieden. Ihre Kolleginnen wussten nicht einmal, wann sie fortgegangen war.

Keinem war etwas Ungewöhnliches aufgefallen. In den Tagen nach ihrem Verschwinden begriff ich nicht, was mir widerfahren war und wie mir geschah. Der Verlust war zu groß, um in meinen Kopf hineinzupassen. Ich wollte ihn nicht wahrhaben. Schlimmer noch, ich spürte, wie mir jedes Gefühl abhandengekommen war. Die Leere, die Astrid hinterlassen hatte, riss mich auseinander. Ich ging steintaub durch die Welt. Etwas in mir war mit Astrid verschwunden.

Nicht einen Moment glaubte ich, sie sei freiwillig gegangen.

Ich erkundigte mich in den Krankenhäusern der Umgebung. Bei ihren Eltern hatte sie seit Tagen nicht mehr angerufen. Unsere Bekannten wussten auch nichts. Nur die Aussage einer engen Freundin Astrids ließ mich aufhorchen. »Sie war eigentlich schon seit Wochen nicht mehr erreichbar. Ich habe das noch nie bei ihr erlebt. Sonst telefonierten wir doch oft zweimal täglich, gingen einmal in der Woche zum Japaner. Aber in der letzten Zeit nicht mehr. Nicht seit dem Brandanschlag«, ergänzte sie. »Ich dachte, ich würde sie trösten müssen. Ich wartete darauf. Aber stattdessen ist sie verstummt.« Und dann: »Kann es nicht sein, dass sie einfach nicht heimkommen will. Du solltest loslassen, Sol.«

Ihre Eltern suchten mich auf. Ihr Vater sah mich an, als könne er nicht begreifen, was geschehen war. Seine Frau, Astrids Stiefmutter, fragte, ob wir gestritten hatten. Ich sagte: »Nein«, worauf sie das Gesicht verzog, als schmecke meine Antwort nach einer faulen Ausrede.

Im Kommissariat sagte eine Polizistin: »Woher wissen Sie, dass sie gefunden werden will? Vielleicht will sie einfach allein sein. Was, wenn sie sich verliebt hat. In einen anderen. Soll ja vorkommen ...« Sie stand auf, unvermittelt. Es dauerte, bis sie mit einer Tasse Kaffee zurückkehrte. Sie nahm einen Schluck, sah mich an, dann hob sie die Augenbraue, fast unmerklich, und als bereue sie ihre Worte von vorhin, sagte sie: »Sie heißt Astrid?«

Ich nickte. Ich stellte eine Tasche auf den Tisch, holte ein Foto von Astrid hervor und schob es ihr hin. »Wenn sie ohne mich hätte sein wollen, hätte sie es mir gesagt. Den Wunsch nach einer Auszeit hätte sie offen angesprochen. Allein, damit ich nicht nach ihr fahnden lasse.«

Ich zog Astrids Haarbürste und ein Trinkglas hervor. »Hier«, sagte ich. »Daraus hat sie getrunken, ehe sie verschwunden ist. Ich habe es nicht abgewaschen. Absichtlich.«

Sie lächelte wächsern. »Ihre Frau ist fort. Aber das genügt noch nicht für eine Vermisstenanzeige.«

»Wieso? Ich vermisse doch meine Frau.«

»Es geht hier nicht um Ihre Liebessehnsucht oder Einsamkeitsgefühle. Wir sind schließlich keine Therapeuten. Uns interessiert nur eines: Gibt es einen Hinweis, dass sie in Gefahr ist? Ist Ihre Frau Opfer einer Straftat geworden? Gab es einen Unfall? Ist sie krank? Oder ist sie behindert?«

»Nein. Astrid ist nicht behindert …«

»Na eben! Niemandem ist es verboten, sein Zuhause zu verlassen. Ihre Frau ist ja nicht minderjährig. Sie muss nicht vor Mitternacht daheim sein. Wer weiß, ob sie überhaupt gefunden werden möchte?«

»Wir hatten keinen Streit.«

»Was weiß ich?«

»Ich weiß es!«

»Ganz ruhig. Genau das meine ich. Kein Wunder, dass sie geht, wenn einer so aggressiv ist.«

»Hallo! Was glauben Sie, wer Sie sind?«

»Passen Sie gut auf, ja! Was glauben eigentlich Sie, wer Sie sind? Und wo Sie hier sind?«

»Hören Sie. Wir hatten keinen Streit. Und wenn schon … Dann hätte sie mir doch gesagt: Ich gehe und will nichts mehr von dir hören! Aber nichts davon. Kein Wort. Sie ist einfach verschwunden. Bitte, helfen Sie mir.«

Die Polizistin, eine sportliche große Person in Uniform, seufzte. Mit einem Ruck wandte sie sich ihrem Computer zu, schlug auf die Tastatur ein. Auf dem Bildschirm erschien das elektronische Formular einer Vermisstenanzeige.

Name? Alter? Haarfarbe? Wann ich sie wo zuletzt gesehen hatte?

Am nächsten Tag suchte ich Jup in der Redaktion auf. »Er ist gerade unterwegs«, sagte seine Sekretärin. »Ein wichtiger Termin.« Ich wollte im Vorzimmer auf ihn warten. Kollegen, die ich im Geiste schon als ehemalige Kollegen bezeichnete, gingen an mir vorbei, ohne mich zu beachten. Sie rannten aufgeregt umher. Ein Anschlag. Nach zwei Stunden erkundigte ich mich wieder.

Die Sekretärin sagte: »Er ist in einer Sitzung. Soll ich ihm etwas ausrichten?«

»Ich muss ihn sprechen.«

»Das sieht schlecht aus.«

In diesem Moment kam Jup zur Tür herein. Er sagte: »Du bist noch da?«, und schaute dabei zu seiner Sekretärin hin.

»Ich muss mit dir reden, Jup.«

Er seufzte. »Komm herein.«

In seinem Büro standen wir einander gegenüber. Nach einem langen Schweigen sagte ich: »Es geht um Astrids Verschwinden. Du musst etwas darüber machen. In ›Brandheiß‹.«

Er verzog das Gesicht. »Wir können doch nicht bei jedem Menschen, der vermisst wird, eine eigene Sendung machen.«

»Astrid ist nicht irgendwer!«

Plötzlich sprach er ganz leise. »Denkst du, die Sache mit Elliot war nicht verdächtig? Aber sei's drum. Wir haben es geschluckt. Elliot unser Champ. Elliot unser Märtyrer. Elliot unser Vorbild. Astrid und du: die tapferen Hinterbliebenen. Das war doch dein Drehbuch, Sol. Dein Skript. Jetzt halt dich gefälligst dran!«

»Was soll das heißen?«

»Astrids Verschwinden passt nicht zu dieser Geschichte.«

Ich trat ganz nah an Jup heran. »Es geht um keine Story, sondern um ihr Leben.«

»Du bist nicht der Einzige, der jemanden verloren hat.«

Ich war kleiner als er, doch er wich zurück bis in die Ecke des Zimmers. Ich ballte die Faust. »Weißt du, wo sie ist?«

»Du musst jetzt ganz ruhig bleiben.«

Da öffnete seine Sekretärin die Tür. »Haben Sie nach mir gerufen?« Sie schaute von Jup zu mir und wieder zurück. Sie sah uns dicht voreinander stehen. »Soll ich Hilfe holen, Jup?«

Ich drehte mich weg. Er winkte ab. »Nein. Alles unter Kontrolle.«

Sie ging hinaus. Ich sah auf den Bildschirm an der Wand, auf dem ohne Ton eine Nachrichtensendung flimmerte. Der Anschlag. Leichensäcke waren zu sehen. Ein Arzt wurde interviewt. »Sei vernünftig«, sagte Jup. »Auf keinen Fall können wir eine Sendung über Astrid produzieren. Das geht nicht.«

Ich verließ das Büro grußlos. Vorbei an der Sekretärin. Nur hinaus und nach Hause. Weg von Jup.

Bereits in der Nacht zuvor hatte ich den Text für ein Suchplakat verfasst und ein Foto Astrids darüber gesetzt. »Vermisst!« Das war der Titel in fetter Schrift. »Eine Frau, 45 Jahre, nussbraunes Haar, große dunkle Augen, schlanke Figur«. Darunter, an welchem Tag sie zuletzt gesehen worden war. Weiter unten das Versprechen auf Belohnung und zum Schluss meine Telefonnummer und E-Mail-Adresse. Ich ging in einen Kopierladen und vervielfältigte die Vorlage hundertmal. Danach streunte ich durch die Straßen und befestigte die Zettel mit Klebestreifen an Schildern, an Wänden, am Eingang zur Post und in den Lokalen im Viertel.

Am nächsten Morgen fuhr ich zu Astrids Arbeitsstelle. Im Atrium des Museums standen zwei Kollegen von Astrid zusammen. Sie nickten mir zu. Ich wollte eine Restauratorin sprechen. Karin Bergmann und Astrid waren im Laufe der Jahre Freundinnen geworden. Ich fand sie nicht in ihrem Büro. Niemand konnte mir weiterhelfen. Ich war schon wieder zum Tor hinaus, da fiel mir ein, dass ich die restlichen Suchplakate im Gebäude liegengelassen hatte. Ich machte kehrt. Karin stand im Atrium, zusammen mit einigen anderen Museumsmitarbeitern. Sie lächelte mich an.

»Da bist du ja«, sagte ich.

»Ich bin schon die ganze Zeit da«, antwortete sie.

Ich nickte. Sie drückte mich fest. Eine leichte Bewegung ihres Kopfes hieß mich, ihr zu folgen. In ihrem Büro nahm sie eine Sprühflasche zur Hand und bespritzte eine feigenblaue Orchidee. Eine Wasserwolke umwallte die Blüte, die an einen tropischen Schmetterling erinnerte. Tropfen perlten an der Pflanze hinunter. Karin wies mir einen Sessel zu und setzte sich hinter den Schreibtisch. Sie schaute mich lange an. Schweigen. Dann öffnete sie den Mund, um zu sprechen, schloss ihn jedoch sogleich wieder, als habe sie es sich anders überlegt. Sie atmete durch. Gerade wollte ich ihr, aber auch mir über das Schweigen hinweghelfen, da schnitt sie mir das Wort ab, ehe ich es noch ausgesprochen hatte, ja, sie pflückte es mir aus dem Mund: »Woran ich mich erinnere? Was soll ich dir sagen?« Sie streckte die Hände aus, als wolle sie beweisen, dass sie über keine Information verfügte, die mich weiterbringen konnte. »Es tut mir so leid. Du weißt, wie nahe wir uns waren …«

Wie sollte ich sie zum Sprechen bringen? Sollte ich ihr erzählen, wie sehr ich mich nach Astrid sehnte, nach ihrem Händedruck, ihrem Blick, ihrem Lächeln, ihrer Stimme, wenn wir einander abends trafen – oder wenn sie mich leise rügte, weil ich beim Essen die neuesten Nachrichten auf dem Smartphone durchsah? Sollte ich ihr erzählen, wie Astrid und ich versucht hatten, Eltern zu werden? Wie glücklich wir zunächst gewesen waren. Die ersten paar Wochen der Schwangerschaft. Das Tagebuch, das Astrid damals zu schreiben begann. Die Fotos, die ich alle paar Stunden von ihr machte, und wie ich mein Ohr an ihren Nabel gelegt, wie sie darauf gelächelt hatte. »Vorsicht! Da ist ein Wurm drin.«

Aber dann hätte ich auch erwähnen müssen, was danach geschehen war. Die Schmerzen, über die Astrid eines Tages klagte. Da war ein Ziehen im Rücken. Astrid auf dem Sofa. Ihr Keuchen. Ihr Stöhnen. Das Sichkrümmen. Das Blut. Wie ich mich zu Astrid gesetzt hatte, um ihr ganz still und beinahe nebenbei zu sagen, das Kissen unter ihrem Hintern sei rot und wir müssten jetzt zum Arzt. Sofort. Das zittrige Aufstehen. Der gemeinsame Weg hinaus. Das Weinen im Auto – lautlos. Das Tasten nach ihrer Hand. Die Fahrt ins Krankenhaus. Der Eingriff danach, das Ausschaben des Embryos. Meine Angst, Astrid zu verlieren, und der stille Tauschhandel, der innere Vertrag mit mir: kein Kind, stattdessen aber Astrid wieder gesund und ganz. Und dann war dieser geheime Wunsch wahr geworden wie ein Fluch, und der Arzt hatte uns erklärt, wir könnten nun nie mehr Kinder haben.

Aber ich saß stumm vor Karin. Reglos starrte ich sie an. Schwindlig war mir.

Karin sagte: »Ist dir schlecht? Du bist kalkweiß. Soll ich dir was zu trinken holen?«

Ich schüttelte den Kopf, und im selben Moment fragte sie: »Weißt du es schon?« Ich sah sie nur an. Vielleicht war ich einfach zu übermüdet und benommen, um zu antworten.

»Mit wem hast du gesprochen?«, wollte sie wissen.

»Mit wem nicht?«

Sie nickte und schaute ins Leere, an mir vorbei. »Du kennst die Wahrheit.«

Ich hatte keine Ahnung, wovon sie sprach, und musste mich zurückhalten, um nicht mit der Frage herauszuplatzen: »Was meinst du?« Aber ich ließ mir nichts anmerken, und Karin fuhr fort: »Ich verstehe es bis heute nicht. Ich muss auch zugeben, zuerst gar nicht begriffen zu haben, was eigentlich vor sich ging. Ich bemerkte am Anfang nur, dass sie nicht mehr mit mir zu Mittag essen wollte. Aber wer denkt denn gleich an so etwas. Ich meine ... Da war der Stress, die neue Ausstellung ... dann die Vermutung, sie ist vielleicht böse auf mich ... die Angst, sie mit irgendeiner Dummheit beleidigt zu haben. Das ließ mir keine Ruhe. Ich ging in einer Mittagspause in ihr Büro. Da war sie aber nicht. Das war merkwürdig. Zuerst habe ich überlegt, ob sie eine Affäre hat. Ich wollte ihr nicht nachschnüffeln. Aber als ich in der nächsten Woche von der Kantine zurück ins Museum musste, weil ich mein Portemonnaie vergessen hatte, sah ich sie. Sie lief an mir vorbei, ohne mich zu bemerken. Zu den Lagerhallen außerhalb des Haupthauses. In der Hand hatte sie eine Tasche. Ich schlich ihr nach. Ich konnte nicht anders. Ich hatte ja keine Ahnung. Sie verschwand im hintersten Raum. Ich wartete vor der Tür auf sie. Nach ein paar Minuten kam sie wieder heraus. Sie sah mich an, als wäre ich ein Alien. Ich weiß schon: Das sagt man nicht mehr. Politisch unkorrekt.« Sie verdrehte die Augen. »Letztens sagte ich zu meiner Assistentin, sie schaue drein wie ein Mondkalb. Ich wurde daraufhin verwarnt. Aber nicht etwa, weil ich sie beleidigt hatte, sondern weil es den Außerirdischen gegenüber rassistisch ist.« Sie winkte ab. »Wo war ich? – Ja: Astrid stand vor mir und fragte, ob ich ihr nachspioniere. Was ich mir einbilde. Ich lächelte schelmisch und fragte, was sie denn da für ein Geheimnis hüte. Aber sie sagte nur: Ich darf nichts ausplaudern. Darauf ich: Wenn du willst, dass ich dichthalte, musst du mir schon sagen, worum es geht. Verstehst du? Keine Lügen mehr! Sol, du kannst dir nicht vorstellen, wie erstaunt ich war! Und dann erst ihre Erklärungen … Ich müsse doch Verständnis haben! Elliot sei noch ein halbes Kind! Es gehe um Leben und Tod. Sie könne Elliot denen doch nicht zum Fraß vorwerfen.«

»Elliot?« Ich war so überrascht, dass ich mich verriet.

»Du hattest keine Ahnung! Du hast mich hereingelegt.« Sie schlug sich auf den Mund. »Ich habe gedacht, du weißt alles.« Sie griff nach meiner Hand. »Du hast es nicht von mir! Bitte erzähl niemandem davon.«

»Aber wieso? Wir müssen darüber reden.«

»Spiel doch nicht den Naiven. Du hast ihn schließlich befreit.«

»Wen?«

»Lass die Lügen. Ich weiß es von Astrid. Elliot hatte ihr alles erzählt. Sie war so stolz auf dich!«

Jetzt erst begriff ich. Astrid war davon ausgegangen, ich sei ein Held, der für Elliot alles riskiert hatte. Er war bei ihr aufgetaucht. Sie hatte ihn bei sich ver-

steckt. Sie war überzeugt gewesen, meine Rettungs-
aktion fortzusetzen.

»Warum hat sie mir nichts davon erzählt?«

»Du hattest ihr auch Elliots Flucht verschwiegen.
Sie wollte dich genauso schonen wie du sie. Und
dann sagte sie: ›Sol weiß es sicher längst. Wir müssen
nicht darüber reden.‹«

»Wo ist sie?«

Sie zuckte mit den Achseln. »Ist das wirklich so
schwer zu begreifen?«

Vom Gang her klangen Kinderstimmen. Eine Schul-
klasse wurde durch das Museum geführt. Karin sagte: »Die haben von Elliots Überleben gewusst. Es gab
ja keine Leiche. Es war nur eine Frage der Zeit. Keine
Ahnung, wer sie verraten hat. Seit Astrids Verschwinden ist das Museum ein Spukhaus. Jeder schweigt
von etwas anderem.«

»Wie ist es geschehen?«

»Sie kamen über Nacht und holten ihn. Astrid
passten sie am nächsten Tag ab, als sie zu ihm wollte.
Sie stellten sie zur Rede. Aber sie nahmen sie nicht sofort mit. Sie wollten kein Aufsehen. Sie zwangen Astrid, ins Büro zurückzukehren, als wäre nichts geschehen. Sie sollte das Museum erst am Abend verlassen.«

»Warum hat sie mitgemacht?«

»Sie setzten sie unter Druck.«

»Womit denn?«

»Mit dir, Sol. Mit dir konnte sie erpresst werden.
Das war der Deal: Wenn sie mitspielt, wenn sie schweigt
und sich ihnen ausliefert, wirst du verschont. – Sie

hielt sich daran. Nur mir gab sie Bescheid, weil ich schon zu viel wusste. Von mir verabschiedete sie sich. Sie schärfte mir ein, nichts zu verraten. Mich nicht zu verplaudern. Sonst wäre ich geliefert – und du; wir beide.«

»Wo ist sie jetzt, Karin?«

Sie sah an mir vorbei aus dem Fenster. Es klopfte an der Tür. Ein junger Mitarbeiter steckte den Kopf herein. »Karin, kannst du kurz kommen? Die Grafiken …«

Sie nickte und sagte zu mir: »Warte auf mich. Ich bin gleich wieder da.«

Nachdem sie weg war, stand ich auf, ging aus dem Zimmer und verließ das Gebäude. Ich stieg in mein Auto und fuhr durch die Stadt, von einem Bezirk in den nächsten, als wäre ich auf der Flucht. Vielleicht rannte ich bereits seit Astrids Verschwinden vor der Wahrheit davon. Sie hatte sich für mich geopfert. Sie war festgenommen worden. Sie hatten sie verschleppt.

Aber an wen sollte ich mich wenden? Wer war die zuständige Stelle, die Astrid deportiert hatte? Ich fuhr zum Kommissariat, in dem ich die Vermisstenanzeige aufgegeben hatte. Ich geriet an einen Polizisten. »Ich war vor einigen Tagen hier. Meine Frau ist verschwunden. Ich weiß jetzt, wo sie ist.«

»Sie ist also wieder aufgetaucht.«

»Nein, sie ist weg! Sie wurde verschleppt.«

»Verschleppt?«

»Deportiert.«

»Ein Champ? Da können wir nichts machen.«

»Sie war kein Champ!«

Ein älterer, wohl ranghöherer Uniformierter sagte zu seinem Kollegen: »Ich kümmere mich darum.« Er verlangte von mir meinen und Astrids Namen und fragte mich nach der Nummer der Vermisstenanzeige. Er tippte die Daten ein, dann schaute er mich wieder an. »Warum glauben Sie, Ihre Frau sei auf der Insel?«

»Von der Insel habe ich gar nicht gesprochen.«

Er nickte. »Na, dann ist ja gut. Wir melden uns bei Ihnen.«

Der Weg zurück zum Wagen. Zittrig. Ein Taumeln. Wieso hatte ich nicht sofort daran gedacht. Die Insel! Als ich wieder im Auto saß, griff ich zum Handy und suchte Alberts Namen. »Sol, wie geht es dir?« Albert sang den Satz wie eine Litanei, als wäre er der Papst höchstpersönlich, der einen Leprakranken trösten sollte, aber ich schrie ins Telefon: »Die haben Astrid deportiert! Sie wurde festgenommen. Sie ist auf der Insel. Ich will in ›Brandheiß‹ darüber reden!«

»Von wem hast du das?«

»Das ist das Einzige, was dich interessiert? Wer es mir verraten hat?«

»Immerhin willst du, dass ich es in ›Brandheiß‹ bringe.«

»Lad mich ein, und ich werde davon erzählen.«

Er zögerte.

»Albert, ich war es, der ›Brandheiß‹ erfunden hat. Ohne mich hättest du nicht diesen Erfolg.«

Schweigen. Dann sagte er: »Ich rufe dich gleich zurück.«

195

Ich ließ den Motor an, um nach Hause zu fahren. Wenn ich wirklich noch am selben Tag in der Sendung erscheinen sollte, musste ich frisch geduscht und gut gekleidet sein. Noch ehe ich angekommen war, läutete mein Telefon. Auf dem Display sah ich Alberts Namen, doch als ich das Gespräch annahm, meldete sich über die Freisprechanlage Jup. »Woher willst du wissen, dass Astrid auf der Insel ist? Von wem hast du das?«

»Das sage ich, wenn ich auf Sendung bin. Habe ich Albert schon erklärt.«

»Glaubst du, ohne meine Zustimmung kommst du auf Sendung? Mit wem hast du noch darüber geredet?«

»Willst du nur die Namen? Oder brauchst du auch Adressen und persönliche Merkmale?«

»Ich will wissen, ob du mit deinen Verschwörungstheorien bereits andere Medien behelligt hast.«

»Verschwörungstheorien? Das ist die Wahrheit. Und du weißt das.«

»Das ist kompletter Blödsinn, Sol. Beruhige dich. Lass uns reden. Ein Treffen.«

»In deinem Büro?«

»Nein. Ich bin unterwegs. Ich schicke dir in fünf Minuten eine SMS mit dem Ort.«

Ich war schon fast zu Hause, als ich den Signalton hörte. Die Kurznachricht war angekommen. Jup forderte mich auf, sogleich ins Studio zu kommen. Wollten sie mich doch auf Sendung bringen?

Ich wendete den Wagen, ohne noch einen Gedanken ans Duschen zu verschwenden, und fuhr zu smack.com.

Zwanzig Minuten später hatte ich den Parkplatz erreicht. Endlich fand ich eine Lücke. Als ich mich aus dem Auto zwängte, sprangen aus den beiden Kleinbussen links und rechts mehrere Männer in schwarzen Overalls. Sie packten mich. Es ging sehr schnell. Einer drehte mir den Arm auf den Rücken. Ein anderer hielt meinen Kopf. Gemeinsam warfen sie mich nach hinten in einen der Busse, wo die Sitze ausgeräumt worden waren. Sie banden meine Hände und Füße mit Kabelbindern zusammen, die sie mit einem dritten Ratschband so verschnürten, dass ich zusammengefaltet dalag. Der Körper zum Schaukelstuhl verbogen. Die Wirbelsäule verkrümmt. Ich quiekte vor Schmerz. Ein Schwein auf der Schlachtbank. Atemnot. Herzklopfen. Bei jedem Aufbäumen schnitten die Fesseln noch tiefer ins Fleisch. Einer der Männer, er stank nach Schweiß, trat mir in die Seite, dann beugte er sich zu mir, legte mir die rechte Faust auf den Kehlkopf und sagte: »Ganz ruhig. Alles klar, Sol?« Und dann drückte er zu, während er mit der Linken nach meinen Hoden griff. »Gleich bist du Elliots Urgroßtante«, flüsterte er und kniff zu. Ich kreischte. Vom Heck kam der Befehl: »Genug. Lass ihn los.« Und dann: »Ganz still, Sol.«

Ich konnte den Mann nicht sehen. »Astrid wollte Sie schützen, Sol. Wir sind auf den Deal eingegangen. Solange Sol schweigt, lassen wir ihn in Ruhe. Wir hatten kein Interesse an Aufsehen … Aber Sie wollen anscheinend nicht begreifen.« Er seufzte. »Ich werde jetzt einen Freund von Ihnen hereinlassen. Sie werden ihm ganz ruhig zuhören. Wenn Sie einen Mucks von sich geben, kommt mein Kollege wieder zum Zug. Und glauben Sie mir, beim zweiten Mal zwickt er nicht nur, sondern reißt Sie in Stücke. Das kann er. Besser gesagt: Er kann beinah nicht anders.«

Die Wagentür ging auf. »Kommen Sie herein, Jup.« Ich hörte ihn zusteigen. »Reden Sie mit ihm.«

»Was stinkt denn hier so?«, fragte Jup.

»Kein Grund zur Sorge. Das ist ganz normal. Sol hat sich angemacht.«

Ich lag im Nassen. »Das hat doch alles keinen Sinn, Sol«, beschwor mich Jup. »Ich bitte dich. Genau das wollte ich verhindern. Astrid konnten wir nicht retten. Sie opferte sich. Bei dir muss das nicht sein. Sie geben dir eine Chance. Kein anderer hat diese Möglichkeit. Nur du. Und zwar, weil ich ihnen erklärt habe, wer du eigentlich bist. Ich flehe dich an. Ich spreche zu dir als dein Freund. Sei endlich vernünftig. Wir können nichts daran ändern, und du weißt es. Glaubst du, mir macht das hier Spaß? Denkst du, ich finde es fein, wenn Menschen gegessen werden? Es ist der kleine Beitrag für unser Glück. Das Opfer von wenigen für den Segen aller. Ist das gut? Nein! Ist es das Beste, was uns je geschah? Ja! – Die Spiele sind ein Verbrechen, doch sie sind das kleinere Übel. Astrid wollte Elliot retten. Aber er ist ein Champ. Er gehört zu den Spielen. Ihn zu schonen heißt, die Regeln zu brechen. Dann würden sich bald alle Champs auflehnen. Und was dann?«

»Genau«, warf der Kommandant der Sicherheitstruppe ein. »Was dann?«

Jup sagte: »Wenn niemand mehr freiwillig mitmacht, werden die Außerirdischen andere Wege wählen.«

»So ist es«, brummte der Kommandant. »Fressen und gefressen werden. So war es immer schon.«

»Du bist entweder der Jäger oder der Gejagte«, fuhr Jup fort. »Was willst du sein? Das ist die Frage. – Ich versuche das Schlimmste zu verhüten. Das ist meine Rolle. Das Drehbuch stammt nicht von mir. Wir alle sind dazu verdammt, mitzuspielen. Meine einzige Hoffnung ist, die Spiele nicht zum Horrorwettbewerb verkommen zu lassen. Wir waren es, die eine Zusammenarbeit und die Absprache mit den anderen Medien suchten. Mir ging es darum, Grenzen zu setzen. Solange es möglich war, habe ich dich unterstützt. Du wolltest subversiv sein. Aber du warst es, der als Erster kapituliert hat. Nicht ich. Du hast dich zurückgezogen. Nicht ich. Aber du bist nicht der Einzige. Auch andere arbeiten in meinem Windschatten. Ohne uns keine kritischen Beiträge. Glaubst du, es gäbe kein Misstrauen gegen uns, keinen Verdacht gegen mich? Denkst du, ich bin für die Organisatoren bequem? Was meinst du, was etwa mein Freund neben mir von meinesgleichen hält?«

Der Kommandant gluckste. »Keine Angst, Jup, dich mag ich doch besonders gern. Wir haben dich alle zum Fressen lieb.«

»Klar doch. Wahre Liebe … Sol, es geht darum, weiterzumachen. Für uns werden bessere Tage kommen. Es ist nur eine Frage der Zeit. Glaub mir. Was für einen Sinn hat es, wenn du dich jetzt opferst? Astrid wollte dich schützen. Irgendjemand musste die

Schuld übernehmen. Irgendjemand hatte Elliot befreit und versteckt. Die Geschichte musste stimmig klingen, und der Sicherheitschef brauchte einen Namen, um sein Versagen zu rechtfertigen und Elliots Flucht zu erklären.«

Der Kommandant unterbrach ihn: »Genug! Was soll das? Das hat ihn gar nichts anzugehen. Also, was ist jetzt, Sol? Willst du endlich dein dreckiges Maul halten? Oder soll ich meinen Freund hier wieder ranlassen?«

»Einen Moment noch«, bat Jup. »Für wen kannst du dich noch aufgeben, Sol? Elliot ist wohl schon tot. Astrid ist längst verloren. Du würdest dein Leben fortwerfen für nichts und niemanden. Im Gegenteil: Es wäre ein Verrat an Astrid. Sie wollte, dass du das hier überstehst. Dich, Sol, brauchen wir. Deine Ideen, deine Kreativität, dein Eigensinn sind wichtig. Eines Tages werden die Spiele vorbei sein. Wir werden Teil des gemeinsamen Universums werden.«

Der Kommandant sagte: »Stimmt. Dann decken wir den Tisch.«

»Smack.com: Das ist unsere Aufgabe. Das ist das Ziel. Sol, es wird darum gehen, was intelligentes Essen ist. Verstehst du?«

Ich lag da, gefesselt im Schmerz, der Körper krummgeschnürt, die Kabelbinder schnitten mir in die Haut, ich spürte meine Hände nicht mehr, meine Hose war vom Urin kalt und klamm geworden, doch Jup sprach auf mich ein, als säßen wir einander in einem Restaurant bei Kerzenlicht gegenüber. »Ein Wort, Sol, und sie binden dich los. Ein Wort, und du sitzt wieder in deinem Büro. Jeder Mitarbeiter bei smack.com bekommt jetzt ein eigenes Paket Exobilien als Lohn. Ein Wort von dir, und du bist ein gemachter Mann. Weil ich für dich bürge. Verstehst du, Sol? Ich bin nicht dein Feind. Weißt du denn, was es bedeutet hat, dich hier herauszuboxen? Während du mich überreden wolltest, eine Sendung über Astrid zu machen, ließ ich meine Sekretärin für dich herumrennen, schickte Papiere ein, die beweisen sollten, dass du für uns arbeitest. Wir mussten warten, bis sie bereit waren, die Ermittlungen gegen dich einzustellen, bis es möglich war, dich von der Deportationsliste herunterzunehmen. Wenn ich nicht täglich angerufen und für dich interveniert hätte, wäre der Bescheid zu spät angelangt, und ich hätte hier nicht mehr mit dir reden können. Verstehst du? Los, sei kein Idiot! Sag, dass du darauf eingehst.«

Ich versuchte zu nicken. Ich krächzte ein leises: »Ja!« Wofür, so dachte ich, sollte ich Astrid in den Tod folgen? Sie würde nichts mehr davon mitbekommen. Man hatte sie, das war mir nun klar, auf die Trauminsel geschafft, wo sie inmitten von Palmen und Mangroven noch einige schöne Tage verbracht haben mochte, ehe sie zur Schlachtung eingeteilt worden war. Astrid war – es konnte gar nicht anders sein – längst schon tot. Sie war mit Elliot gegangen. Astrid war, eher noch als Elliot, zum Sterben entschlossen gewesen. Sie hatte sich nicht versteckt. Ihr war es darum gegangen, mich zu beschützen. Ich wusste nicht, wie ich ohne sie weiterleben sollte. Aber ich sah auch keinen Sinn darin, mich der Apparatur des

Todes auszuliefern. Die Selbstopferung wäre meine Kapitulation gewesen. Was Jup gesagt hatte, festigte meinen Entschluss: Wir mussten auf eine bessere Zeit warten, um dann losschlagen zu können.

Ich sagte: »Ich werde schweigen. Macht mich endlich los.«

»Na, eben. Das ist doch besser so«, brummte der Kommandant zufrieden. »Glaub mir, wo die jetzt ist, willst du nicht sein.« Ich zuckte zusammen, doch er fuhr fort: »Gleich schneiden sie dir die Kabelbinder auf. Es war die richtige Entscheidung. Du hast ja keine Ahnung, wie die Leute dort nach kurzer Zeit ausschauen. Du würdest die Deinige kaum wiedererkennen.« Da schrie es aus mir heraus: »Du Schwein! Ihr Mörder! Wo ist sie?«

Jup rief dazwischen: »Sol, reiß dich um Himmels willen zusammen, bitte, sei doch vernünftig ...«

»Du Feigling! Denunziant! Wo ist Astrid?«

In diesem Moment wurde ich gepackt, die Tür wurde aufgerissen, sie schleuderten mich hinaus auf den Asphalt. Ich versuchte mich aufzubäumen. Aussichtslos. Jemand trat mir gegen die Backe. Irgendetwas knackste im Kiefergelenk. Sie warfen mich in einen SUV, diesmal mit bequemen Sitzen ausgestattet. Sie schnitten mir die Kabelbinder durch. Mein ganzer Körper, eben noch verkrümmt zum Widerhaken, sackte zusammen. Das Blut schoss in meine tauben Hände und Füße zurück. Dann das Kribbeln, Ameisen in den Fingern und in den Zehen. Die Sicherheitsscheiben im Wagen waren vollkommen schwarz. Ein Mann in weißer Uniform, ein Sanitäter, hielt mir eine

Trinkflasche entgegen. Er untersuchte meinen Kiefer, legte mir eine Eispackung daran und sagte: »Nichts gebrochen. Die Schwellung geht wieder weg.« Er hängte mir eine durchsichtige Plastiktasche mit Papieren um den Hals. Auf dem Vorderblatt stand groß mein Name, und daneben war ein Foto von mir zu sehen. Der Sanitäter reichte mir eine Tablette. »Gegen die Schmerzen.«

Ich habe keine Ahnung, was es für ein Mittel war, doch bald überfielen mich eine tiefe Müdigkeit und eine schwammige Gleichgültigkeit. Watte im Kopf.

Die Fahrt dauerte eine halbe Stunde. Wir erreichten den Terminal über die Autobahn. Eine kleine Halle, ein ehemaliger Hangar vielleicht, auf dessen Boden Matratzen lagen. Daneben Toiletten mit Duschräumen, alles überfüllt. Ich kam hinein und war sprachlos. Es gibt ja mittlerweile Berichte über diesen Wartesaal des Todes. Eine Vorhölle sei das gewesen, heißt es oft. Aber das, was in den verschiedenen Quellen und Dokumentationen nachgelesen werden kann, beschreibt nicht das Wesentliche. Ich rede von dem, was mir beim Eintreten entgegenschlug und mich beinahe umwarf, der Gestank, eine Mischung aus Schweiß, Erbrochenem und Urin, durchsetzt von dem Desinfektionsmittel, das zuweilen aus den kleinen Sprühköpfen an der Decke heruntergestäubt wurde. Was jedoch wirklich über allem lag, war der Geruch der Angst, der einem den Atem raubte. Er erfüllte alle, die hierhergekommen waren, mit Entsetzen und Ekel. Die Champs saßen in einem abgetrennten Bereich und sahen uns voller Verachtung und Hass an. Wir – Aktivisten des »Menschlichen Widerstands«, Sympathisanten, Fluchthelfer – waren für das Organisationspersonal und für die Märtyrer der Spiele nichts als Abfall. Wir waren nur noch die Ausscheidung. Was sie abstieß, waren unsere Ausdünstungen. Wir waren der Kot, die Kotze und die Pisse.

Der Abscheu, den sie vor uns empfanden, war mir nicht einmal unverständlich. Im Gegenteil. Ich konnte ihn nachfühlen. Wenn es möglich gewesen wäre, hätte ich mich von mir selbst voller Schaudern abgewendet.

Wir konnten nicht fliehen und verfielen stattdessen in Angststarre. Wobei ich nicht meine, dass wir uns tot stellten. Nein, wir wurden nur fügsam. Niemand muckte auf. Wir verkrochen uns in uns selbst. Es ging allen nun darum, so schnell wie möglich das Notwendigste zu organisieren. Hier gab es Essen. Billigen Fraß. Dort wurden saubere Unterwäsche, Hosen, T-Shirts und Jacken ausgehändigt. Die Champs in Purpur, die Terroristen in Signalrot, solche wie ich in Schmutzbraun. Wo konnte ein eigenes Schlaflager, eine Matratze, ergattert werden?

Die wichtigste Frage für viele, sogar für manche der Champs: Gab es irgendeinen Ausweg? Konnte der eigene Abtransport zumindest hinausgezögert werden? Wer war auf der Passagierliste? Ordnerinnen und Ordner gingen durch die Reihen. Wo sie auftraten, rückten alle zur Seite. Wer nicht schnell genug war, lief Gefahr, von einem Gummischlagstock erwischt zu werden. Ich selbst sah, wie ein Kerl von

mächtiger Gestalt einem jungen Mann mit einem
kurzen Stoß die Lippen aufspaltete.

Fassungslos blickten sich die Menschen an. Das
letzte Stadium: die Entscheidung, wer als Nächster
fliegen musste. Das Summen im Raum nahm zu. Die
Insassen gerieten aneinander. Eine Dame aus bester
Gesellschaft und ein Professor der Biologie flegelten
einander mit groben Wörtern an, die ihnen wenige
Stunden zuvor noch fremd gewesen wären. Die Men-
ge wurde zum Haufen. Die Enge war unerträglich.
Ich sah nur Ellbogen und Fäuste. »Hier«, sagte ein
Dicker zu einer Ordnerin und steckte ihr einen Bril-
lanten zu, »wenn du dafür sorgst, dass ich nicht an
Bord muss.«

Mädchen – feine – prostituierten sich für vage Ver-
sprechungen. Alte überschrieben ihr ganzes Gutha-
ben, um erst beim nächsten Flieger dabei zu sein. Ich
erinnere mich an eine Frau, die auf einen Sicherheitsmann zuging, sich an ihn schmiegte und ihm ein-
dringlich in die Augen blickte. Er umfasste sie vor allen anderen, griff ihr ungeniert auf den Hintern und
fuhr ihr unter der Jacke an den Busen, um sie so in
einen Nebenraum zu schieben, weg vom Gate.

Am Rande der Halle fiel mir ein verzweifelter Mann
auf, der Zivilkleidung trug. Offensichtlich gehörte er
nicht zu denen, die deportiert werden sollten, genauso wenig jedoch zum Personal. Er schrie auf einen Sicherheitsmann ein: »Bitte. Sie ist doch noch so jung.
Du kennst uns doch. Unsere Familie. Sie ist eine gute
Studentin. Ein braves Mädchen.« Er weinte. »Lass
sie nicht abfliegen.« Da sah ich sie. Eine schlanke Schön-

heit mit rotbraunem Haar, das ihr in Wellen über die Schultern fiel. Sie saß einige Reihen vor mir auf dem nackten Boden. Ein Beben ging durch ihren Körper. Ein lautloses Schluchzen. Sie schaute nicht zu ihrem Vater, als schäme sie sich vor ihm, als sei sie bereits weit weg. Eine ältere Frau, ebenfalls in der schmutzbraunen Kleidung, reichte ihr ein Taschentuch und ein Glas Wasser. Sie streichelte sie und redete ihr sanft zu. Der Sicherheitsmann schüttelte den Kopf. Erst als die Tochter von einem Ordner aufgerufen wurde, erklang der Schrei: »Papa! Ich will nicht!« Aber da wurde sie schon mitgezogen im Tross.

Ich ging auf den Ordner zu. Vorbei an allen, die geschäftig taten oder wie abwesend zur Seite schauten, als hätten sie mit dem Start der nächsten Maschine nichts zu schaffen. »Kann ich ihren Platz haben? Ich will nur weg.« Der Ordner, ein feister Mensch, sah mich schräg an. »Papiere.« Ich streckte ihm meine Mappe entgegen. Er nahm alles heraus, prüfte ein Blatt nach dem anderen, scannte einen Barcode, dann warf er den ganzen Packen Dokumente in einen Reißwolf, der neben ihm stand und schon die ganze Zeit vor sich hin gebrummt hatte. Kaum hatte er meine Zettel und Ausweise hineingesteckt, waren sie bereits zerschnitten. Meine ganze Identität dahin. Er zeigte auf meinen Ärmel. »Aufkrempeln!« Aus einem Apparat kam ein Streifen, ein Vinylband mit Strichcode, das er mit einem leisen Klicken um mein Handgelenk herum befestigte, dann nickte er und winkte mich durch. Das Mädchen flüsterte mir ein »Danke« zu und drehte sich zu ihrem Vater um.

Im Flugzeug standen wir dicht aneinandergedrängt. Keine Sitze für uns. Es ging nur darum, so viele wie möglich hier hineinzupressen.

Links von mir versuchte sich eine Frau mit nachtschwarz gefärbter Kurzhaarfrisur und Hornbrille auf den Beinen zu halten, das blasse Gesicht einer Akademikerin, vielleicht einer Kulturwissenschaftlerin.

Ich sagte zu ihr: »Ich verstehe das Ganze hier nicht. Den Champs war doch jeder Luxus der Welt versprochen worden. Das war doch der Deal. Denen sollte in ihren letzten Wochen noch der Puderzucker in den Hintern geblasen werden …«

Sie sah mich an, als käme ich von einem anderen Stern, und lächelte bitter. »Ach ja, die Außerirdischen … Glaubst du auch noch, dass der Weihnachtsmann die Geschenke bringt? Das hier ist ein Charterflug. Die sparen. Wir fliegen nie wieder mit ihnen. Kundenbindung zahlt sich in unserem Fall nicht aus.«

8

Wir waren elf Stunden in der Luft und mussten die ganze Zeit stehen. Sicherheitskräfte bewachten den vorderen Teil, der den Champs zugewiesen war. Sie hatten Sitze. Mit der ersten Klasse in den Schlachthof. Der Platz im Heck war für die gefährlichsten Terroristen vorgesehen, die mit Handschellen und Fußfesseln in Gitterkäfige gepfercht waren. Um sie herum weitere Sicherheitsleute.

An den Wänden hingen Bildschirme. Wir, im Mittelteil der Kabine, zwischen Champs und Terroristen eingeklemmt, starrten auf den Film, der in Endlosschleife zu sehen war. Stumpfe Gesichter. Leere Blicke. Manche schlossen die Augen und weinten still vor sich hin. Einige wenige hatten es trotz der Enge geschafft, sich auf den Boden zu kauern, in den Dreck und Urin der anderen.

Wir sollten uns anschauen, was uns auf der Insel erwartete. Perlweiße weite Sandstrände. Gleißende Meeresbuchten. Endlose Palmenhaine. Dichte Bambuswäldchen. Eine verträumte Lagune, an deren Ufer Kormorane und Reiher Wache standen. Kobaltblau und türkis schimmernde Eisvögel im Geäst der Mangroven und königliche Pfauen vor den Bungalows, die von glashellen Schwimmbecken und dunkelgrünen Teichen umgeben waren. Die Gäste wirkten unbekümmert, abgeklärt, friedfertig. Sie tranken mit Strohhalmen aus einer Kokosnuss. Sie saßen vor Tellern voll Papayas, Mangos und Passionsfrüchten.

Wir flogen durch die Nacht. Unter uns die teerschwarze See. Ohne Vorwarnung stießen wir ins Gewitter. Die Maschine wurde hin und her geworfen. Wir sackten kurz ab, dann schwenkte der Flieger aus der Bahn. Ich fiel gemeinsam mit anderen auf eine Frau, die sich auf den Boden gehockt hatte. Sie schrie vor Schmerz. Ein Schwall aus Urin und Unrat schwappte über den Flur der Kabine. Ein kurzer Aufschrei ging durch die Menge. Jeder spähte umher, ob auch die anderen beunruhigt waren.

Was, so dachte ich, wenn wir abstürzten? War solch ein Tod nicht ohnehin dem vorzuziehen, was uns erwartete? Wieso wollte ich denn überhaupt ankommen? Da blitzte der Schrecken in mir auf: Ich sah Astrid vor mir. Das Einzige, was ich fürchtete, war, sie nicht wiederzusehen. Ihr nicht mehr sagen zu können, dass ich zu ihr aufgebrochen war.

In der Ferne Blitze. Das Flackern des Unwetters inmitten der Wolkenberge. Der Sinkflug begann. Je tiefer wir hinuntergingen, umso stärker wurde der Regen, der gegen die Fenster prasselte. In der Zwischenzeit war der Morgen angebrochen. Der Nebel staubte an uns vorbei, und das Wasser rann an den Scheiben herab. Irgendwo in diesem Brausen war die Sonne aufgegangen. Nichts als zersprengtes Licht. Ein bleischwerer Himmel, und als wir tief genug waren, sah ich unter uns die See. Wir rasten über Wellen hinweg, schmutzig graues Wogen, darin blassweiße Fäden von Gischt, und dann die Küste, Sand, dahinter Buschwerk und rote Erde, gefolgt von Wellblechhütten und Baracken. Meine Nachbarin lachte bitter auf. Ein Glucksen, und dann sagte sie: »Die Trauminsel!« Plötzlich ein Hangar und das Flugfeld.

Es war eine harte Landung. Kaum stand die Maschine still, wurde über Lautsprecher in mehreren Sprachen verkündet: »Hallo, du bist am Ziel deiner Reise. Jetzt heißt es aussteigen. Achte auf die Anweisungen! Dein Handgepäck bleibt an Bord. Keine Angst. Wir bringen es dir später nach.«

»Ja, die vergessen keinen von uns«, flüsterte meine Nachbarin und lächelte seidenweich. Meine Beine schmerzten nach dem stundenlangen Stehen. Das Gedränge bis zum Ausgang. Wir wollten nur hinaus, um dem Gestank im Flieger zu entkommen.

Im Freien schlug der Tropenregen auf uns ein. Ein Getöse, ohrenbetäubend. Dazwischen Gebell. Das Wasser klatschte auf die Gangway und prasselte gegen den Asphalt, ergoss sich von fast allen Seiten über uns, als würden wir mit Schläuchen abgespritzt. Wir waren eingekreist von Uniformierten in Regenmänteln und ihren Hunden. Gebell und Gebrüll. Wir standen in Pfützen. Trotz der sommerlichen Temperatur lief ein Zittern über meinen Körper.

Wir standen auf der Landebahn vor einem Hangar. Im Halbkreis um uns herum Pick-ups, mit groben grünbraunen Streifen, und darauf irgendwelche Geräte, die ich zunächst nicht erkennen wollte. Es dauerte, bis ich begriff, dass es Maschinengewehre waren.

»Aufstellung!« Auf dem Boden waren mit weißer Farbe Linien aufgezeichnet. Jeder von uns hatte in einem riesigen Rechteck einen Ort zu finden. Durch unsere Reihen gingen Uniformierte mit Stahlruten, Knüppeln, Schlagringen. Einer hatte einen Totschläger bei sich, einen mit Metallkugeln befüllten Beutel.

Wir standen da, ohne verurteilt zu sein. Manche von uns hatten gegen Gesetze verstoßen. Einige, in einem eigenen Block konzentriert, waren Gewalttäter. Viele hatten Fluchthilfe geleistet. Aber alle, ob Champs oder Terroristen, sahen, dass nichts hier den Bildern ähnelte, die uns von der Trauminsel gezeigt worden waren und die wir noch im Flugzeug hatten betrachten müssen. Eine Frau beugte sich über eine jüngere, die zusammengebrochen war. »Gleich werden wir aufgeteilt. Wir Champs kriegen Suiten, die anderen schöne Zimmer. Nur die Verbrecher …«

Noch wollte niemand an das Schlimmste glauben. Das alles musste ein Missverständnis sein, das sich aufklären würde – genau wie das Gewitter, das nach wie vor über uns war. So wie ich mich an den Gestank über dem Platz, der mir zu Anfang beinahe die Luft raubte, nach einiger Zeit gewöhnte, verblasste auch die Angst allmählich. Sie war nicht verschwunden, doch während sie mich erst gelähmt hatte, betäubte sie mich jetzt. Ein merkwürdiger Schwebezustand.

Aber dann verlor ein junger Mann die Nerven. Es war einer der Terroristen, dem der Sicherheitsmann mit dem Totschläger gefährlich nahe gekommen war. Vielleicht hatte der Uniformierte ihn provoziert. Der Terrorist verließ seinen Platz.

»Zurück. Auf in deine Reihe!«

»Leck mich, du Arschloch.«

Der Uniformierte rempelte ihn an, worauf der Terrorist sich gegen ihn warf. Der Uniformierte schlug mit dem Totschläger zu. Der Angegriffene fiel wie ein Sack zu Boden, landete in einer Regenlache und blieb liegen, nur seine Beine zuckten. Das Weiß seiner Augen trat hervor.

Wir anderen wagten nicht, ihm zu helfen. Mit diesem einen Schlag war der letzte Rest an Hoffnung dahin. Einer der Champs auf der anderen Seite des Feldes schrie auf, dann begann er, ein riesiges Muskelpaket, wie ein Baby zu weinen. Dabei bewegte er sich nicht, kreischte nur und schnaufte, als ringe er um Luft.

Wachleute, darunter der mit dem Totschläger, eilten auf ihn zu. Einer schrie: »Das war ein Terrorist, du Idiot«, doch der Champ wirbelte plötzlich herum und hob abwehrend die Hände, ballte sie zu Fäusten, als wolle er angreifen. Da fiel von einem der Pick-ups ein Schuss und riss ihn nieder. Eine Sirene heulte los, ein kleiner dreirädriger Elektrowagen flitzte heran, und Männer in Weiß sprangen ab, um den Riesen auf eine Trage zu hieven und abzutransportieren.

Ehe ich recht verstanden hatte, was geschehen war, erstarb der Alarm. Aus einem Lautsprecher tönte eine freundliche Frauenstimme, die in verschiedenen Sprachen wiederholte: »Bitte bewahre Ruhe. Gewalt ist sinnlos. Geben wir dem Terror keine Chance. Halten wir zusammen. Auf unserer Insel herrscht Frieden«, und nun wehte, während der Regen weiter auf uns herunterpeitschte, eine Musik über den Platz, vertraute Rhythmen: »*One love, one heart. Let's get together and feel all right.*«

In der Zwischenzeit war der junge Terrorist, den der Totschläger zu Boden gestreckt hatte, wieder zu sich gekommen. – »*Hear the children crying.*« – Er rappelte sich auf, mit abgehackten Bewegungen, wie eine Gliederpuppe, und stolperte zurück auf seinen Platz, und erst beim Anblick dieser lebendigen Leiche, die sich still fügte, revoltierte alles in mir, mir wurde schlecht. »*Let's get together and feel all right.*«

Nein, dies ist kein weiterer dieser Berichte über die Insel, wie wir sie bereits kennen, kein Buch über den Schlachthof. Ich kann das nicht bieten. Mir fehlt der Überblick. Mir versagt die Sprache. Jeder Satz, den ich schreibe, klingt wie Verrat und wird zur Lüge. Ich wundere mich auch nicht, wenn jemand das, was ich hier erzähle, anzweifelt. Im Gegenteil. Ich müsste ihm recht geben: Was mit uns gemacht wurde, bleibt unvorstellbar. Das war die Grundvoraussetzung für das Ganze dort. Wenn ich mich an die Ankunft zu erinnern versuche, denke ich an den Mann mit dem Totschläger, an das Gebell und Geschrei und an den Gestank, der uns einhüllte. Der Geruch, hieß es später, soll von den Abertausenden Flughunden gestammt haben, die in den Bäumen hingen. Der Urin und der Kot der Tiere wehten über den Platz. Sie waren überall. Ein Nachtgeflatter aus unzähligen Leibern, eine Brutstätte für Krankheiten.

»Schneller«, schrie eine Stimme über die Lautsprecher. »Schneller«, brüllten die Sicherheitsleute. »Mach

schon«, herrschte mich eine bullige Frau in Uniform
an. »Los!« Sie trieben uns gruppenweise in den Hangar, in eine kahle Halle mit Trennwänden. Wir mussten durch enge Gänge rennen, links und rechts Stahl-
gitter. Der Boden war dreckig. Pfützen aus Urin. Das
Gedränge. »Schneller!« Über uns, auf einer Galerie,
patrouillierten die Uniformierten, in ihren Händen
Gewehre. Manche von uns brachen zusammen. Wir
versuchten ihnen aufzuhelfen, doch von den Seiten
droschen Sicherheitsleute mit Schlagstöcken gegen
die Gitter, um uns weiterzutreiben. Wir stiegen über
jene, die nicht mehr weiterkonnten. Wir hasteten voran, von einer Station zur nächsten. Dazwischen waren kleine Kontrollschleusen, die sich erst öffneten,
wenn derjenige vor einem den Bereich verlassen hatte.
    Zunächst ein Arzt, der meinen Puls und meinen Blut-
druck überprüfte. Dann ein stämmiger junger Mann
in weißem Mantel. Er hielt ein elektronisches Gerät
an das Bändchen um mein Handgelenk, um den Strichcode abzulesen. Von der anderen Seite fragte eine Frau:
»Name?« Ich wendete den Kopf zur Stimme hin,
doch im selben Moment setzte ihr Kollege ein Instrument an mein Ohrläppchen. Es war lediglich ein kurzer Stich. Ich erschrak, wollte hingreifen, da sagte er
schon: »Lass das. Das ist nur ein Chip.«
    Bei der nächsten Station saß ein schmächtiger Mann
mit Glatze vor einem Rechner. »Beruf?«
    »Redakteur.«
    »Tageszeitung?«
    »Nein, ich schreibe über Essen.«
    »Ein Gourmetkritiker?« Er sagte das Wort mit gal-

214

ligem Unterton, und tatsächlich hallte es mir wie ein
schlechter Witz nach, hier, wo Menschen abgestochen wurden. Hinter dem Mann sah ich zwei weitere
Schleusen. Ich ahnte bereits, welche Auswahl getroffen werden musste: wer gebraucht wurde und wer
schon zur Schlachtung eingeteilt war. Sofort aussortiert wurden die gefährlichsten Terroristen. Aber
auch jemand wie ich hatte auf der Insel schlechte Kar-
ten. Ich galt als Sympathisant des »Menschlichen Widerstands«. Zudem war ich ein Gastrosoph, ein schrei-
bender Bonvivant. Ich war hier fehl am Platz.

Aber der Glatzkopf beugte sich vor zu seinem Bild-
schirm. »Hier ist noch ein Eintrag. Du wirst von der
Flughafentechnik angefordert … Du kennst dich mit
Aviatik aus?«

Ich weiß nicht, wieso ich die Geistesgegenwart auf-
brachte, nicht zu widersprechen. Ich nickte, als be-
stünde kein Zweifel an dieser Spezialisierung. Es musste sich, so dachte ich, um eine Verwechslung handeln,
doch ich ließ mir nichts anmerken.

Draußen regnete es immer noch. Wir wateten durch
den Schlamm zu einem Bus. Ein Gefährt ohne Sitze.
Wieder standen wir dichtgedrängt. Jeder Weg ein
Morast. Holprige Straßen. Überall Baracken. Holz-
hütten mit Wellblechdächern. Einzelne Betonbauten.
Das alles war aus dem Boden gestampft worden. Wir
sahen ausgemergelte Gestalten. Manche, die kraftlos
in Pfützen lagen. Sie starrten mit offenen Augen ins
Leere.

Die Baracke, in die wir gebracht wurden, hatte
zwei Räume, beide mit Stockbetten vollgestellt, in de-

nen kaum mehr Platz war. Manche der Bewohner hausten auf dem nackten Boden. Ein Gewirr an schwitzenden Beinen und Armen. Wir waren zu müde oder zu entsetzt, um gegen dieses Lager zu revoltieren. Im Gang stand ein Glatzkopf mit Bart. »Hier ist kein Platz mehr.«

Der Busfahrer schrie: »Die kommen da rein. Wenn nicht, werdet ihr alle geräumt ...«

Ich versuchte eine Schlafstelle zu ergattern und drängte mich zu einem anderen ins Bett. Er rückte zur Seite, und erst da sah ich, dass seine Augen fiebrig glänzten. Sein Atem rasselte. Die Matratze war feucht. Mitten im Zimmer war das Klo, nur durch eine Trennwand abgeteilt. Ich wollte auf die Toilette, doch als ich den Zustand sah, den Dreck, die Exkremente, machte ich kehrt.

Am Abend schlief ich schnell ein, aber das Sirren der Moskitos weckte mich immer wieder. Meine Knöchel und Waden waren übersät mit Bissen. Über die Matratze lief eine Kohorte von Wanzen. Einige zerdrückte ich zwischen Daumen und Zeigefinger. Ich erschlug auch ein paar Moskitos. Es war sinnlos. Im Dämmerlicht sah ich eine Ratte über den Bettrand flitzen, an den Füßen der Herumliegenden vorbei.

Am Morgen wurden wir alle aus unserer Baracke abgeholt. Der Regen hatte noch immer nicht nachgelassen. Wieder sah ich Sterbende am Wegrand, auch Tote, die wahrscheinlich erst vor kurzem verstorben waren. Mich brachten sie zum Flughafen zurück. Vor einem Hangar unweit einiger parkender Flugzeuge musste ich als Einziger aussteigen. Die anderen fuhren weiter. Eine hagere Frau in purpurfarbener Kleidung, wohl ein früherer Champ, kam mir entgegen. »Geh da hinein. Du sollst im Container warten.« Ich öffnete die Tür. Ein karger Raum mit zwei Stühlen und einem Schreibtisch. Darauf ein Laptop und ein Telefon. Ich schaute aus dem Fenster. Draußen arbeiteten mehrere Männer und Frauen, alle im schmutzbraunen Gewand. Einer kletterte auf einer Tragfläche herum. Ein anderer rollte einen Tankschlauch aus. Sie wirkten besser genährt und kräftiger als die Menschen, die ich unterwegs gesehen hatte. Um sie herum Uniformierte, in den Händen Schlagstöcke, im Halfter Pistolen.

Ich beobachtete gerade, wie eine Gruppe mit Putzfetzen, Eimern und Besen über das Feld ging, als die Tür hinter mir sich öffnete. Herein kam ein Mann mit langen Haaren und Bart. Seine Kleidung war zwar schmutzbraun wie meine, doch hatte er hohe Gummistiefel an und hielt merkwürdigerweise einen Schlagstock in der Hand. Ich setzte mich schnell an den Tisch. Vor diesem Gespräch fürchtete ich mich. Was sollte ich sagen, wenn er mich nach meiner Berufserfahrung fragte? Ich hatte keine Ahnung von Aviatik.

Da hörte ich seine Stimme. »Na, Sol, willst du mich denn gar nicht begrüßen?«

Ich schreckte hoch. Es dauerte einen kurzen Moment, ehe ich begriff, dass mich aus diesem bärtigen Gesicht niemand anderes als Elliot ansah. Er war um Jahre gealtert. Sein Blick war abgeklärt. Seine Haltung so aufrecht wie noch nie. Er bewegte sich sicherer als früher. »Hast du dir nicht denken können, wer hinter dem Vermerk steckt? Luftfahrttechnik! Erinnerst du dich nicht? Das war mein Studium. Sonst wäre ich längst tot. Ich war auf der Abschussliste. Aber sie brauchen mich hier.« Mit festem Schritt erreichte er seinen Platz, setzte sich, lehnte den Schlagstock an die Wand, beugte den Oberkörper vor, legte die geballten Fäuste auf den Tisch. »Gestern überfliege ich die Passagierliste, da stoße ich auf deinen Namen. Ja, Sol, seither bist du Experte für Aviatik! So schnell hat noch keiner das Studium absolviert.« Er nahm den Telefonhörer ab, drückte auf eine Taste. »Bring mir eine Kanne Kaffee.«

Dann musterte er mich. »Sie haben dir bis jetzt noch nichts zum Essen gegeben, nicht wahr?«

Er griff nach einer Zigarettenpackung. Früher hatte er nicht geraucht. Er steckte sich eine an. In diesem Moment öffnete sich die Tür. Eine schlanke junge Frau mit offenem schwarzen Haar brachte eine Thermosflasche herein. »Danke«, sagte er und wartete, bis sie wieder verschwunden war, dann nahm er aus einer Schublade zwei Becher und eine Tafel Schokolade heraus. Er brach einen Riegel ab und schob ihn mir zu, bevor er uns den Kaffee aus der Thermosflasche eingoss. »Kaffee und Schokolade. Du kannst dir nicht vorstellen, was das hier bedeutet! Nimm. Bei mir kriegst du Schutz. Wenn auch nicht vor den Krankheiten oder der Zwangsarbeit.«

»Vor den Außerirdischen?«

»Vergiss die Außerirdischen. Hier wirst du keine

finden. Nicht die Außerirdischen karren zu viele Menschen auf einmal her. Nicht die Außerirdischen zweigen Gelder, Baumaterial und Essen für sich ab. Nicht die Außerirdischen lassen alles verkommen, um sich zu bereichern. Das macht nur unsereins. Das hier war einmal ein Paradies. Aber wenn du zur Regenzeit Abertausende auf diesem kleinen Flecken zusammenrottest und alle Mittel hinterrücks einstreichst, dann wird jede Trauminsel in wenigen Monaten zu einem einzigen Morast. Nur noch Schlammwesen, die im Dreck versinken und sich um ein Dach über dem Kopf streiten. Du musst achtgeben, Sol. Überall sind Giftschlangen. Im Dschungel, im Gebälk der Hütten. Unmengen davon. Und dann die Skorpione, wenn du morgens in die Schuhe schlüpfst. Und längst nicht mehr genug an Gegengift. Überhaupt zu wenige Medikamente. Kaum noch Antibiotika. Nichts gegen den Durchfall. Und du liegst im Stockbett, während neben oder über dir wieder einer …«

Er zündete sich eine neue Zigarette an und blies einen Ring in den Raum. »Wir sind Ausschuss. Es sind hier viel mehr, als geschlachtet werden können. Für die Außerirdischen braucht es nicht so viel Fleisch.«

Mit der Rechten griff er nach dem Schlagstock und wirbelte damit in der Luft. Im Hintergrund das Prasseln des Regens. »Du hast für mich zu arbeiten. Klar? Ohne mich wärst du schon im Fleischwolf.«

Draußen war es heller geworden. Die Hitze des Tages kochte trotz des Regens hoch. Die Kleidung klebte mir am Leib. Er drehte sich zur Wand und drückte auf einen Schalter, worauf das Brummen der Klimaanlage stärker wurde. Er sah mich wieder an. »Ich kontrolliere hier die anderen und treibe euch an, mit Stiefeln und Schlagstock, wenn es nötig ist. Ich zwinge euch, die Regeln einzuhalten, die unsere Existenz sichern. Solange wir unsere Aufgabe erledigen, können wir am Leben bleiben.«

»Solange wir am Leben bleiben, erledigen wir die Arbeit der Mörder.«

»Was weißt denn du? Ich fordere immer doppelt so viele Leute an, wie am Flugfeld notwendig sind.«

»Wurde für mich jemand anderes geschlachtet?«

»Der hängt schon an einem Fleischerhaken.«

Der Regen peitschte wieder stärker gegen das Fenster und prasselte auf das Dach. Elliots Worte waren kaum zu hören.

Wie er mich anwiderte. Ich schaute zum Schlagstock, der jetzt auf dem Schreibtisch lag, und überlegte kurz, danach zu greifen. Ein Impuls. Der Wunsch, auf Elliot einzuprügeln. Er musste meinen Blick gesehen haben. Er schob den Schlagstock beiseite. Ich sagte: »Du warst immer schon ein Ehrgeizling. Du wirst es noch sein, wenn sie dich zur Schlachtbank bringen. Und auch dort nicht wirst du es dir nicht nehmen lassen, ein Streber zu sein, und dich eigenhändig abstechen.«

Der Regen hatte ein wenig nachgelassen. Er stand auf und schaute aus dem Fenster. Dann wandte er sich zu mir um. »Was habe ich mir bloß gedacht, als ich hoffte, in dir einen Verbündeten zu haben.«

Er atmete durch. Dann setzte er sich wieder und zündete sich eine weitere Zigarette an. »Wenn du es nicht erträgst, von mir gerettet zu werden – kein Problem.« Er zuckte mit den Achseln. »Ein Wort von dir genügt, und du wirst abtransportiert.«

Ich schwieg.

»Na also, so weit reicht deine Dummheit nicht.«

Ich schüttelte den Kopf. »Wenn ich gewollt hätte, wäre ich nicht einmal hier. Um mich geht es mir nicht. Kannst du dir nicht vorstellen, warum ich da bin?«

Er kniff die Lippen zusammen. Sicher hatte er längst geahnt, was der Grund dafür war.

»Sag mir nur, was mit Astrid ist. Ohne sie bin ich ohnehin tot. Wo ist sie?«

»Ich habe sie angefordert. Noch eine wie du. Eine Spezialistin für Luftfahrt … eine Luftgängerin.«

Mein Blick wurde wässrig. »Wie geht es ihr?«

Er schwieg.

»Ist sie krank?«

»Noch nicht.«

»Ich will sie sehen.«

Er nickte. »Ich bringe dich zu ihr. Willst du nicht doch etwas von der Schokolade?«

Ich winkte ab.

Wir gingen hinaus. Vor dem Container steckte ein Schirm in einem Gitterkübel. Er spannte ihn auf, und wir wateten durch die Lachen auf dem Platz, vorbei an einer Gruppe, die Kabel einrollte. Sie schauten uns an, als erwarteten sie einen Befehl. Einer grüßte durch ein Heben seiner Hand und suchte Elliots Blick, doch der nickte nur kurz. Wir gingen weiter um einen Hangar herum, hinter dem eine abgemagerte Frau auf offenem Feld saß, mitten im Regenguss. Sie wirkte verwirrt, eine Greisin, und erst als Elliot vor ihr stehen blieb, erkannte ich Astrid. »Was machst du denn wieder hier draußen? Geh doch bitte hinein. Du holst dir noch den Tod.« Elliot sprach auf sie ein wie auf ein krankes Kind, doch sie blickte ihn nicht einmal an.

Ich umfasste sie und drückte sie an mich. »Astrid!« Ich küsste sie. Sie ließ es geschehen. Es war ihr Gesicht, und doch war sie darin verschwunden. Sie sah aus wie immer und war dennoch nicht zu erkennen. Die Züge verspannt, der Mund halb geöffnet, die Augen aufgerissen und leer. Das Haar klebte ihr zottelig und klatschnass um den Hals. Sie schaute uns an wie eine Fremde. Stumm.

Ich hatte Astrid gefunden und zugleich wieder verloren.

9

Sie sprach kein Wort. Sie war nicht vorhanden. Ich nahm ihre Hand. Astrid zog sie nicht weg. Ich drückte ihr morgens einen Kuss auf. Sie wandte den Mund nicht ab. Sie ließ mich nahe herankommen. Elliot durfte sie nicht berühren, doch sie ließ es zu, wenn er bei ihr blieb, wohingegen sie abrückte, wenn andere sich zu ihr setzen wollten. Um sie zu schützen, hatte er sie mit mehreren Frauen in einem Container auf dem Flugfeld untergebracht, ganz nahe bei seiner Hütte. Sie ging fort, sobald sie einen Uniformierten sah. Aber letztlich hielt sie sich von allen fern. Sie machte den Eindruck, von einem anderen Stern zu sein. Und hatte sie nicht recht? Diese Insel lag nicht in der Welt, in der wir einmal gelebt hatten.

In der Nacht war ich von ihr getrennt. Wir Männer waren weiterhin in den Baracken außerhalb des Flugfeldes untergebracht. Kontrollen an der Zufahrt. Absperrungen aus rostigen Ölfässern. Ich lag auf der Matratze, von Insekten zerbissen. Manche meiner Nachbarn waren zu schwach, um nachts zum Klo zu finden. Unmöglich, sauber zu bleiben. Es gab kein Toilettenpapier. Wir suchten nach Blättern, um uns abzuwischen, doch zumeist rieben wir uns nur wund.

Vor den Bretterbuden, in denen wir nachts zu liegen hatten, endete jeder Tag mit stundenlangen Appellen. Die Chips in unseren Ohrläppchen machten es einfach, uns zu orten. Niemand konnte sich verstecken. Abends wurden diejenigen aussortiert, die zur Schlachtbank sollten. Wir hatten in Reih und Glied stillzustehen, um begutachtet zu werden. Der Schweiß rann salzig an uns hinunter. Der Durst. Das Durchzählen in der auch abends noch grellen Sonne. Am ersten Tag schon sah ich, wie mein Bettnachbar nicht mehr stehen konnte. Ein Uniformierter rannte auf ihn zu und schrie auf ihn ein. Ich verstand die Worte erst nicht, es klang nach Chinesisch oder Japanisch. Aber dann wechselte er ins Englische. »*Shitbag, stand up!*« Er prügelte auf ihn ein. Doch der Mann kam nicht hoch. Sie wollten ihn fortbringen, als ein anderer sich dazwischenwarf: »*Non! Non! Lève-toi! Non! Vous allez le tuer …*« Sie versuchten den Störenfried wegzustoßen, er wehrte sich, da fielen sie über ihn her. Danach ließen sie ihn liegen.

Aber später, als der Appell beendet war, kehrten sie zu ihm zurück. Gemächlich, als hätten sie alle Zeit der Welt, hämmerten sie Pflöcke in die Erde. Sie banden ihn daran fest. Er lag flach auf dem Boden. Nun brachte einer von ihnen eine Schüssel und einen Pinsel. Zuckerwasser. Der Mann wurde damit eingestrichen. Wir waren noch nicht auf unseren Nachtlagern, da begann er zu kreischen. Es summte, sirrte und brummte um ihn herum. Die Insekten machten sich über ihn her.

Ich glaube nicht, dass es darum ging, uns Angst einzujagen. Es hatte den Mördern schlicht nicht genügt, den Schuldigen der Schlachtbank zuzuteilen.

Dort war die Apparatur darauf ausgelegt, den Menschen mit einem Schlag zu betäuben, worauf der Körper an den Beinen aufgehängt und der Hals durchtrennt wurde. Ein Bettnachbar aus meiner Baracke, der dort arbeitete, erzählte mir, wie die Gliedmaßen noch zuckten, nachdem der Bolzen die Schädeldecke zertrümmert hatte. Der Mund schnappte nach Luft, während die Augen bereits blicklos waren. Die Füße traten ins Leere, als wollte der Mensch davonrennen. Reiner Fluchtreflex. Durch den Bolzenschuss spüre das Opfer keinen Schmerz, hieß es, vor allem erleichtere er jedoch die Aufgabe der Metzger.

Der Metallstutzen schoss von oben auf den Schädel und traf den Einzelnen unvorbereitet. Ehe er schreien konnte, war er schon ohnmächtig oder tot. Wer jedoch glaubt, der Tod sei deshalb unerwartet oder gar schnell gekommen, versteht nicht, wovon die Rede ist. Wer in den Schlachthof gefahren wurde, wusste längst, was geschah. Das Sterben hatte bereits begonnen, als die Opfer noch gar nicht begriffen hatten, wohin sie gebracht wurden. Sie wurden abgesondert von den Menschen. Sie wurden sozial ausgelöscht und psychisch aufgelöst. So verloren sie ihren festen Blick.

Ich kann nicht viel vom Schlachthof berichten, weil ich nie dort war. Lebend wäre ich nicht mehr herausgekommen. Der Schlachthof war ein schwarzes Loch. Nur die wenigen, die den Metzgern zur Hand gingen, können davon erzählen, wenn sie nicht vollkommen verstummt sind. Ich könnte höchstens darüber reden, wie es war, auf der Insel zu sein. Aber ich finde nur Worte, als ginge es um einen anderen. Kaum möchte ich von mir sprechen, gehen mir die Worte aus. Wie ein Name, der einem auf der Zunge liegt. Wobei es sich auch noch um den eigenen Namen handelt, der zum unaussprechlichen und unsagbaren wird.

Nur so viel: Ich hatte Glück. Ich wurde nicht im Schlamm und nicht in der Lagune eingesetzt. Ich musste keine Baracken errichten. Ich hatte keine Straßen zu bauen. Ich wurde nicht gezwungen, im Schlachthof die Kadaver abzuholen oder im Dschungel Bäume zu fällen, wo Giftschlangen im Dickicht lauerten. Das Flugfeld war der beste Arbeitsplatz auf der ganzen Insel. Eine asphaltierte Fläche. Ein gesicherter Ort. Und ich konnte bei Astrid sein. Wir durften sogar zusammen das Gepäck der Champs sortieren oder die Flugzeugkabinen vor dem Abflug putzen.

Elliot stolzierte umher und gab Befehle. Er hatte ein Grüppchen von Champs um sich geschart, die in Stiefeln und mit Schlagstöcken einhergingen. Sie setzten Elliots Anordnungen durch, manchmal durchaus mit Gewalt. Verglichen mit den Sicherheitsleuten waren sie zwar beinahe eine Heilsarmee. Aber sie waren dennoch verhasster als die Mordbanden, die sich aus dem Töten einen Spaß machten. Sie waren gefürchteter, weil sie zu uns gehörten. Sie waren mir fremder, weil sie mir näher waren.

Elliot war derjenige, der festlegte, wer für ihn arbeiten sollte. Mit seiner Einheit kontrollierte er das Flugfeld und alle Arbeiten dort, wenn gerade kein Flieger landete. Hier waren Astrid und ich vor dem Terror der Uniformierten geschützt. Aber wir wussten zugleich, dass er es war, der über unser Schicksal bestimmte. Ich verdankte ihm mein Leben, und ich wünschte ihm dafür den Tod.

Das Essen, das wir bekamen, war beinahe ungenießbar. Eine graue Pappe, ein bleierner Brei, der in riesigen Töpfen aus irgendwelchen Resten zusammengekocht wurde, um die vielen Menschen billig ernähren zu können. Darin krabbelten zuweilen Insekten umher, und auch Steine fanden sich, doch alle, die noch genug Kraft hatten, schlugen sich darum. Der Hunger machte uns zu dem, was wir von Anfang sein sollten. Wenn morgens vor den Hütten und abends am Flugfeld die Pick-ups mit ihren Kochkesseln vorfuhren, wurden wir viehisch.

Es geschah am zweiten Tag nach der Arbeit: Ich rannte los, platschte durch den Schlamm, wurde dabei von einem bedrängt, der mich überholen wollte. Ich stieß ihn weg, und als er hinfiel und vor Schmerz aufschrie, drehte ich mich nicht einmal um, sondern stürmte durch den Regen weiter.

Astrid sah zu. Sie beobachtete still, wie die anderen sich um ein Stück Brot balgten, wie sie es sich aus der Hand rissen, bis nichts mehr davon übrig war. Astrid bekam immer bloß den Rest ab. Ihretwegen hatte ich mich durchzusetzen. Weil sie hilflos war, konnte ich um jeden Bissen streiten, ohne mich schuldig zu fühlen. Ich kämpfte für zwei.

Elliot stand mit seinem Ordnertrupp am Rand des Feldes und schaute zu, wie ich zwei volle Schalen wegtrug, dabei den Oberkörper darüber beugte, um den Brei vor dem Regen zu schützen. Ich reichte eine davon Astrid, gab ihr einen Löffel und machte mich über meine Schüssel her, als er auf mich zukam, sich vor mir aufstellte, breitbeinig wippend, und rief: »Ich sehe, du hast dich bereits eingewöhnt. Wie schnell! Macht dir gar nichts mehr aus, auf Kosten anderer zu überleben …«

Ich antwortete nicht. Ich hörte nur auf zu löffeln. Er hatte mich mit einem Satz erledigt. Ich schaute zu Astrid, die mich ansah, als wolle sie mir sagen: »Wunderst du dich? Was glaubst du eigentlich, wo du lebst?«

»Du isst, weil ein anderer tot ist«, erklärte Elliot. Er nahm mir den Löffel aus der Hand, fuhr damit in den Brei und schob mir den Fraß in den Mund, der mir vor Entsetzen über seine Worte offenstand. »Komm. Ein Bissen für die, die gestern geschlachtet wurden.« Er ließ den Löffel zwischen meinen Zähnen stecken und wandte sich kopfschüttelnd ab. Im Fortgehen drehte er sich noch einmal zu mir um. »So wollen sie uns haben. Hungrig und entzweit. Schuldig und gebrochen.«

Wozu fortsetzen? Was noch erzählen? Es waren keine Außerirdischen, die uns dort festhielten. Von ihnen hatte es geheißen, sie bräuchten uns. Wie aberwitzig! Wir saßen fest auf der Insel und begriffen nicht, was das sollte. Ein schlechter Scherz, ein Streich kosmischer Dimension auf unsere Kosten. Wir dachten an alle zu Hause, die jeden Abend die Spiele verfolgten. Wir hatten sie, die uns vergessen hatten, nicht vergessen. Wir verfluchten sie. Wir wünschten ihnen

die Pest an den Hals. Nein, wir sehnten uns nicht nach
einer Zeit, in der niemand mehr abgestochen werden
musste. Das war es nicht, was uns die Insel lehrte.
Wir wollten nichts als Rache. Mag ja sein, dass andere mir widersprechen würden, doch ich sah riesige
Schlachthöfe vor mir – und zwar nicht auf irgendwelchen Inseln, sondern überall auf dem Festland. Alles
in mir schrie nach Blut. Ein großes Reinemachen war
es, das ich mir wünschte. Ich wollte die ganze Erde
aufwaschen mit denen, die schuld waren an dem,
was uns dort widerfuhr und von dem ich nicht
weiß, wie ich es nennen soll. Das kann ja nicht einmal Leid genannt werden, dieses Wort ist für menschliche Wesen gedacht, denen Würde zugesprochen
wird. Was waren wir denn noch? Weinen Schaben?
Trauern Garnelen? Das Recht zu leiden war uns abgesprochen worden, und zwar deshalb, weil wir
das, was dort passierte, uns selbst zuzurechnen hatten. Das war kein Schicksal. Das war nichts als eine
Prozedur.

Ich weiß schon: Was ich da schreibe, klingt für viele abstrus und falsch. Sicherlich weigern sich auch
die besten Leser, die einfühlsamen und wohlmeinen-
den, meinem Urteil zu folgen. Wen wundert's? Sie
waren nie dort. Und selbst wenn: Wer kann das fassen? Wer kann glauben, Außerirdische hätten Millionen Lichtjahre zurückgelegt, um eine solch selbst-
mörderische Gattung wie uns zu finden? Kosmische
Grashüpfer, Astroschrecken, die von einem Planeten
zum anderen springen, um nach der sanften Schlachtung zu suchen. Alles unter dem Vorwand, sie wür-

den jegliche Gewalt hassen. Wie sollte einer darüber nicht in hämisches Lachen ausbrechen?

Vielleicht ist es auch nur logisch, wenn Außerirdische meinen, wir wären die Richtigen für sie. Sind wir nicht Meister, wenn es darum geht, zu töten und zu sterben, nicht ohne zu beteuern, wie süß und fein das aus diesem oder jenem Grund, für die eine oder andere Sache ist? Ich gestehe, mittlerweile ist in mir ein Verdacht gereift: Was, wenn die Idee zur Massenschlachtung, zu den Spielen mit ihren Champs und ihren Märtyrern, mit ihren Siegern und den Ausgeschiedenen, wenn all das gar kein Einfall aus dem All war, sondern von hier unten stammt? Kann es nicht sein, dass unsere Kultur – wie das klingt in diesem Zusammenhang, unsere Kultur! – es erst war, die sie auf die Idee brachte?

Und zwischendurch hatte ich noch eine weitere Vermutung. Diese Möglichkeit war für mich die schlimmste: Was, wenn die Außerirdischen gar nicht existierten?

Aber niemand von uns dachte noch an fremde Galaxien. Es gab keine Erklärungen mehr, und sie waren auch nicht mehr nötig. Ungläubig starrten wir einander auf der Insel an – ausgemergelte Gestalten, Schlammkreaturen, die Freunde, Verwandte, ja, sogar die eigenen Eltern nicht wiedererkannt hätten. Wir glotzten nur, ohne zu begreifen. Wir konnten nicht verstehen, warum.

Jede Woche kamen viel mehr Menschen an, als je geschlachtet werden konnten. Es ging offenkundig nicht darum, den Appetit fremder Lebewesen zu befriedigen. Nicht nur das: Niemand wusste, ob das Fleisch eigentlich abtransportiert wurde. Kein Arbeitstrupp wurde eingesetzt, um die Produkte abzupacken. Ich erinnerte mich an Leila, die einmal gemeint hatte, vielleicht seien sie auf unser Hirn aus. Womöglich munde es ihnen besser, weil unsere Intelligenz ihrem Gaumen schmeichle. Immerhin wäre das zumindest eine Erklärung dafür gewesen, weswegen wir nicht gut ernährt wurden und allmählich zum Skelett abmagerten. Das Hirn ist kein Bizeps, der bei wenig Essen schrumpft. Aber wer weiß schon, worum es wirklich ging? Vielleicht gibt es einfach keine Erklärung.

Elliot war nicht mehr der Student, der einst in unserem Haus gewohnt hatte, aber der Ehrgeiz trieb ihn nach wie vor an. Letztlich war er nur deshalb Champ geworden, weil er immer ein Vorzugsschüler des Zeitgeistes sein musste. Wie sehr ich ihn deswegen verachtet hatte! In meinen Augen war er ein Mitläufer. Aber ich verzieh ihm noch weniger, dass er umgeschwenkt war. Er hatte alle belogen und vor laufender Kamera zum Durchhalten aufgerufen, um selbst unbemerkt fliehen zu können. Auf der Insel hatte er an Autorität gewonnen. Ich konnte ihm im Grunde nicht vorwerfen, sich schlimmer zu verhalten als andere. Er war nicht der Einzige, dem die Uniformierten einen Managerposten zugewiesen hatten. In den Küchen, in der Autowerkstatt, auf der Krankenstation waren ebenfalls Gefangene verantwortlich. Und Elliot war nicht brutaler als die anderen. Er vergaß nie, dass sie uns schlachten wollten, und ich will nicht leugnen, mit welcher Unverfrorenheit und mit welchem unverdrossenen Eifer er an sein Werk ging. Er hatte akzeptiert, was auf der Insel zählte. Er unterwarf sich der Mathematik der Metzger. Elliot kannte den Wert jedes seiner Leute. Mehr noch: Er bezifferte ihn. Er wollte das Leben vieler retten, indem er den Tod eines Einzelnen in Kauf nahm, doch im Laufe der Zeit tauschte er letztlich den Tod von vielen gegen das Leben von wenigen.

»Ich weiß, du denkst, wir haben keine Chance mehr«, sagte er einmal unvermittelt zu mir. »Früher oder später, meinst du, kommen wir alle dran. Aber schau dich um. Glaub mir, mit jedem Flugzeug, das hier landet, gewinnen wir an Kraft. Die meisten, die hierhergekarrt werden, sind keine Champs!«

Vielleicht sah er alles klarer als wir anderen. Er wusste, worum es ging. Er versuchte, Zeit zu gewinnen. Er wollte ihren Plan durchkreuzen, indem er ihn einhielt. Er zwang uns, ihre Regeln zu befolgen, und richtete jeden, der dagegen verstieß. Er konnte nicht anders. Er glaubte, das Beste für uns zu tun. Wirkliche Macht hatte er nicht, denn sein Schicksal war letztlich genauso besiegelt wie meines.

Eines Tages ließ er mich in sein Büro kommen. »Ich habe eine besondere Aufgabe für dich. Niemand soll davon erfahren. Es geht um die Passagierlisten, die Arbeitspläne, die Journalbücher … Die Sicherheitskräfte haben befohlen, es soll alles vernichtet werden. Nichts darf übrig bleiben. Wir müssen sie sammeln, um sie dann in den Reißwolf zu werfen, zu schreddern und die Reste zu verbrennen.«

Er lehnte sich zurück, griff in seine Schublade und holte die Schokolade hervor. Ich schüttelte den Kopf. Er brach sich eine Rippe ab. »Sie wollen keine Spuren hinterlassen. Nichts darf herauskommen.« Er biss ein Stück ab. »Kurzum, ich muss mich auf die Person, die hier eingesetzt wird, verlassen können. Sie muss fähig sein, das Ganze geheim zu halten. Du bist der richtige Mann für diesen Job.«

Ich schüttelte den Kopf. »Ich soll vertuschen, was hier geschieht? Das will ich nicht!«

»Wusste ich's doch«, lächelte Elliot. »Eben deswegen brauche ich dich. Wir haben einen Geheimkeller unter dem Hangar gebaut. Du wirst alles, was wichtig ist, sammeln und verstecken. Dir kann ich vertrauen. Wenn der ganze Wahnsinn hier vorbei ist, wirst du es vor ein Gericht bringen. Du musst überleben.«

Ich sagte: »Gibst du mir ein Stück von der Schokolade?«

Ich machte mich an die Arbeit und begann, die verschiedenen Papiere, die zur Vernichtung vorgesehen waren, in den Büros einzusammeln. Ich fuhr los, um Dokumente anderer Stellen entgegenzunehmen. Ich erklärte, ich brächte das ganze Material, wie abgesprochen, zur Entsorgung. Zusammen mit Astrid lagerte ich alle Schriftstücke ein, die zum Archiv der Insel werden sollten. Wir arbeiteten tagelang.

Ums Essen kämpfte ich weiter. Ich rannte zum Kessel, wenn der Pick-up vorfuhr, doch ich war nicht mehr bereit, einen anderen fortzustoßen. Ich wollte mich nicht zum Vieh machen lassen. Meistens gelang es mir, zwei Schüsseln voll zu ergattern. Eine für Astrid und die andere für mich. Vorsichtig, um nichts zu verschütten, kehrte ich zu ihr zurück. Ich sagte: »Hier, Astrid«, und reichte ihr den einen Napf. Sie nahm ihn entgegen. Ich sagte: »Achtung. Es ist heiß.« Einmal saßen wir nebeneinander und löffelten langsam den Brei, und als ich fertig gegessen hatte und kurz ausruhte, dabei in die Ferne starrte und für einen Moment alles um mich vergaß, das Gebrüll der Sicherheitsleute, das Gebell ihrer Hunde, selbst meinen eigenen Hunger, spürte ich auf einmal Astrids Finger. Sie griff nach meiner Hand und hielt sich an mir fest. Ich wagte nicht, mich zu rühren, aus Angst, sie durch die kleinste Bewegung wieder zu verscheuchen.

Im selben Augenblick sah ich außerhalb der Umzäunung des Flughafens eine junge Frau, beinahe noch ein Mädchen. Sie stolperte am Gitter entlang, mit leerem Blick. Der Kopf bewegte sich langsam auf und ab. Eine Wackelkopfpuppe. Bei manchen Schritten wippte sogar der halbe Oberkörper mit. Sie kam mir bekannt vor, ohne dass mir eingefallen wäre, wo ich sie schon gesehen hatte. Aber die kurze Ablenkung half mir, nicht unbedacht auf Astrid zu reagieren.

Danach fiel mir die junge Frau häufiger auf. Oft stand sie am Zaun, als warte sie darauf, hereingelassen zu werden. Wenn dann ein Flieger endlich abgefertigt worden war und losrollte, trippelte sie die Absperrung entlang, bis die Maschine an Geschwindigkeit gewann und über den Asphalt donnerte, um endlich aufzusteigen, worauf sie auf die Knie sank und ihr nachblickte. Sie war eine von vielen, die nicht mehr zu sich fanden. Angesichts der Qualen und der Erniedrigungen verloren manche jede Lebenslust und pilgerten zum Schlachthof. Sie wollten nicht mehr warten. Sie wollten vernichtet werden.

An einem der nächsten Tage hörte ich die junge Frau, bevor ich sie sah. Wieder stand sie am Zaun und starrte auf die Startbahn, doch dabei jammerte sie laut vor sich hin. Zwei Uniformierte waren mit einem Pick-up vorgefahren, wohl um sie abzuholen. Sie wehrte sich und klammerte sich an das Gitter. Die Sicherheitsleute zogen sie vorsichtig weg, als wollten sie ihr jetzt, da es ja ohnehin auf das Ende zuging, nicht weh tun. Sie drängten sie zum Wagen, und in diesem Moment, als die junge Frau sich verzweifelt umschaute und plötzlich »Papa!« rief, erkannte ich sie endlich. Sie hatte ich damals vor dem Abflug im Terminal gesehen und ihren Platz eingenommen. »Papa!« Ihr Vater hatte es nicht geschafft, sie zu retten.

In den nächsten Wochen trafen immer mehr Flugzeuge ein. Wir arbeiteten jetzt auch nachts. Der Regen prasselte auf uns nieder. Eines Morgens mussten mehrere Maschinen auf einmal abgefertigt werden. In den auf den Asphalt gezeichneten Rechtecken hatten sich Tausende Passagiere aufzustellen. Den Sicherheitsleuten blieb gar nichts anderes übrig, als Elliots Ordnertruppe um Unterstützung anzugehen. Sie befahlen Elliot, ihnen Hilfskräfte anzubieten. Er willigte ein. Und tatsächlich: Im Laufe der nächsten Stunden wurden sogar viele derjenigen, die sonst nur zum Putzdienst und zur Gepäckentladung eingeteilt waren, mit Armbinden und Schlagstöcken ausgestattet, um in dem Chaos nach dem Rechten zu sehen.

Ich weigerte mich, dazuzugehören. Stattdessen musste ich die Koffer der Neuankömmlinge wegtragen. Nun waren es nur wenige von uns, die viel mehr Gepäck als sonst abzufertigen hatten. Im strömenden Regen schleppte ich mich ab. Nach ein paar Stunden war ich erschöpft. Ich hielt mich kaum noch auf den Beinen und fiel immer wieder hin. Als ich an jenem Abend in meine Baracke zurückwankte, war ich entschlossen, mich am nächsten Morgen freiwillig als Ordner zu melden. Mir war schwindlig und übel. Ich hoffte, mich im Schlaf wieder ein wenig zu erholen.

Am nächsten Morgen lag ich im Fieber. Meine Füße waren aufgedunsen, teils rot angelaufen, und die Venen traten blau hervor. Ein Pochen im Kopf. Ich wollte aufstehen, doch mir wurde schwarz vor Augen. Ich sank wieder zurück. Schließlich kämpfte ich mich hoch und humpelte vorsichtig zur Tür. Jeder Schritt schmerzte höllisch. Als ich auf dem Weg nach draußen an der Latrine vorbeikam, brach es aus mir heraus. Ich musste mich übergeben.

Wie ich es in den Bus und aufs Flugfeld schaffte, weiß ich nicht mehr. Ich dachte nur an Astrid. Ich wollte sie nicht alleine lassen. Nachdem wir den Flughafen erreicht hatten, schleppte ich mich mit letzter Kraft bis zu der Stelle, wo Astrid hockte und vor

236

sich hinstarrte, dann fiel ich der Länge nach hin. Als ich wieder zu mir kam, beugte sich einer der Ärzte über mich. Er fragte mich aus und untersuchte mich. Ich gab ihm bereitwillig Auskunft. »Hast du etwas gegen das Fieber?«, fragte ich ihn.

»Hier nicht. Im Lazarett können wir schauen, was sich machen lässt.«

Erst da fiel es mir wieder ein: Dieser Mediziner war nicht allein dazu da, mich zu heilen. Seine Pflicht war es auch, festzustellen, ob ich noch arbeitsfähig oder aber reif für den Schlachthof war. Ich richtete mich auf. Der Schmerz explodierte. Ich versuchte, mir nichts anmerken zu lassen. »Nicht nötig. Es wird schon besser. Nur ein kleiner Schwächeanfall.«

Ich humpelte um eine Ecke und lehnte mich gegen die Mauer. Astrid war mir gefolgt und hakte sich bei mir ein. Ich stützte mich auf sie. Ihre Gesichtszüge waren immer noch verzerrt, und sie hatte seit meiner Ankunft kein einziges Wort zu mir gesprochen, doch in dieser Situation führte sie mich durchs Getümmel der Ankommenden, vorbei an den Sicherheitskräften und in einen Hangar, wo ich mich hinter einem Geländewagen unbemerkt hinlegen konnte. Von dort aus beobachtete ich, was draußen geschah.

Wir wussten an jenem Tag auf der Insel nichts von den Aufständen, die in den verschiedenen Erdteilen zugleich ausgebrochen waren. Wir wussten nichts von den Massendemonstrationen, gegen die überall mit unbarmherziger Gewalt vorgegangen wurde.

Elliot hatte es vorausgesehen. Ihm war aufgefallen,

was uns anderen vollkommen entgangen war: Kaum noch Champs und gar keine Terroristen stiegen in diesen Tagen aus den Flugzeugen. Es gab keine Attentäter mehr, die noch Anschläge verübten. Die meisten von ihnen wurden gefasst, ehe sie losschlagen konnten. Ihre Zellen waren allesamt aufgespürt. Ihre Schläfer wurden festgenommen, bevor sie beginnen konnten, sich zu bewaffnen oder Sprengstoff herzustellen oder gar Bomben zu bauen. Manche Aktivisten wurden verhaftet, während sie noch darüber berieten, ob sie in den Untergrund abtauchen sollten. Der Sicherheitsapparat funktionierte nun so perfekt, dass jeder Widerstand im Keim erstickt werden konnte. Auch den kleinsten Hinweisen wurde nachgegangen, weswegen sich jegliche unbedachte Äußerung zur Gefahr auswachsen konnte. Jeder stand im Verdacht, ein Terrorist oder ein Denunziant zu sein oder gar beides. Niemandem war zu trauen.

Die meisten der Deportierten waren nun Unbeteiligte, die aus unterschiedlichen und zumeist geringfügigen Gründen mit den Spielregeln in Konflikt gekommen waren. Da waren Hinterbliebene, die auf eine höhere Entschädigung gehofft hatten. Andere hatten Champs geholfen, die sich versteckten, ihnen Essen zugesteckt oder ihnen Unterschlupf gewährt. Manche waren nur auf die Insel gebracht worden, weil sie gewagt hatten, Kritik an den Spielen zu üben.

Elliot hatte damit gerechnet, dass die Barbarei des Schlachthofs nicht auf die Insel beschränkt bleiben würde. Die Gewalt sickerte in alle Staaten durch. Die Brutalität, mit der jeder verfolgt wurde, der gegen die Spielregeln verstieß, fachte die Unruhe in vielen Städten nur noch mehr an. Der Widerstand konnte dort allerdings unter Kontrolle gehalten werden, da die Mehrheit der Bevölkerung davon kaum berührt wurde.

Aber auf der Insel, insbesondere am Flugplatz, änderte die Ankunft so vieler Menschen schlagartig alles. Die Sicherheitskräfte wurden hektisch. Sie schwärmten aus, mit Schutzhelmen und heruntergeklapptem Visier. Über unseren Köpfen schwirrten Hubschrauber, die zum ersten Mal zum Einsatz kamen, seit man mich hergebracht hatte. Manche derjenigen, die eben erst gelandet waren, schrien vor Angst. Viele weinten.

Von meinem Versteck aus bemerkte ich plötzlich eine Unruhe in einem der Rechtecke. Neuankömmlinge hatten sich zusammengetan und versuchten durch die Reihen der Sicherheitsleute zu brechen. Ich sah die Uniformierten; sah, wie sie vorrückten. Sie waren eine Front. Sie klopften mit ihren Schlagstöcken gegen die Schilde.

Damals überblickte ich noch nicht, was sich vor meinen Augen abspielte. Es waren Tränengasgranaten in die Menge geworfen worden. Die Menschen gerieten in Panik. Das Brennen der Augen, das Husten, das Würgen, Atemnot. Die Sicherheitsleute begannen auf sie einzuprügeln. Diejenigen, die in vorderster Front standen, wichen zurück und prallten gegen die, die hinter ihnen nach vorn drängten.

Ein Teil des Tränengases wurde vom Wind über das Nachbarfeld geweht. Dort hatten die Menschen

die Kämpfe nebenan verfolgt. Sie hatten noch stillge-
halten. Aber nun, als der beißende Geruch sich über
sie legte, schienen sie zu begreifen, dass das, was denen dort geschah, auch ihnen drohte. Mehrere wichen zurück, wurden von den Sicherheitskräften wieder in Reih und Glied zurückgedrängt, setzten sich
zur Wehr. Einige warfen sich gegen die Bewacher,
die mit dem Rücken zu ihnen andere in Schach zu halten versuchten. Einer kleinen Gruppe gelang der Durch-
bruch, sie hetzten über das Feld und erstürmten
einen der Pick-ups, dessen Besatzung sie erschlugen.
Nun eröffneten die Sicherheitskräfte das Feuer. Die
Maschinengewehre auf den Pick-ups schossen ihre
Salven in die Massen. Sie mähten Dutzende um. Männer und Frauen fielen übereinander. Leichen lagen in
Regenpfützen.

Diesen Moment musste Elliot genutzt haben, um
seinen Befehl zu erteilen. Ich hörte ihn nicht. Ich bemerkte nur die Gruppe von Ordnern, die zum Hangar rannten, in dem ich lag. Hier, zwischen dem Gepäck, hatten sie offenbar ein Waffenlager angelegt.
Alles war vorbereitet. Elliots Kämpfer waren postiert,
Champs, Kraftpakete, Wettkämpfer, die den Söld-
nern des Schlachthofs mit einem Griff das Genick
brachen. Sie sprangen ihnen, die hinter den Maschi-
nengewehren saßen, ins Kreuz. Sie stachen ihnen in
den Hals. Sie nahmen die Waffen an sich und richteten
sie gegen die anderen Uniformierten. Sie steckten die
Pick-ups in Brand und schleuderten Molotowcocktails.
Einen Teil seiner Leute schickte Elliot zum Tor, um den
fliehenden Sicherheitsleuten den Weg abzusperren.

Während unsere Leute auf dem Flugfeld aufmarschierten, wurden wir nicht nur von den Hubschraubern aus beschossen, sondern bereits von neuen Einheiten eingekreist, die von anderen Teilen der Insel aufgebrochen waren, um die Rebellion zu unterdrücken. Viele flohen vor den Schüssen in den Hangar, wo Astrid und ich lagen. »Ihr müsst die Flieger auftanken«, befahl Elliot. Einige von uns sollten in die Maschinen einsteigen. Es ging darum, der Insel zu entkommen. Unsere Aufgabe sollte es sein, Bilder dieses Ortes in allen Medien der Welt zu verbreiten.

Das Verbrechen lebte davon, unbeachtet zu bleiben. Der Schlachthof war von der Öffentlichkeit völlig abgeschirmt, Störsender wehrten jede Funkverbindung ab. Elliots Plan war es nun, mit dem Aufstand die Nachrichtensperre zu durchbrechen. Eine Gruppe von uns sollte mit elektronischen Geräten, mit Telefonen, Tablets und Laptops, die im Laufe der Zeit von Deportierten mitgebracht worden waren, der Insel entkommen, um ins Internet einzuspeisen, was hier geschehen war. Die Materialien, die Elliots Untergrundbewegung in den letzten Wochen zusammengestellt hatte, dokumentierten die Untaten.

Ich wollte an diesem Kommando teilnehmen, da ich ohnehin zu krank war, um auf der Insel noch lange überstehen zu können. Zugleich fürchtete ich, man würde die Flugzeuge nicht allzu weit kommen lassen. Ich rechnete damit, dass wir bald abgeschossen werden würden, doch auf der Insel sah ich keine Chance mehr für Astrid und für mich. Als nach Freiwilligen gefragt wurde, meldete ich uns an. Im Grunde hatte ich mit meinem Leben abgeschlossen.

Elliot selbst kam in den Hangar, um zu kontrollieren, wer wegfliegen würde. Er sah mich liegen und beugte sich zu mir herunter. Ich sagte zu ihm: »Du musst mitkommen. Du bist Luftfahrtspezialist. Wir brauchen dich.«

»Ich bleibe bei meinen Leuten. Kümmert euch nur darum, dass nicht alles sinnlos war.«

Drei Maschinen sollten mit je zwanzig Leuten beladen werden. Einige von uns waren bewaffnet. Sie sollten die Piloten zwingen, die Flugroute einzuhalten. Ich versuchte aufzustehen, sank aber wieder nieder. Astrid packte mich und zog mich hoch. Sie schleppte mich zum Flugzeug und half mir die Leiter hinauf.

Während mitten im Kampfgetümmel die Flieger startbereit gemacht wurden, sah ich, wie die Sicherheitskräfte auf dem Flugfeld zurückgedrängt wurden. Die Alarmsirenen, die Schüsse und Explosionen waren auf der ganzen Insel zu hören. Von überall her wurden die Truppen der Uniformierten abgezogen, um den Flughafen zurückzuerobern. Aber an jedem Ort, den sie verließen, loderten Aufstände auf. Einer der ersten Plätze, die vom Aufruhr ergriffen wurden, war der Schlachthof. Wer hatte hier noch etwas zu verlieren? Aber auch an anderen Orten übernahmen die Rebellen die Macht. Tausende von ihnen setzten sich in Marsch, um zum Flughafen vorzustoßen und Elliots Einheit zu unterstützen.

Von alldem sollte ich erst später erfahren. Ich sah

bloß, wie die Hubschrauber über uns kreisten, wie Elliots Leute mit einem Maschinengewehr versuchten, sie abzuschießen. Ich sah, wie weitere Pick-ups und Mannschaftstransporter vor dem Zaun eintrafen. Ich sah, wie in mehreren Hangars trotz des Regens Feuer aufflackerte. Die Uniformierten rückten schwer bewaffnet vor, doch die Aufständischen schlugen mit allem zurück, was zur Hand war. Sie warfen mit Brandsätzen, mit Spaten, mit Schlagstöcken.

Da von den zehn Flugzeugen, die gerade auf der Insel waren, nur drei eingesetzt werden sollten, konnte jedes dieser Flugzeuge wiederum mit drei jener Piloten bemannt werden, die mit den Maschinen hergeflogen waren. Als dem ersten Piloten befohlen wurde, zu starten, schüttelte er den Kopf. »Ich kann in diesem Chaos nicht abheben. Wir werden garantiert abgeschossen.«

Seine beiden Kollegen weigerten sich ebenfalls. Da ging eine junge Frau auf den ersten Piloten zu. Sie zückte ein Messer und schnitt ihm mit einer blitzschnellen Bewegung das Ohr ab. Ein heller Schrei, und das Blut floss ihm über die Wange in den Kragen. Als die Frau ungerührt nach seinem anderen Ohr griff, rief er: »Ich fliege! Ich mach alles, was ihr wollt!«

»Nicht mehr nötig.« Sie zeigte mit der blutigen Klinge auf einen der beiden anderen. »Du übernimmst jetzt das Steuer.« Und als der Neue bereits im Cockpit saß, sagte sie: »Aber nicht vergessen: Wir halten alle Augen und Ohren offen.«

Wir hoben ab. Wir verließen die Insel. Unter uns das Meer. Anders, als wir befürchtet hatten, wurden wir von keinem Geschwader angegriffen. Wir konnten bald vom Cockpit aus online gehen. Wir schickten Berichte über die Insel ins Netz, Bilder und Clips vom Schlachthof. Aufnahmen der Gräueltaten. Szenen des Elends. Videos mit unseren persönlichen Aussagen. Wir luden die Listen der Deportierten hoch. Wir präsentierten die Statistik des Massenmords.

Bei alldem waren wir davon überzeugt, ein Himmelfahrtskommando zu sein. Ich zweifelte nicht daran, wieder festgenommen und zurückgebracht zu werden. Aber darauf kam es mir im Grunde nicht an. Aller Aussichtslosigkeit zum Trotz gekämpft zu haben, war für mich der eigentliche Triumph. Ich war kein Schlachtvieh mehr.

Wir waren noch unterwegs, als uns die Meldungen erreichten. Es war der Pilot, der als Erster ausrief: »Wir haben es geschafft. Es ist vorbei. Wir sind gerettet.« Er umarmte uns, weinend vor Glück. Auch er hatte wohl damit gerechnet, abgeschossen zu werden. Er presste sogar die junge Frau an sich, die seinen Kollegen verstümmelt hatte.

Es dauerte, bis wir begriffen, was er uns erzählte. Und selbst danach trauten wir ihm nicht. Erst als wir die Schlagzeilen lasen, die Sondermeldungen der Nachrichtensender und die Kommentare im Netz sahen, dämmerte uns, was geschehen war: Unsere Postings hatten die Aufstände in allen Metropolen angeheizt. Abermillionen hatten sich binnen Stunden organisiert, um gegen die Spiele zu demonstrieren.

Wir waren zu Berühmtheiten geworden. Wir waren Celebs.

Aber den Ausschlag gab eine andere Meldung, die uns noch unerwarteter traf als vor vielen Monaten die Landung der Außerirdischen. Zum letzten, zum allerletzten Mal erklang die Sequenz aus dem Werk von Tschuljapjew. Eine Sondersendung wurde angekündigt. Der Sprecher teilte uns mit, etwas Unglaubliches sei geschehen. »Eben erreicht uns eine noch unbestätigte Meldung. Die Außerirdischen haben die Erde verlassen.« Korrespondenten und Kommentatoren wurden zugeschaltet. »Es scheint zu stimmen.« – »Ich kann nur wiederholen, was mir berichtet wurde: Die Außerirdischen sind verschwunden.« – »Wir wissen noch nicht, woran es liegt, ob diese Entwicklung in Verbindung mit den Protesten steht.« – »Meine Damen und Herren, eben erreicht uns die Bestätigung aus dem Ministerium. Die Außerirdischen haben uns so plötzlich verlassen, wie sie einst angekommen sind. Sie sind fort!«, verkündete ein Sprecher. In seiner Stimme schwang beinahe ein Bedauern mit.

Ich konnte es kaum glauben. Zuerst dachte ich, wir würden vielleicht getäuscht, um dann umso leichter von den Sicherheitskräften überwältigt werden zu können. Aber allmählich schwand mein Zweifel. Alle Medien berichteten übereinstimmend. Die Außerirdischen waren abgereist, und die Erklärung dafür klang noch erstaunlicher als die Tatsache selbst. »Sie mögen uns nicht mehr«, hieß es.

»Die Außerirdischen«, erläuterte eine Sicherheitsexpertin, »ahnten nicht, was im Schlachthof vor sich ging.«

»Wir schmecken ihnen nicht mehr«, stellte ein Moderator fest, und es klang fast ein wenig schnippisch. Aber so unterschiedlich die Neuigkeit auch aufgenommen wurde, waren sich doch alle in einem Punkt einig: Die Außerirdischen ekelten sich vor uns.

Unsere Landung wurde zum Empfang. Eine ernste Feierstunde. Ein Massenaufmarsch. Wir waren Überlebende. Sanitäter standen bereit, um uns aus dem Flieger zu helfen. Unten an der Treppe wartete ein Kinderchor und sang die »Ode an die Freude«, Kameras waren aufgestellt. Medizinisches Personal versorgte uns. Wir wurden in Rollstühle gesetzt. Politiker schüttelten unsere Hände. Mikrophone wurden uns entgegengereckt. Wir wurden durch eine Gasse aus Menschen gefahren, und überall, wo wir vorbeikamen, kehrten die Leute uns den Rücken zu und hoben ihr Handy hoch, um ein Selfie von sich mit uns im Hintergrund zu machen. Ich sagte in die Mikrophone: »Rettet die Deportierten. Befreit die Insel. Ihr müsst das Schlachten beenden.« Applaus brandete auf. Die Menschen umringten uns. Sie wollten uns berühren. Sie zerrten an mir. Ich hielt Astrids Hand fest, doch plötzlich fiel mir jemand von hinten um den Hals. Es war Albert Stern. Dicht neben ihm stand Jup.

Albert war dem Weinen nahe. Er zitterte vor Aufregung. »Du weißt nicht, wie glücklich ich bin, dich wiederzusehen. Es ist so schrecklich, was euch angetan wurde.« Er presste mich noch einmal an sich, und dann sagte er: »Wir müssen eine Sendung darüber machen«, worauf Jup heftig nickte. Im Augenwinkel sah ich schon das Filmteam.

10

Ich bin nicht mehr auf der Insel, doch sie ist noch in mir. Wenn ich die Augen schließe, sehe ich die Toten wieder. In mir leben sie weiter und sterben jeden Tag von Neuem. Erst seit ich gerettet bin, habe ich alle Hoffnung verloren, je befreit zu werden. In den Nächten kehre ich dorthin zurück. Eine Heimfahrt in den Dschungel. Er wuchert alles in mir zu. Wenn ich schlafe, höre ich das Rauschen des Tropenregens und das Jammern der anderen, das Quaken der Frösche und das Brüllen der Uniformierten, das Zirpen der Zikaden und das Bellen der Hunde. Ich träume von den Leichen, die weggeschafft werden. Wenn die Bagger sie hochheben, zappeln ihre Glieder, als grüßten sie mich.

Ich bin nicht auf der Insel, auch Astrid ist nicht mehr dort, und doch ist sie in uns geblieben. Wir leben zu zweit in unserer alten Wohnung, aber Astrid ist weit weg von mir. Sie ist mir fremd geworden, und ich bin ihr ferner als damals auf dem Flugplatz, wo wir gezwungen waren, füreinander einzustehen. Dennoch ist sie mir vielleicht gerade deshalb viel näher, als es irgendjemand anders auf dieser Welt sein könnte, denn ich kann mich genauso wenig fühlen, wie ich sie fühle, und ihr geht es ebenso. Wir sind beide gleichermaßen abgestorben.

Sie muss mir nicht erklären, weshalb sie keinen Braten mehr essen kann. Sie weiß, dass sie es mir nicht zu sagen braucht. Sie versteht, weshalb ich nicht zur Arbeit gehen will. Ich muss darüber gar keine Worte verlieren. Und zwar nicht, weil es selbstverständlich ist, sondern – im Gegenteil – weil nichts mehr verständlich und nichts selbstverständlich für uns ist.

Wir leiden, heißt es, unter einer posttraumatischen Belastungsstörung. Wir sind krankgeschrieben. Wir sind in Therapie. Wir hören, es gehe uns bereits besser. Uns wird attestiert, Fortschritte zu machen. Wir schlucken Medikamente. Sie helfen mir, mich über den Tag zu retten. Es ist ein schwarzes Loch in mir, in das ich sonst stürze.

In den ersten drei Wochen riefen fast täglich Albert, Jup oder Leila an, um mich in die Sendung einzuladen. Ich müsse in »Brandheiß« auftreten, sagten sie. Auch andere Medien baten mich, in ihre Talkshows zu kommen. Ich konnte nicht. Aber ich gab Interviews, empfing Journalisten, sprach mit Forschern. Astrid saß stumm daneben. Wenn einer von ihnen sie um eine Antwort bat, winkte sie ab und schüttelte den Kopf.

Ich muss jedoch aussagen. Ich rede, weil ich es den Ermordeten schuldig bin, und letztlich schweigt Astrid aus demselben Grund. Die Worte reichen nicht aus. Es hat ihr die Sprache verschlagen. Aber still, durch ihr bloßes Sein, bezeugt sie, wovon ich rede.

Wozu ich von der Insel erzähle? Ob ich glaube, ich würde irgendetwas berichten, was nicht ohnehin Allgemeinwissen ist? Nein, es ist nicht wahr, wenn behauptet wird, der Massenmord sei nicht allgemein bekannt gewesen. Die meisten hatten längst verstanden, was angedeutet, doch nicht ausgesprochen werden durfte. Immerhin waren die Spiele eine überall zelebrierte Sensation und das Schicksal der Verlierer Teil der Spielregeln. Ja, das tragische Ende der Märtyrer machte für viele erst den eigentlichen Reiz aus. Auch die Liquidierung der Spielgegner, der Terroristen und der Fluchthelfer glich einem obszönen Geheimnis, in das viele eingeweiht waren. Dass so wenige gegen das Schlachten aufbegehrten, liegt nicht daran, dass nicht genug von den Ungerechtigkeiten zu hören war. Die Fakten hätten zu jedem Zeitpunkt ausreichen müssen. Es fehlte an Mut, an Solidarität und an Empathie.

Ich halte die Erinnerung hoch, doch nicht deshalb, weil das, was geschah, vergessen ist, sondern weil nicht wenige versuchen, es vergessen zu machen. In der Zwischenzeit ist das Interesse an uns ohnehin wieder erlahmt. Niemand möchte noch davon hören. »Brandheiß« widmet sich nicht mehr uns, die wir dem Schlachthof entkommen sind. In den ersten Tagen nach der Flucht waren wir Stars, jetzt sind wir lästige Spielverderber. Alle, die von den Spielen profitierten oder sie auch nur am Bildschirm verfolgten, sind unangenehm berührt, wenn sie von uns hören. Wir sind die Wiedergänger ihrer Schuld, und wir stehen unter einem Verdacht, der allerdings nur hinter vorgehaltener Hand ausgesprochen wird. »Warum waren Sie eigentlich auf der Insel?«, fragte mich unser Hausmeister. Es klang beinahe so, als hätte ich dort einen Urlaub verbracht. Der Satz war gar nicht freundlich gemeint. In ihm schwingt ein Vorwurf mit. Im Grunde wird denen, die deportiert wurden, immer noch unterstellt, sie seien Terroristen gewesen, Verbrecher oder auch nur Champs, denen jedoch von Anfang an bewusst gewesen war, worauf sie sich eingelassen hatten. Wie auch immer, der ungeschriebene Konsens lautet: Wer auf die Insel geflogen wurde, hat es sich letztlich selbst zuzuschreiben. Jene, die zur Schlachtung bestimmt waren, dürfen nach wie vor nicht mit Mitgefühl rechnen, diejenigen, die überlebt haben, werden mit Argwohn bedacht. Sie sind suspekt. »Verstehen Sie mich nicht falsch«, sagte der Mieter, der in der Zwischenzeit in meine Wohnung gezogen war und sie nun räumen musste, als wir heimkamen, »wieso wurden Sie eigentlich nicht umgebracht?«

Uns wird übelgenommen, nicht auf der Schlachtbank geendet zu haben. Uns werden dreckige Geheimnisse angedichtet. Das verschwörerische Lächeln, die schmutzigen Anspielungen, wenn unser Überleben angesprochen wird. Sie unterstellen uns, wir hätten uns alle nur gerettet, indem wir mit den Metzgern auf Kosten der anderen Opfer kollaborierten. Ich versuche mich davon nicht aus der Ruhe bringen zu lassen. Ich tue so, als hätte ich die eine oder andere Spitze nicht bemerkt. Ich gebe Auskunft. Ich beantworte jede Frage, als hörte ich den Verdacht darin nicht. Ich bleibe eiskalt und reihe eine Tatsache an die andere, als ginge es um eine theoretische Abhandlung, um eine fiktive Spielanordnung und nicht um meine eigene Existenz. Ich bitte sie alle zu mir und serviere ihnen Tee mit Biskuits. Den Journalisten, den Wissenschaftlern, den Untersuchungsbeamten.

Auch die Staatsanwaltschaft kam zu Besuch. Die schrecklichsten Schlächter sollten vor Gericht gebracht werden. Sie bräuchten mich. Wir sollten die Schuldigen benennen. Ob ich dazu bereit sei? Ich nickte. Aber dann folgte der Schlag: Auch Elliots Name fiel – als der eines Kollaborateurs. Ich saß da und verstummte. Elliot, so hörte ich, sei in Haft. »Sind Sie bereit, als Zeuge gegen ihn aufzutreten?«

Ich war sprachlos. Die Herren von der Staatsanwaltschaft warteten auf meine Antwort, und da war es Astrid, die ihre Stimme erhob, zum ersten Mal, seit sie auf der Insel gewesen war. Heiser und rau brach es aus ihr hervor: »Ich werde da sein.«

Sie wandten sich ihr zu. Erstaunt, da sie bisher geschwiegen hatte. »Sehr gut«, sagten sie. »Was können Sie vorbringen?«

»Elliot rettete Menschen, die von Ihnen dazu bestimmt worden waren, geschlachtet zu werden.«

Sie starrten sie an. »Vorsicht, das sind schwere Beschuldigungen. Vor falschen Verdächtigungen sollten Sie sich hüten, sonst …«

Sie stand auf. »Was sonst? Womit kannst du mir noch drohen? Etwa mit der Insel?«

Ich sagte: »Ohne Elliot hätte es keinen Aufstand gegeben. Ohne Elliot wären wir nicht mehr am Leben. Gehen Sie! Verlassen Sie unsere Wohnung!«

Sie packten ihre Sachen zusammen. Ehe ich die

Tür hinter ihnen schloss, rief ich: »Sie sehen uns vor Gericht. Wir werden da sein.«

Als sie gegangen waren, umarmte Astrid mich. Sie legte den Kopf an meine Schulter und weinte. Ich sah ihr Gesicht im Spiegel. Kein Schluchzen, kein Wimmern; nur Tränen. In diesem Moment wirkten ihre Züge beinahe so entspannt wie früher.

Wir werden beide vor die Richter treten. Wir werden aussagen. Niemand wird wagen, uns das Wort zu verbieten. Sie müssen uns anhören. Ich werde öffentlich erklären, wie billig es ist, die Mörder auf der Insel zu verurteilen, ohne von jenen zu reden, die auf dem Festland die Spiele veranstalteten. Keine Sorge. Ich will nicht die Verbrechen der Uniformierten beschönigen. Ich habe nicht vergessen, was sie uns antaten. Aber was ist mit jenen, die gegen die Fluchthelfer vorgingen? Was mit denen, die jeden Protest niederschlugen? Wer profitierte von den Deportationsflügen? Wieso von der Politik, von der Wirtschaft, von der Justiz schweigen? Wie nicht von den Medien sprechen? Ich will von »Brandheiß« berichten, von smack. com. Ja, auch von mir. Alles, was ich hier niedergeschrieben habe, soll als Beweismittel dienen.

Die Behörden klagen die Schlächter an, um von den eigenen Verstrickungen abzulenken. Sie richten die Aufmerksamkeit auf deren Ausschreitungen, als hätten nicht die Spiele die eigentliche Schande dargestellt. Deshalb auch der Prozess gegen Elliot. Ein Verfahren gegen ihn einzuleiten, bedeutet, ihm vorzuwerfen, dass er sich seiner Schlachtung nicht still und ordentlich gefügt hat. Sie können ihm nicht verzeihen, dass er sich den Spielregeln widersetzte. Immer noch lehnen sie nicht die Spiele an sich ab. Sie haben dem Konzept, das Glück der Menschheit auf die Verneinung des Menschen, auf die Auslöschung des Menschlichen zu gründen, nicht abgeschworen. Was sie wütend macht, ist nur der Gedanke, die Spielregeln seien von einigen Kriminellen missachtet worden. Sie denken, wenn die Insel nicht wegen der Habgier einiger weniger übervölkert worden wäre, wenn Politik und Polizei nicht in Paranoia verfallen wären, wenn sie die verschiedenen Formen von Protest weniger scharf verfolgt hätten, dann könnten wir weiterhin vom kosmischen Reichtum träumen, uns nach Grundstücken auf fernen Planeten sehnen und mit Exobilien handeln. Schuld, sagte vor kurzem ein Gast in »Brandheiß«, seien doch nur die Sicherheitsapparate, die an gut geschultem Personal gespart und lieber weniger Leute eingesetzt hätten, die dafür brutaler vorgehen sollten. Sie allein seien für die Abreise der Außerirdischen verantwortlich.

Vielleicht ging es nie um irgendwelche Außerirdischen. Sind wir ihnen je begegnet? Gibt es auch nur einen Beweis dafür, dass es überhaupt Außerirdische waren, die hinter den Spielen standen? Könnte es sein, dass allein der Glaube an sie die Spiele ins Leben rief? War es unsere Sehnsucht nach sagenhaftem Reichtum, weshalb wir Wettkämpfe auf Leben und Tod veranstalteten?

Ich las einen Artikel im Wirtschaftsteil einer Zeitung, in dem ein Ökonom erklärte, es sei erst dann zu den Unruhen gekommen, als der Wert der Exobilien aus himmlischen Höhen ins Bodenlose gefallen war. Es ist, so weiß ich, genau umgekehrt gewesen. Die Kurse der Exobilien sanken, weil der Widerstand und der Eigensinn, kurzum, weil die Idee von Freiheit und Würde die Wahnvorstellung von irgendwelchen Wolkenkuckucksheimen in den unendlichen Weiten des Alls überstrahlte.

Manche behaupten, die Außerirdischen seien längst fort gewesen, als der Aufstand losbrach. Aber es war der Widerstand, an dem die Spiele scheiterten. Es genügte, einen Menschen zu verstecken oder auf der Insel Dokumente des Verbrechens zu sammeln. Es genügt, zu bezeugen, was geschah. Nur wenn ich von der Insel erzähle, weiß ich mich von ihr befreit.

Es braucht gar keine Spiele mehr, um sich ihnen zu verweigern. Es bedarf nicht der Außerirdischen, um ein Mensch zu sein. Es gibt inzwischen nicht wenige, die denken, die Außerirdischen seien nie hier gewesen. Wiederum andere meinen, sie seien weiterhin unter uns. Womöglich waren sie es seit jeher. Wer weiß das schon. Es ist im Grunde egal. Fest steht nur, dass wir – auf uns gestellt – noch immer da sind. Und das allein kann unheimlich genug sein.

Anmerkungen

Mein Wissen über Neuroparasiten bei Rossameisen entstammt der Radiosendung »Schmarotzer im Hirn. Wenn Parasiten die Kontrolle übernehmen«, die von Wolfgang Däuble gestaltet und am 3. August 2015 in der Reihe »Dimensionen – die Welt der Wissenschaft« auf Ö1 übertragen wurde.

Im Zuge einer Benefizveranstaltung erzielte Karin Bergmann, Direktorin des Wiener Burgtheaters, folgenden Losgewinn: Eine fiktive Figur in meinem nächsten Prosawerk sollte ihren Namen tragen. Es ist mir eine Freude, dieses Versprechen einzulösen.

Ich danke Jacqueline Csuss, die das Manuskript gegengelesen hat.